MW01283669

Gleen Black

BRATVA

Bratva

Calle Ramón Ribeyro 525, Miraflores, Lima, Perú
www.cosmoeditorial.com.pe

ISBN: 978-612-48668-6-9
Hecho el depósito legal en la Biblioteca Nacional del Perú N° 2022-01653

Registro de Proyecto Editorial N° 31501222200117
Primera edición: febrero del 2022
Primer tiraje 1000 ejemplares.

Impreso en ALEPH IMPRESIONES S.R.L.
Jirón Risso 580, Lince, Lima, Perú

Esta historia contiene:

- Abuso y violencia explícita.
- Escenas sexuales explícitas.
- Drogas.
- Lenguaje ofensivo.
- Problemas psicológicos y psiquiátricos.
- Comportamientos sociales ofensivos.
- Temas políticos y religiosos.
- Entre otros.

*No recomendada para menores de edad.

*No recomendada para personas sensibles y susceptibles.

CAPÍTULO I

VLADIMIR

Dicen que una mujer puede llegar a ser la condena de un hombre. La primera vez que la vi, radiante como un cometa y tan dulce, cual niña pequeña, la quise para mí. Su sonrisa fue la primera parte en deslumbrarme, luego su maldito culo redondo.

Contuve mis instintos más bajos de lanzarme sobre ella y encadenarla en mi sótano para follarla hasta la saciedad. Mi error fue verla diferente, creer que tenía tiempo para jugar mis hilos.

Otro león se comió mi carnada y odio estar presente en la boda de la mujer que pudo ser mía, por la cual tengo deseos enfermizos de matar a quien la espera en el altar.

Dominic Cavalli es una bestia indomable, y si los chismes de Italia son ciertos, es un jodido estúpido también. Igor Kozlov, mi *Pakhan*, gruñe por lo bajo cuando el *Ave María* inunda la catedral. Mi cuerpo se endurece y la busco con la mirada. Este es mi castigo, presenciar la boda de la mujer a la que quiero mientras se casa con el hombre que más odio. Es una burla a mi persona, a mi apellido.

Las cicatrices en mi rostro protestan al apretar los dientes. Está condenadamente hermosa; un velo cubre su bello rostro y su vestido, cual segunda piel, abraza sus curvas. Holden Greystone, quien fue mi socio activo en el lavado de dinero, la escolta. Un maldito cobarde, se la entregó a Dominic en una bandeja, al hijo del hombre que sospecho que nos traicionó desde antaño. Igor es demasiado estúpido para verlo. Es una burla, en los tiempos de Nikov algo como esto sería imperdonable. Lo único que me mantiene en mi lugar es la mujer junto a la mierda italiana de Cavalli. Si hace una inclinación o percibo la más mínima duda, esta boda terminará en un lago de sangre espesa. Ella tiene mi respaldo, me ha pedido dos francotiradores apuntando a Igor y ya los tiene; si decide cancelar esta boda también me tendrá a mí.

Sin embargo, no lo hace, se queda de frente levantando su mentón como una guerrera.

Será infeliz… Dominic jamás la amará.

—Cambia esa maldita cara, Ivanov —sisea Igor—. Si no muestras respeto te enviaré a cuidar de tu padre en el más allá. Eres una vergüenza para la Mafia Roja, no mostraste respeto besando a la prometida de Cavalli.

Sonrío chupándome el labio. Sí, su maldito beso fue mío y, por su rostro consternado, de seguro fui su primero; eso es todo cuanto tendré.

Un beso, porque él ha tomado todo lo demás.

No respondo, no sirve de nada hablar con un hombre que pasará a la historia dentro de poco. Escucho vagamente las palabras del cura, sin embargo, no presto atención. Solo la observo buscando algún indicio de que algo va mal. «Vamos, pequeña».

Dice que sí, se besan y pasan a ser marido y mujer para la eternidad delante de mis narices. Todo el mundo aplaude, pero ella solo se mira hundida. Salen de la catedral y con ellos los invitados. Me quedo en mi lugar. No puedo pararme de frente y fingir delante del Capo sin arrancar alguna extremidad de su cuerpo, lo que me llevaría directo a la muerte. Si lo toco mi propia gente se vendrá contra mí. Es uno de los hombres más poderosos en este momento y pronto igualaré nuestras posiciones. Porque la quiero, porque la deseo, incluso más ahora que es prohibida.

La fiesta es toda una celebración italiana. La feliz pareja finge delante de todos, bailan, beben y disfrutan como si se amaran. Yo miro desde las sombras, soy bueno en ello, en mantenerme alejado… El único problema es que Roth Nikov es igual, un leopardo solitario.

—No quiero tu estúpida compañía —reviro en cuanto lo siento a mi lado. Solo quiero seguir mirando a esa rubia pecaminosa en brazos de su esposo.

—Sufrimos el mismo mal, Vlad, nos toca mirar el premio desde abajo. Ella no era para ninguno de nosotros.

—Sí, porque tú lo decidiste.

—Ella lo eligió, mírala.

—Solo veo a una mujer llena de tristeza, manipulada.

—La amas de verdad —tercia sin dar crédito. Hago una mueca sin abrir mi boca. No sirve negar o afirmar, estoy aquí por Em, porque me ha solicitado.

—Tú igual.

—No de la misma manera… Ella es como una hija, una hermana. No la miro con ojos de hombre.

—Entonces eres un tonto, porque es una mujer preciosa y el problema es que tu Capo no mira a esa mujer. La romperá, lo veo venir. —Roth chasquea la lengua en su boca. Apenas noto que estamos hablando en ruso y no inglés—: La chica que miré desde la distancia hace tres meses no hubiera ido a una reunión conmigo para pedir ayuda, tampoco planearía derrocar a un líder de la mafia. Tu Capo ha quebrantado su inocencia.

—Si crees eso entonces estás más jodido de lo que creí. Te haré una advertencia: no dejes que la inocencia de un par de ojos verdes te nuble. Es preferible un demonio conocido que un ángel por conocer.

CAPÍTULO 02

AVERY

Actualidad

Acomodo el abrigo de piel en cuanto mi puerta se abre. Respiro profundo, aspirando una fuerte bocanada de aire frío en Rusia. Pisar esta tierra me hace sentir poderosa, indestructible y, aunque la repudio, el poderío incluso se percibe en el ambiente. No en estas calles de mala muerte, muchos menos en el callejón donde me adentro, apartando la basura que me estorba mientras paso. «No lo puedo creer, el todopoderoso Vladimir Ivanov reducido a esta mierda. Alcohol y pobreza». Lo ubico medio sentado contra la pared con una botella de ron barato vacía en su mano. Gruño con molestia tapándome la nariz.

A veces una mujer debe tomar el control por su futuro.

—Ayúdame con el cuerpo —le ordeno a mi hombre de confianza.

—Señorita…

—Debemos ocultarlo —explico sosteniéndolo de las piernas.

Es pesado y demasiado largo. Dante, mi seguridad personal, gira sus ojos y cumple mi orden. Entre los dos arrastramos su cuerpo fuera del callejón, donde una prostituta está inhalando cocaína. Ella parpadea mirando al sujeto y luego a nosotros.

La sangre en mis manos dificulta mi agarre, así que nos detenemos un par de veces antes de llegar al auto.

—Está muerto —dice Dante.

—¡Haz tu maldito trabajo! —ladro en su dirección.

—Su padre estará molesto, señorita Avery.

—Padre puede pudrirse en una maldita fosa común y tú no dirás una mierda si quieres seguir viviendo.

—No diré nada, lo sabe. Usted es mi jefa inmediata.

—Bien —siseo.

Dante ha cuidado de mi persona desde hace muchos años, siempre ha sido mi único respaldo de seguridad. Si confío en alguien es en este hombre. No lo digo, lamentablemente en nuestro mundo *confianza* no es un término que ninguno de nosotros use con regularidad. Las personas traicionan, y, si no me creen, deberían preguntarle al tipo que estoy subiendo a la parte trasera de mi Audi, pues conoce la traición de todos y en todos los sentidos posibles.

Mi seguridad deja caer la cabeza del hombre en mis piernas; duda unos segundos, pero termina alejándose con la boca cerrada. Más le vale, de igual manera soy buena ignorando. Me concentro en apartar los mechones de su pelo fuera de su rostro. «¿Cómo terminaste convirtiéndote en esto, Vladimir Ivanov?». Su pelo está sucio, huele horrible, como si llevara meses sin darse una ducha. Está borracho o drogado, no lo sé con exactitud, sus nudillos están magullados y tiene un corte sobre su ceja derecha, uno muy profundo, parece haber sobrevivido a una pelea callejera. No puedo conectar en mi memoria a este hombre con el otro. Este es una versión apocalíptica, el otro era un *dios*.

Conocí a Ivanov cuando yo tenía diez años y era un espectáculo digno de mirar. Imponente, altanero, arrogante y frío. Me hizo tener pesadillas con sus oscuros ojos verdes durante semanas. Mi padre, Igor Kozlov, era la mano derecha del suyo. Ellos solían ir a casa siempre, ahora mi padre es el jefe de la Mafia Roja en Chicago. Su cargo no es merecido, se debe a una traición a este hombre que se encuentra en mis piernas.

—¿Hacia dónde, señorita?

—A la villa.

—Pero…

—El avión nos está esperando.

—¿Se encuentra segura de esto?

—¿Alguna vez me has visto dudar, Dante? Soy hija de mi padre, siempre consigo lo que quiero. ¿Cuándo entenderás y dejarás de verme como una cría? —gruño.

Odio que me menosprecien por ser una mujer. Sí, carajo, los hombres tienen huevos grandes y bla, bla, bla, pero nosotras tenemos ovarios de acero.

—Acabo de hacerlo, señorita. Es la única que lo encuentra, incluso su hermano nunca supo su paradero.

—Nunca lo quiso encontrar, esa es la verdad. Tiene su mundo perfecto junto a esa y su hijo… Todos se olvidaron de Vladimir.

—Excepto usted.

—Él renacerá, Dante. Yo lo sé.

—Eso espero, señorita. Eso espero. Si no, nos asesinará a ambos cuando despierte.

Trago saliva, esa es una parte para la cual no estoy preparada. Una cosa es encontrar al cruel mafioso inconsciente y otra es enfrentarlo despierto. Si todo sale mal yo podría morir en las próximas veinticuatro horas, él podría matarme con un chasquido. Es una torre impenetrable de músculos, aun en este estado puedo ver su belleza oscura. Él era el jefe de la Bratvá y su reinado fue justo, dentro de lo que cabe, pues rompió algunas leyes arcaicas como la formación de familias por matrimonios obligados o la violación de menores. Eso no lo hacía bueno, pero sí justo. Ivanov era un tsunami, esa es la mejor manera de describirlo. Tenía el poder de asolar con todo cuando desataban su ira, pero se volvió débil al estrellarse contra una mujer. Ella lo llevó a esto, la ruina de un dios, lo condenó bajo su ingratitud. Quizás su mayor error fue darle sentido a eso que muchos llaman amor; estaba obsesionado con esa Medusa e hizo todo por ganarse su amor. A cambio, ella fingió. Muchos dicen que lo amó perdidamente, que Ivanov fue cruel y despiadado, mientras otros aseguran que es un demonio peor que Lucifer… Para mí, representa la perdición.

Todos la conocen, es la Joya Cavalli.

Este hombre perdió todo para dárselo a ella, pero, en cambio, recibió múltiples puñaladas de un montón de gente cercana.

El amor no debería de existir; y si te condena de esta manera espero no enamorarme nunca.

El amor es una enfermedad crónica, peor que un cáncer. Te mata desde dentro, te infecta, y, para cuando te enteras, tu vida ya depende de ello. No, no quiero ese cáncer en mí. Nunca.

Subirlo al *jet* es una odisea, Dante lo sienta y asegura su cinturón. Nuestro piloto de esta noche está mirando la escena con ojos saltones.

—¿Esto no es un secuestro?

—No —respondo y le muestro mi mejor sonrisa. Sus ojos de hambre se deslizan por mi cuerpo y veo que olvida al hombre inconsciente en el asiento. Hombres, todos son unos asquerosos—. ¿Dónde está la enfermera?

—Llegando, partiremos a Palermo en cuanto llegue.

—Odio la impuntualidad.

—Le avisamos hace menos de media hora, señorita Avery. Estará aquí pronto.

Afirmo hacia Dante. Para ellos soy dura, fría, una mujer con temperamento. No entienden que es mi máscara, mi forma de cubrir a la chica asustada que guardo dentro. Ser una mujer hermosa en la mafia no es bueno, los hombres te miran como un pedazo de carne y si muestras debilidad te atacan como lobos hambrientos. Construí esta máscara a mis quince, cuando un amigo de padre decidió que yo sería una excelente sustituta de su esposa. Mi padre no se negó, es un bastardo. Casi me entrega a un viejo, que perfectamente hubiera sido mi abuelo, entonces el hombre sentado frente a mí lo impidió. No creo que lo recuerde, yo era insignificante en ese entonces, solo otra chiquilla rusa de una familia corrupta más. Nunca olvidaré ese día, sacó su cuchillo y lo deslizó en la garganta de Barbieri como una hoja, el viejo no tuvo oportunidad de ver la muerte llegar. Fue rápido y sin sentimientos. Estaba escondida, nadie se dio cuenta de mi diminuto cuerpo. Soy buena entrando en sitios que no debo, pero soy más buena saliendo de ellos sin ser vista. Una habilidad mejorada con el tiempo, una que me permitió vigilar a Ivanov durante meses sin que nadie se percatara.

La enfermera llega para limpiar y curar sus manos mientras volamos sobre Italia. Será una larga noche y debería dormir algo, pero no me creo capaz. Decido limpiar al hombre que hay frente a mí mientras Dante me ayuda cambiando su camisa por una limpia. Tiene cicatrices por todo el cuerpo, al igual que tatuajes. El de su pecho sobresale y mis dedos tocan el rojo, es una herida. Da la impresión de ser real y estar abierta sangrando. Me inclino porque quiero inspeccionarla mejor, cuando una fuerte mano toma mi muñeca. Parpadeo y subo la mirada. Unos pozos verdes, profundos y distorsionados me miran.

—¿Zaria...? —susurra con voz ronca, como si no la hubiera usado en años. Sus labios están resecos cuando pasa la lengua sobre ellos—. ¿Eres tú, Zaria?

—Aquí estoy, Perun —tranquilizo sus demonios.

En la mitología Eslava, Zaria es la diosa de la belleza. Solía llamarme así en la antigüedad por mi mirada azul cielo. Quizás lo he idealizado hasta el punto de llamarlo Perun, dios del trueno, la deidad suprema. Él siempre será un rey para mí.

En un segundo sus manos me agarran y alzan con una fuerza desmesurada, sentándome en su regazo. Por un lateral veo a Dante sacar su arma, pero levanto mi mano para detener su avance. El *Pakhan* está soñando despierto. Mi cuerpo se tensa cuando su cabeza cae entre mis pechos, la tela de mi blusa es demasiado delgada. Su nariz aspira mi aroma a la vez que sus manos aprietan mi cadera y su parte de hombre cobra vida. No, no es así como esto debería de avanzar. Yo no tengo que temblar en los brazos de este hombre de esta manera ¡Dios! ¡Está drogado o borracho! ¡Él es un desastre!

—*Ты убил меня, любовь, ты ударил меня ножом прямо в грудь.*[1] —Está hablando de ella. Tomo su rostro en mis manos y mi pelo cae hacia delante.

—¿Vladimir?

—Zaria, pequeña seductora. Tu padre está muy enojado —revira en su neblina de alcohol.

—Mírame —ordeno. Lo hace y sus ojos logran enfocarme—. Ella pagará, lo prometo. La haré pagar por el daño que te ha causado.

—Eres muy bonita. ¿Me harás una mamada? No tengo para pagar a una prostituta tan cara.

Hago una mueca desagradable.

—No soy una.

—¿No?

—¿Recuerdas a Avery Kozlova?

—Es la hija de un traidor.

—Sí. —Trago saliva—. Él es un traidor, pero ella no.

—No tengo dinero —dice perdiendo los minutos de lucidez. Su cabeza cae hacia atrás, girando sus ojos—. ¿Tienes alcohol? Necesito un poco más… Ella se va con el alcohol.

—No, no tengo…

—¡Dámelo! —grita tirándome en medio de las cabinas—. ¡¿Qué me hiciste?!

Tira de su cinturón, desesperado por soltarse, y Dante reacciona inyectándole un sedante en el cuello. Su cuerpo se desploma hacia el pasillo del *jet* porque su fuerza ha arrancado de raíz sus ataduras. Cae y levanta su mano para intentar tocarme. Retrocedo. Nunca lo hago, siempre permanezco haciendo frente a cualquier hombre, pero este no es cualquiera.

—Necesito olvidarla, Zaria… Déjame olvidarla.

Finalmente, su cuerpo no responde más y veo la mirada perdida en su rostro antes de terminar bajo la influencia del sedante. Dante me lanza una mirada recriminatoria.

—Él será un problema, señorita. ¿Por qué hace esto? ¿Por qué ayudar a un cascarón vacío?

---

1 Me mataste, amor. Me apuñalaste directo en el pecho

—Se lo debo —susurro.

—Usted es demasiado terca —revira.

—Soy hija de mi madre.

—Y ella está muerta por ser terca.

—Está muerta por culpa de mi padre. Él la asesinó.

—Y yo juré protegerla, señorita Kozlova, pero esto no es un camino seguro. Intentar reparar algo roto no lo es, Ivanov nunca volverá a ser ese hombre que usted recuerda. Es un caso perdido. Si no luchó por su hija, no lo hará por usted.

—No lo es. Volverá a ser el gran *Pakhan*. Yo me encargaré de ello.

—Entonces espero que él no la rompa a usted —dice mirándome como si fuera un padre—. Lo mira con ojos soñadores y eso no es bueno, con todo respeto, está esperando demasiado de un cascarón quebrado.

—¡Suficiente! —exclamo retándolo a decir una palabra más.

Dante cierra la boca, sabe que se ha excedido.

Ninguna otra persona me hablaría de esa manera, no a la hija de Igor Kozlov.

Miro una vez más al hombre derrotado… Él no va a romperme, ¿verdad?

Preparo su desayuno especial, fettucines de huevo al óleo[2]. He tomado la temperatura del café para verificar que esté al punto. Negro, con dos cubos de azúcar. La fruta está picada y dividida en pequeños platos de porcelana. Partí pan blanco americano, es su favorito, al igual que agua de Jamaica con melón recién preparado. Junto a este se encuentran dos pastillas para su posible dolor de cabeza.

Sé que está despierto, los sensores de su habitación se han iluminado hace diez minutos. La villa está vacía, exceptuándonos a nosotros. Si esto sale mal terminaré muerta en manos de ese individuo, aunque él moriría tiempo más tarde, quizás de hambre o, si es un cobarde, se suicidaría, aunque lo dudo, es un hombre fuerte, aunque ahora quede solo su sombra.

Al despertar estoy segura de que miró sus primeros cambios. Su barba está recortada de un modo perfecto, su cuerpo fue bañado y

2 Plato de pasta con huevo

acondicionado al poderoso hombre que alguna vez fue, su pelo igual, incluso me encargué de que tenga una perfecta manicura. Quiero que recuerde su poder, lo que ello conlleva. Ahora en su mano están sus anillos, no los originales, pero tuve que gastar una pequeña fortuna en duplicarlos. También tiene un Rolex y un brazalete hecho del metal más resistente del mundo. No hay forma de que Ivanov pueda escapar fuera de esta villa.

Las instrucciones que hay al lado de su cama fueron claras: bajar a desayunar, pero le ha tomado casi quince minutos aparecer. Debido a esto he calentado su café tres veces y estoy dispuesta a una cuarta cuando escucho sus pasos furiosos entrando en la terraza.

Tengo la taza en mis manos cuando se detiene completamente lívido. Supongo que esperaba encontrar a uno de sus enemigos... Algo estúpido, ellos no lo bañarían y lo llenarían de joyas y perfume. Sus enemigos dejarían ese ardiente cuerpo lleno de balas.

—¿Dónde está tu jefe? —pregunta con esa voz ronca debido al cigarrillo o la falta de socializar, da igual el caso. Una mueca se posa en mis labios, ¿por qué siempre deducen que una mujer no puede ser el jefe? Jodidos hombres machistas.

—Toma asiento —ordeno con voz firme, pero baja.

Entrecierra sus ojos reconociendo ese tono de poder en dos simples palabras.

—La última vez que alguien me dio una maldita orden terminó muerto.

—Y la última que alguien no siguió la mía tuvo el mismo final.

Eso lo hace estar fuera de lugar. Me mira, evaluándome por primera vez, decidiendo cuán peligrosa soy para él. Cuando se da por bien servido empuja una silla secundaria. Eso, eso más que nada me irrita.

—A la cabeza —gruño en ruso.

Sin inmutarse debido a mi tono, toma lugar frente a la cabecera. Mira la enorme cantidad de comida y luego sus anillos. Sus ojos, vacíos de cualquier sentimiento, en ese segundo se llenan de vida. Demasiado fugaz para mi gusto.

Le sirvo su café por cuarta vez, tomando la temperatura, y coloco sus dos cubos de azúcar. Luego me siento a su lado. En silencio observo su disfrute por la comida, incluso creo que ha gemido con un trago de café. Es rápido, pero a la vez educado.

La forma en la cual ha cambiado su rostro me asusta un montón.

Es como tener a padre frente a mí, aunque con años más joven. Conozco esa crueldad en la mirada, ese tic en el mentón y la máscara gélida en su rostro. Sin poder pasar saliva por mi garganta tomo un poco de agua.

—¿Por qué estoy aquí? —pregunta dejando caer su cubierto.

Pensaba que no era capaz de enfrentarme a alguien tan letal. No era secreto para mi familia. Él había heredado su posición unos años atrás, cuando Dominic Cavalli ofreció asesinar a mi padre. Ambos lo engañaron. Cavalli le entregó a mi padre el poder sobre Chicago y los rusos. Ivanov se encargó de Rusia, un reino efímero, una ilusión, hasta que Roth Nikov lo tiró a morir en las montañas. Y todo por esa perra extranjera. Las personas lo describían cruel e inquebrantable. Soy inteligente y conozco mis opciones limitadas. Miro hacia el mar, preparándome para conocer su ira.

—Soy...

—Sé quién eres, Avery Kozlova. Mi pregunta fue: ¿Por qué estoy aquí?

—Padre tomó el poder de Chicago.

—Dime algo no sepa. ¡Ese perro traidor!

—Te he secuestrado —dejo caer. Eso me hace sentir su penetrante mirada en mi perfil.

Todavía no comprendo mi obsesión por Ivanov, quizás es admiración, o tal vez algún enamoramiento tonto de niña sin ser explorado, ¿qué sé yo? Amor es una palabra desconocida en nuestro mundo. Tengo casi veintiuno y nunca he sido besada o tocada por algún hombre, ¿qué conozco yo del deseo o la pasión? Nada, esa es la triste realidad. Soy virgen. No puedo entregar mi cuerpo a ningún hombre que no sea mi marido. Esa es la ley en nuestro mundo. Entregar mi cuerpo antes del matrimonio se considera traición.

Y las traiciones en la Bratvá se pagan con sangre.

Pasé mis años comportándome como un hombre más de la mafia y no como una señorita rusa. Tiempo atrás eso cambió, cuando padre prometió entregarme a cambio de poder entre familias. Sé disparar un arma, sé combatir con un hombre cuerpo a cuerpo, pero no conozco nada del cariño o el deseo, mucho menos del amor. La única persona capaz de amarme está muerta ahora: Mi madre, gracias a Igor Kozlov, quien la tomó desde niña, violándola y dejándola caer en un abismo de inmundicia. Era la única manera para ella, solo drogada podía tomar a su marido, y mi padre se encargó de mantenerla de esa forma toda su vida.

—Tienes instalado un brazalete. Si decides salir de la villa enviará una descarga de electricidad a tu cuerpo —informo, esta vez girándome para mirarlo—. Yo también tengo uno, pero el mío mide mi pulso y los latidos del corazón. Si intentas matarme también sufrirás una descarga.

Él no dice nada, parece que está sufriendo un aneurisma en este preciso momento. Luego de unos tensos segundos se echa a reír.

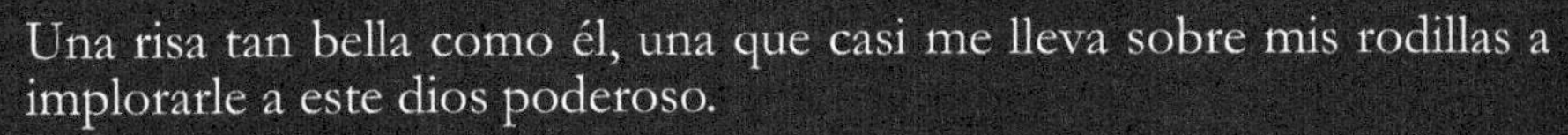

Una risa tan bella como él, una que casi me lleva sobre mis rodillas a implorarle a este dios poderoso.

Vladimir Ivanov es un monstruo, lo sé, no me engaño, quizás ese fue el error de su ex, Dalila, querer creerlo un príncipe cuando era un ser de perdición.

La única cosa que busca un hombre de su calaña en una mujer como yo es sexo. A Ivanov no le importa nadie, es un ser violento y cruel. En el pasado su único propósito era poder, dinero, sembrar terror en sus enemigos y respeto entre sus soldados.

Ahora es un drogadicto más en las calles, sin nombre, sin gente.

Su silla sale disparada fuera, pegando contra el barandal de la terraza. No me muevo, no reacciono contra su ira y eso solo triplica su gesto. ¡Por fin! ¡Este es el *Pakhan*! ¡Esta es su ira, la cual yo necesito!

Mi silla casi sufre el mismo camino. Me pone de pie, tira de mi antebrazo y retrocede conmigo. Su nariz se expande, es como tener a la vista a un toro furioso. Sus manos toman mi cintura, golpeando nuestros pechos juntos. Es el hombre en toda su altura, yo un pequeño cordero en sus brazos.

—¿Secuestrarme a mí? Una perra con ínfulas[3] de jefa. ¿Quién crees que eres?

Sus ojos intensos, verdes como la esmeralda más hermosa, me miran, realmente lo hacen.

—Estás bajo mi poder.

—Las pequeñas como tú solo tienen un propósito: complacer.

Su mano en mi cintura encuentra el filo de la tela de mi pantalón y sus dedos son electricidad pura al tocar mi piel. Cierro los ojos cuando se adentra en mi pantalón y debajo de mis bragas. Siento su sonrisa en mi cuello y su aliento mezclado con *whisky* y algún tipo de menta. Respiro el alcohol de su estómago. Sus dedos abren mi tierna carne, pero no es sensual o erótico, es para humillar y doblegarme. Las mujeres somos esto en la mafia, carne para devorar. Altanera, alzo el rostro sin inmutarme por su humillación y retiro sus dedos.

—Quiero que vuelvas a reinar sobre Rusia, pero dentro de Chicago.

—Tu padre es el *Pakhan* ahora —señala, como si no lo supiera ya.

—Los hombres están alborotados. Nadie lo toma en cuenta, y mucho menos le temen.

—¿Por qué debería de importarme?

—Es tu legado, los Ivanov han sido jefes dentro de la Bratvá, durante generaciones. Eres nuestro mejor soldado. Lo sabes.

---

3 Vanidad

—*Era*. Ya no más. Nunca más. Si quieres eso, ve con Nikov. Él es tu jefe —sisea entre dientes—. Ella me arrebató ese poder.

—¡Ella no te merecía! —gruño.

Me observa con esos ojos gélidos y ese brillo ausente. Su rostro es anguloso, endurecido y desconfiado, la nariz puntiaguda y recta. Y sin hablar de su boca firme, con los labios rosados marcados en una dura línea. La camisa está abierta varios botones, deja admirar un cuello estilizado, elegante y largo, lleno de tinta negra con algunos toques de color y unas cuantas cicatrices que lo embellecen.

Ivanov es la perfección hecha hombre, ¿por qué no puede verlo?

—Eres una niña, Avery. No cometas esta torpeza, regresa a tu perfecta e idílica vida.

Se gira dándome la espalda, listo para seguir su camino fuera de la villa. Solo se lastimará si dispara la descarga.

Me ha costado a mí misma controlar mi corazón con su cercanía, pero no tengo forma de protegerlo de sí mismo si intenta salir.

—Igor ordenó atacar a Dimitri, tu hermano y a Becca. ¿Eso tampoco te importa?

—Si les hizo...

—Tranquilo —siseo, levantando mi mano—. Espié la orden, envié a mis propios chicos y le advertí antes. Tu hermano, esposa e hija están a salvo.

—¿Por qué?

—Por qué, *¿qué?*

—Ayudar a mi familia y hacer esto. —Hace un gesto hacia sí mismo.

—Me salvaste hace años, así que quiero intentar salvarte a ti. Además, como dije, es personal. Eres un buen *Pakhan* y ninguna zorra debería quitarte eso...

Y explota. Sus manos toman mi cuello demasiado rápido. No me da tiempo a controlar mi terror antes de que la descarga lo doble contra él mismo y cae en el piso de rodillas apretando las palmas de sus manos contra el mármol negro. Quiero tocarlo, pero solo causaré subir más la intensidad. De pie miro su dolor, abrazándome.

—No vuelvas a mencionarla —ordena.

—¿Aún la amas, luego de todo?

—Las pequeñas iglesias no hablan de la catedral —escupe agarrándose el pecho, tratando de calmar su respiración. ¡No puedo creer que la defienda! ¡Después de todos estos años! Hijo de p... Aprieto mis puños, quiero romperle la maldita cara.

—Tienes tres meses para desintoxicar tu cuerpo. La villa está acondicionada para tu entrenamiento. No vendrán zorras, no puedes salir y no intentes atacarme.

—¿Entrenamiento para qué?

—Para matar *realmente* a Igor Kozlov —declaro empezando a caminar fuera.

Necesito distancia de este hombre, del idiotizado por una falda. Ese hombre es patético y solo me produce náuseas. Ese hombre perdió todo por alguien que sigue ahora en New York disfrutando una vida de lujos, viviendo junto a su esposo e hijos como si nada luego de destruirlo.

—Las peores mentiras son las que te dices a ti mismo. Deja de mentirte. Ella te destruyó y no lo merecías. No es una buena mujer, no es una inocente. Te dejó por tu peor enemigo, se casó con él. ¡Maldita sea! y te hundieron a ti... Tu padre debe de estar revolcándose en su tumba por saber en lo que has terminado: Una versión patética de lo que alguna vez fuiste.

Salgo, no sin antes mirar las venas sobresalir en su cuello. Unas horas en soledad le serán de ayuda, y si toma el camino de acabar con su vida, como la estúpida italiana de Dalila, entonces no he perdido nada. Si se suicida no será más que un cobarde.

Me encargaré de tirar su cadáver a los tiburones y buscaré la manera de terminar con mi padre.

CAPÍTULO 03

VLADIMIR

—No te culpes por esto —suplica llorando.

—Por favor, Dalila. Lo arreglaremos, lo hemos hecho bien hasta ahora. Becca nacerá, será una razón para continuar —insisto en lo último.

La seguridad intenta llegar a ella, pero levanto mi mano para detenerlos,

—¡Nadie la toca, carajo!

—¿Por qué haces esto? Sabes que no…

—No me importa, te lo he jurado. ¡Te di mi palabra!

—Debí aprender a amarte —llora. No tiembla con el cuchillo presionando su cuello y tiene sangre en sus muñecas, ambas cortadas. Necesito llegar a ella sin lastimarla.

—¡No! ¡No! —grito en cuanto, sin dudar, y llena de coraje e ira, desliza el filo para abrirse la carne. La sangre emerge escandalosa. Me muevo para sostenerla, cayendo ambos al piso. Sus ojos me observan, son la representación de la muerte. La abrazo contra mí, pidiéndole perdón. Ha sido mi culpa, no fui un buen esposo, la saqué de mi camino al entregársela a Theo como un pedazo de carne inservible. Yo causé su muerte.

Ella era lo único que tenía y se ha ido. «Lo siento, Dalila. Lo siento».

Deja de respirar, su último halo de vida se me escurre entre los dedos. El metal cae de su mano al piso con un sonido sordo y lacerante, causando un eco que me recuerda que esto es mi culpa.

Muevo mis manos por su vientre y Becca se remueve en su interior. Es la primera vez que la siento. Dalila la llamó de aquella forma desde el momento cero en el cual descubrió que sería una pequeña niña. Nunca la toqué, tenía terror de contaminarlas a ambas. Mis ojos se inundan en lágrimas al sentir el movimiento de mi vida.

Ha esperado a que regresara a casa porque, dentro de su dolor, quería salvar a nuestra bebé. Me inclino para besar sus labios. En todo nuestro matrimonio solo hice una vez, y hace tantos años que olvidé su sabor. Estuve más enfocado en ganarme el corazón de otra mujer, tanto, que no presté atención a la que tenía enfrente.

—Lo haré mejor con Becca. Lo prometo, Dalila. Tienes mi palabra, ella será feliz.

La llama de protección se intensifica. Dejo su cuerpo para agarrar el cuchillo que le quitó la vida y subo su vestido. Ordeno a los hombres moverse por alguna tela y agua. Hago un corte vertical en su estómago abultado, de la forma en la cual solía realizarse una cesárea en la antigüedad. Me toma varias capas llegar hasta el saco que tiene a nuestra bebé. Tiene cuarenta semanas, nacería en cualquier instante y Dalila iría a rehabilitación, me lo prometió. Ella lucharía por Becca, ¿por qué darse por vencida?

Mi hija nace entre la sangre de su madre. Ella llora por primera vez en mis brazos mientras corto el cordón con el mismo filo. Es pequeña e indefensa.

Y es mía. Soy lo único que tendrá.

Dimitri Isakov, mi mejor amigo, a quien he llamado hermano, llega para presenciar el desastre. Él se agarra la cabeza. Pocos actos en la mafia nos conmueven, pero el suicidio de un alma atormentada siempre pesará en nuestros hombros.

Abro los ojos para salir de la pesadilla recurrente. Ahora reconozco la habitación donde me encuentro, me he levantado en ella por, al menos, dos meses consecutivos. Reconozco que Avery Kozlova es una mujer bastante insistente y que no se rinde a la primera. Salgo de la cama de forma mecánica, es lo que he estado haciendo durante estos meses: Bañarme, comer, entrenar, medio dormir y evitar a la mocosa tanto como me sea posible.

Mientras el agua caliente golpea en mi cuerpo, no dejo de recordar aquellos días.

Me casé con Dalila para obtener un puesto efímero como *Pakhan* de la Mafia Roja. Dominic Cavalli, el Capo de capos de la primera potencia criminal, la mafia italiana, pactó un acuerdo: Entregarme a su antigua prometida en matrimonio y ser él quien asesinaría al actual jefe en esos momentos. Fui timado, Igor Kozlov nunca murió, solo aseguró un puesto como jefe en Chicago. Dalila sufrió desde el primer instante en el que fue condenada a ser mi esposa. Tenía tanto odio hacia Cavalli que nunca me detuve a reparar en ella.

Y estaba obsesionado con Emilie Greystone hasta un punto desquiciado.

Entregué a mi hija con la única persona que podría protegerla: Dimitri. Él juró criarla como suya y llevo meses sin verla. Estuve encerrado en las manos de Roth Nikov, sufriendo torturas, estaba bien con ello. Merecía sentir el dolor, pero descubrí que la agonía en mi interior era más poderosa que todo lo que Nikov realizaba en el exterior. La culpa y el remordimiento siempre es más fuerte que cualquier tortura física. Obtuve una oportunidad de salir, dar información sobre Dimak Trivianiv y ser libre, otro trato fugaz.

Sobrevivir en las montañas fue una prueba, donde pasé de ser un hombre a un animal más de la oscuridad, un depredador. Me arrastré sobre el frío, sobreviví comiendo carne de oso cruda y masticando nieve. El único pensamiento era proteger a mi hija, ya que su identidad como una Isakova terminó en las manos de los *Nivalli:* Dominic y Roth; así era como mi hermano Kain solía referirse a ellos. Otro que pereció en sus manos.

Este último lo merecía, aunque la ira me mantuvo ciego buscando venganza. Hoy soy capaz de reconocer que Kain Ivanov preparó su lecho de muerte.

—Buenos días —saluda Avery en cuanto entro al comedor, ya arreglado. Tiene el desayuno servido, con el café siempre en la temperatura perfecta. Ella sonríe. Odio que lo haga, no me gusta el nudo en mi estómago que provoca. ¿Es que no se da cuenta con quién está tratando? Me recuerdo mentalmente el grillete de seguridad.

He recibido tantas descargas que una más me hará terminar frito contra el piso.

Hace las mismas preguntas cada día, pero no obtiene respuesta. Ignoro su presencia, me da asco su olor florar. Mierda. Me gusta su olor, pero no su compañía. No quiero una mujer a mi lado, incluso si sabe pelear —cosa que he visto— y controlar a un puñado de hombres. Reconozco que tiene temple, que no duda al dar una orden, pero también la he analizado en silencio. Me observa cuando entreno con esos ojos grises llenos de esperanza.

«Jódete, Avery». Ella, al igual que todos, solo usan al peón Ivanov a su antojo. Así que por ello mantengo mis energías planeando cómo salir de esta villa.

—Hace un lindo día, ¿te apetece un paseo en el yate?

Mastico despacio el trozo de chuleta, mirándola de soslayo. Siempre está observándome y me causa intriga que no vea mis cicatrices en el rostro. No las ignora, simplemente parecen fascinarle de una buena manera. Un paseo en yate me permitirá evaluar el terreno desde el mar abierto, quizás pueda lanzarla.

—Pronto empezará a llover —anuncio.

—Quizás sí, quizás no.

—¿Y el grillete? —Mi voz sigue siendo ronca.

—Será desactivado, pero no te emociones, tendremos seguridad. Y traje un incentivo —canturrea levantándose de su silla.

Ahora tiene más sentido el pequeño *top* que parece querer romperse sobre sus grandes tetas y el maldito diminuto *short* que se mete entre las mejillas de su culo bronceado. No tenía deseos sexuales por Dalila y el último año me la pasé pagando por una mamada aquí y allá, pero, como hombre, sé reconocer a una mujer candente. Avery lo es. Tiene el cuerpo marcado, atlético, quizás por todas esas carreras en las mañanas, sus piernas son esbeltas y definidas, el pelo negro, abundante y salvaje. Sus ojos son grises y llenos de audacia.

—Primero tu regalo —dice empujando una fotografía hacia mí. Es una niña de pelo castaño sentada en el piso con un vestido púrpura. También lleva una corona, al parecer plástica, y un pastel pequeño está frente a ella. Muestra una sonrisa sin dientes.

Mis manos me tiemblan un poco, pero controlo mi pulso mientras la observo. Los peores días de abstinencia ya pasaron, pero no era un drogadicto. Es un principio básico de la mafia, no conoces tus mierdas, pero sí me sumí en el alcohol. No quería escapar, era solo un comodín dónde viajar.

—Es idéntica a su madre —murmuro bajo.

—Tenía un año en esa foto. Aquí catorce meses. Esta otra la tomaron la semana pasada. Mira, tiene su ceño fruncido —chilla alegre. Algo cálido golpea mi pecho. Sostengo la segunda foto más firme—. Ellos te quitaron eso, Vlad.

—Avery —siseo en advertencia, pero deja más fotos que no pertenecen a mi hija.

—Mira sus vidas perfectas. Tiene a la mujer, los hijos, el poder… Y tú ¿qué? ¡Nada! ¡Míralos cómo sonríen! ¡Viven! ¡Mientras tú te envenenas y mueres aquí! ¿Es así como quieres seguir? ¡Esa perra te arrebató todo…!

Lo pierdo. Mi cordura se nubla y la sostengo del cuello al levantarme de la silla. Estoy presionando con fuerza, sin embargo, no recibo ninguna descarga. Ella me apuñala con su mirada gélida y sus labios rectos se unen en desagrado.

—No la llames así —gruño recalcando cada palabra.

Estoy tan furioso con ella que apenas escucho el seguro del arma, seguido de sentir el metal en mi nuca. Sus ojos se abren asustados. Es mi turno de sonreír. Le gusta tomar el sol, una semana atrás le inyecté la

idea de querer disfrutar el yate cuando me quedé mirando el horizonte con ojos soñadores y le mentí sobre disfrutar la libertad de estar en mar abierto. Lloverá, la tormenta está más allá y ella lo sabe, era su oportunidad perfecta de complacerme, pero manteniéndome dentro de la cabina. Ha desactivado el grillete y solo debo deshacerme de seis estúpidos hombres controlando un terreno muy extenso.

Sonrío ladeando la cabeza. «Es mi turno, Zaria, de mostrarte de qué estoy hecho».

Agarro el cuchillo de cortar carne que guardé en mi bolsillo y me giro agachándome. El maldito dispara sin importarle que puede perforarle la cabeza a su jefa. Cuando intenta una segunda vez ya tiene el cuchillo enterrado en un lateral de su cuello, pero le doblo la muñeca quitándole el arma. La mujer grita mi nombre, pero salto sobre la mesa para escapar por la terraza. Gruño al rodar por el piso hasta el pasto y al final me detengo y subo la mirada. Ella está agarrándose de la baranda, mirándome con desespero. Me levanto y corro a la derecha. Si no estoy mal encontraré dos hombres de seguridad juntos, son los que tienen buena comunicación y parecen inseparables. No quiero lastimar al de la puerta principal. Dante, así lo llama Avery, es más viejo que los demás y parece cercano a ella. Se sientan a jugar ajedrez por las noches cuando creen que estoy dormido.

Le disparo al par, un tiro en la cabeza a cada uno, delatando mi posición mientras escucho a mi espalda un golpe y un grito. La desquiciada acaba de saltar por la terraza. ¿Es que la maldita es todoterreno?

Corro por el lateral, salto la valla de protección y caigo por una especie de colina. Me golpeo el cuerpo entre ramas y rocas. Grito cuando llego hasta el tronco de un árbol y me golpeo más fuerte, pero no puedo perder tiempo en mi huida. Los truenos empiezan a mezclarse con las nubes y el agua de la lluvia se precipita, es cálida, no fría como esperaría de Italia. Algo empieza a hacerme ruido, sin embargo, continúo corriendo entre la maleza, acelerando en dirección norte; si es Palermo pronto estaré en el área turística. El camino se va haciendo más inhóspito y la lluvia forma riachuelos que dificultan que corra. Cuando creo que llegaré a una carretera atravieso unas palmeras bajas, entonces encuentro arena y mar. Me quedo parado en seco sin comprender un carajo. El mar es basto a la distancia, sin casas ni montañas intrincadas. Giro buscando algo, ¿estoy perdiendo la razón?

—Esa hija de… —reviro cayendo en la arena blanca, demasiado cristalina para ninguna playa italiana. El agua es de un zafiro hermoso y resplandeciente. Me río escandalosamente alto. Es una desgraciada, una perra inteligente, debo concederle eso a la maldita Kozlova.

No sé cuánto tiempo transcurre mientras la lluvia se intensifica, llegan a ser incluso unos minutos de paz en medio de la nada, solo con mis demonios. Pero ella aparece mojada, con el *top,* ahora trasparente por la lluvia, y sus pezones erguidos.

—Dame una razón para no asesinarte, Avery —demando en el mismo lugar, dejando de mirarla. Trae un arma en su mano, pero no a la defensiva.

—Como seguro has notado, no tienes ningún lugar a dónde ir.

—¡Esto no es Italia, bruja!

—¿Y cómo lo adivinaste, Sherlock? —ironiza. Levanto mi arma y le apunto. Un solo disparo. Solo una descarga y adiós Avery Kozlova.

—¿Por qué no debería matarte?

—Bueno, ¿primero? Soy la única forma de salir del archipiélago. Estamos en medio del Caribe, en la nada. De hecho, la isla ni existe en el mapa. Y asesinaste a los dos únicos hombres que sabían usar el yate. ¡Gracias por eso, idiota! Espero que tengas una idea de cómo entretenerme, porque me gusta tomar el sol y lo arruinaste para mí, eso no me hace feliz. Y una Avery infeliz es lo que menos quieres, créeme.

—¡Estás loca! —trueno tirando la pistola. Está mojada, eso en las películas sirve. En la vida real quizás sea yo quien termine muerto. Las armas de combate diseñadas para las peores condiciones pueden usarse, la Glock en mi mano que ha caído entre el lodo y se ha mojado hasta el cañón solo conseguiría una tragedia.

—Gracias —responde sin inmutarse cuando me acerco a ella. La Glock puede que no sirva, pero aún sigo siendo un depredador y ella no me teme.

—Más te vale que nos saques de este lugar. No quiero asesinarte, pero estoy perdiendo la calma y eso no es bueno.

—¿Por qué no quieres vengarte? —cuestiona haciendo un puchero.

Sí, la perra está loca.

—Solo conseguiré que mi hija esté en peligro, ¿no lo entiendes? Tengo suficiente muerte en mis hombros, no cargaré la suya.

—Dimitri la tiene como una Isakova. Nadie sabe…

—¡Nikov lo sabe! ¡Cavalli lo sabe! Si reaparezco ella sufrirá las consecuencias de mis actos. ¡Suficiente tiene sin sus padres ya!

Estoy demasiado cerca de ella y la lluvia nos golpea a ambos. Es más pequeña, así que está estirada para mirarme y yo encorvado. Sus labios se miran, púrpuras por el agua, apetitosos con las gotas cayendo en su rostro.

—Entonces cambiamos los planes. Asesinar a mi padre es la mejor opción, vamos a Chicago…

—No tengo poder —gruño. No tengo nada.

Frunce el ceño, su frente se arruga y yo lucho contra el impulso de pasar mi mano callosa por su aparente suave piel y borrar esa preocupación. «¿Qué me sucede?».

—Cásate conmigo —anuncia.

—Realmente estás loca. —Río.

Es una demente.

—Algo —concuerda curvando esos labios tentadores—, pero si nos casamos eso te otorgaría poder. Serías el esposo de la princesa de Chicago. Mi madre me dejó una fortuna, herencia de mis abuelos. Está a tu disposición. El poder es la única seguridad contra nuestros enemigos, uno de los principios de la Bratvá, ¿recuerdas?

—¿Y qué tendría que hacer a cambio?

No puedo creer que lo esté preguntando. Infiernos.

—Asesinar a Igor Kozlov…

Sigue hablando, pero estoy estancado en el movimiento de sus labios. Sin pensarlo, rodeo su cuello para pegar nuestros cuerpos. Ella jadea sorprendida y se adhiere a mí casi como una segunda piel. La camisa me estorba mientras mi cabeza da vueltas. ¿Estoy perdiendo la poca cordura? Mi cuerpo arde y el corazón lo tengo acelerado. Dios santo.

Sin pensarlo, o sin querer evitarlo, voy a por su boca. El mundo estalla y se reconstruye en un microsegundo entre ese *hazlo o retrocede*, pero Avery Kozlova no deja nada a la indecisión. Ella toma lo que quiere, cuando y donde lo requiere. Une su boca a la mía y salta sobre mí. Entonces agarro su culo y amaso la carne.

En el pasado creí que solo por una mujer desencadenaría al mismísimo Hades del infierno, pero entonces no conocía a Avery; por ella me convertiría en el propio inframundo si aseguraba mantenerla eternamente a mi lado. La sangre cobraría un nuevo significado, la inocencia sería un término perdido y la lealtad solo se podría conocer entre unos cuantos, pero moldearé el poder a mi voluntad. Entre el temor y el respeto la línea es demasiado corta.

Yo no era un monstruo, Vladimir Ivanov era el anticristo hecho persona. Los hombres se inclinarían por y para mí; de acuerdo o no, yo los gobernaría.

CAPÍTULO 04

VLADIMIR

Avery da palmadas de felicidad mientras desgarro el estómago de uno de sus enemigos. La mujer está demente, no existe otra explicación. No le tiene asco a la sangre, disfruta verme torturar, sus ojos se iluminan como un cielo infinito cuando observa el miedo entre los hombres. Es una desquiciada. La hija de puta me agrada.

—¿Quieres rosas negras o rojas? *Umm,* no importa, mejor ambas —chilla animada.

No quiero mirarla porque eligió un pantalón negro de cuero, pegado, con un *top* en el mismo color que deja ver la piel de su vientre, el cual hace una semana me encontraba lamiendo. Mi polla se aprieta pensando en sus pechos, me dejó comérselos en la playa, ambos estábamos tirados en la arena en medio de una puta tormenta. Hubiéramos follado sin miramientos de no ser por los ruidos de la seguridad acercándose. Dante y otro idiota. Ella tenía la blusa rota gracias a mi ferocidad, así que le di mi camisa. Al siguiente día fingí que nada sucedió y desde hace una semana sigo en el mismo barco, simulando que no me la pone dura con solo el maldito recuerdo o su sabor permanente en mi boca. Es mejor retroceder a lo que sea que sucedió durante esos minutos.

En este mundo de la mafia es preferible ser aliados, así que mejor evitar cualquier acercamiento.

En el desayuno ella esperaba algo, lo noté cuando herí su corazón; se encogió ligeramente y luego me ofreció una sonrisa falsa.

Ahora estamos en Chicago. Aterrizamos en la mañana y nos trajo a un club. Ya no tengo el grillete y dejó a la seguridad detrás. Podría escapar con facilidad noqueándola o, para el caso, asesinándola, pero su propuesta es muy atractiva:

El poder de mantener a los míos seguros.

Hago picadillo el cuerpo y tiro los pedazos en un tanque. Avery deja de anotar para ayudarme con los galones de hidrólisis alcalina, junto al ácido secreto.

—Retrocede —le ordeno.

—¡*Oww*! ¿Estás cuidando a tu futura esposa? —pregunta haciendo un puchero. Carajo. Quiero comerle la boca, el cuello, el culo… ¡Concéntrate!

—Si te intoxicas no me sirves para nada —respondo frunciendo el ceño y empiezo a verter los veinte litros del químico. El humo no se hace esperar en el ambiente, ella tose retrocediendo. Yo lo he hecho tantas veces que mis pulmones llegaron al punto de adaptarse—. ¿Por qué no quieres que quede rastro?

—Es un pequeño regalo de bodas por adelantado.

Sigo en mi tarea hasta que se va consumiendo. No es simple ceniza, eso solo sucede con el fuego, por ello me quito mi camisa, pantalón y guantes, y tiro todo al tanque de metal para incendiarlo. Gracias al ácido las llamas son más insistentes y fuertes. Me baño en el almacén solo con mi bóxer y siento los ojos curiosos de Avery. Ella no finge que no me mira, es más, lo hace con descaro y deleite. Cuando la sangre se ha esfumado me tiende una toalla, pero no me la entrega.

—¿Puedo hacerlo yo?

Sus ojos están abiertos. No sé a dónde quiere llegar, pero no quiero decirle lo mal que acabará; en cambio, asiento apretando mis puños mientras se acerca a mí. Con las botas de seis centímetros que trae puestas está más a mi altura. Empieza por mi pecho, y, *joder,* veo sus pezones ponerse duros. Se me hace la boca agua. Quiero meterlos en mi boca y chuparlos tanto, que, incluso, el contacto con la tela le duela. Mi polla cobra vida; pocas mujeres han logrado hacerme vivir esta sensación de ser quemado por dentro. Avery baja la cabeza mientras me seca los abdominales y, más abajo, por el cinturón de Adonis[4], ella se lame los labios.

Joder, joder. Un problema. El sexo siempre lo es, sin embargo, quiero esa boca rodeando mi polla ahora mismo. Engancha sus dedos en la tela húmeda, pero la detengo, negando.

—Ahora te haces el digno —escupe tirando la toalla a mi pecho y empieza a caminar fuera; a la camioneta, supongo. Suspiro acomodándome el miembro. La única vez que quiero hacer algo bueno… y tiene que dolerme a mí.

4 La V que se forma en la parte baja del abdomen

Tiro el tanque, con una piedra dentro, de lado en el puerto y lo observo hundirse. No tiene rastros de nada, pero vale la pena asegurarse. Mi prometida está más que furiosa y se pone peor cuando pido ser yo quien conduzca, pues conozco Chicago, así como Nevada, ambos eran mis antiguos terrenos antes de que Dominic se hiciera más fuerte como Capo. Manejar estas calles me da un alivio que hacía tiempo que no sentía. Ella pide regresar al mismo bar de donde sacamos al hombre anoche, lo mantuvimos unas horas en privado juntos antes de que me pidiera torturar y descuartizar. Odio las órdenes, sin embargo, la dejo continuar con el poder hasta que asesine a Igor; desde ese instante en adelante Avery Kozlova, por muy *sexy* que sea, deberá morir. No quiero quedarme con ella, es un cabo suelto en la ecuación. Tiene razón sobre el poder y el dinero, pues me dará ambos, pero no seguiré siendo el peón de nadie. Debe morir.

—Felicidades —murmura entregándome unos papeles cuando estaciono—. Es tuyo, lo conseguí para ti. El hombre que asesinamos manejaba el contrabando de mujeres con el bar de fachada, ahora es tuyo. Fue uno de los que se benefició cuando mi padre se quedó como el jefe en Chicago.

—Creí que los Nivalli estaban en contra del contrabando de chicas —musito confundido. Sería doble cara que se molesten cuando tocan a sus mujeres, pero que permitan que millones sean vendidas y compradas como un filete más en el mercado.

—Por lo que sé no están al tanto —responde sin mirarme.

Mujeres.

—¿Cómo supiste lo que hacían?

—Tenía una amiga, Paty, una mexicana del Paso Texas, que estaba en la universidad mientras cursé un semestre de Economía. Ella me dijo sobre su visa de estudiante, la falta de dinero para los libros, su sustento. La ayudé un par de veces, pero un día no regresó a clase. —Traga saliva negando—. Seis semanas más tarde su cuerpo apareció en Detroit, en las noticias. La violaron, golpearon y tiraron su cuerpo a la basura. Tenía familia, unos padres que se sacrificaron para enviarla tras sus sueños. Investigué y mi sorpresa fue que Keilovich, el hombre que acabas de hacer desaparecer, ofrecía trabajo a estas chicas. Les hacía creer que las contrataría para secretarias, puestos en supermercados, cosas de bajo perfil; y cuando iban a la cita las secuestraba y traficaba con ellas.

—Lo siento —susurro. Intento tocar su pierna, pero evita mi contacto. Debería de sentirme aliviado, que se aleje es lo mejor, sin embargo, ese rechazo tan básico se siente como un tiro en las bolas. Debo ser duro con ella, no este hombre que dice *lo siento* e intenta consolarla—. Tenemos la licencia de matrimonio. Planear esta boda es algo tonto, ¿por qué no nos casamos mañana mismo? Es solo un papel.

—Estaba pensando lo mismo, este matrimonio no es real.

—Bueno, existen puntos que tendrás que hacer reales. Para recibir el dinero de mi madre debes quitar, eso… quiero decir, ¡caramba!

—Habla claro, Avery.

—No puedo ser virgen… El matrimonio debe ser consumado para que sea real.

—¿Virgen? —«Ella no ha lanzado la palabra entre ambos» repito en mi mente. ¡Acaba de celebrar mientras asesinaba a un hijo de puta! ¡Ella, prácticamente, me ofreció su coño hace nada!

—Sí, virgen, pero no imbécil. No he tenido sexo. No tenía tiempo.

—Eso no es problema, te metes un vibrador y solucionado.

—¿Tanto te desagrado? ¿Tener sexo conmigo sería un sacrificio?

«No, joder. Tendría sexo contigo ahora mismo, pero solo te jodería la cabeza».

—Ve a un bar y llévate la primera polla disponible a un hotel. Eres hermosa, alguien te hará ese favor.

«Yo solo voy a desgarrarte, meterte la polla a la fuerza, verte llorar por días hasta que te lance al primer hombre cerca para que te seduzca y complazca hasta que dejes de llorar y empieces a follar en cada superficie de la casa… Años más tarde terminarás suicidándote porque te enamoraste, te arrebataron ese amor delante de tus ojos y nunca saliste de ese vacío. Justo lo que hice con Dalila. No, gracias, Avery. Mi condena ya es suficiente castigo». Ella se indigna, así que me ordena volver a la casa. Estamos alojándonos en la única propiedad que aún me pertenece. Fue bueno volver y encontrarla, se encargó de contratar servicio para que la limpiaran y ahora parece un lugar decente sin tanto polvo.

Avery toma muy en serio mi sugerencia, lo peor es que debo ir con la chiquilla. Es mi pase libre y no la dejaré fuera de mi vista, así que debo aguantarme sus bailecitos sugerentes y ver cómo coquetea con más de uno. Se ha cambiado en casa por una minifalda, que bien podría ser un cinturón de lo corta que es. La tela apenas le cubre el culo y ella tiene uno enorme.

Una rubia se posiciona a mi lado, apretándome el brazo. Hago una señal a Dante para que vigile a la imprudente mujer en la pista y este afirma con un respeto que hace mucho que no había visto en ningún soldado.

—¿Está bien si te hago compañía? Vi a tu hija en la pista.

—Soy un padre bastante moderno —señalo dando un trago a mi agua con gas—. ¿Algo de tomar?

—Preferiría tomar un poco de aire fresco, ¿te apuntas?

¿Un hombre que hace meses no ha tenido una mujer? Sí, claro.

—Podría ser un asesino en serie —murmuro sonriendo.

—¿Lo eres? —pregunta tomándolo a risa.

—Algo peor.

—¡Uf! entonces será más excitante. Nunca me ha cogido un *bad boy*.

—Solo falta mi chaqueta de cuero.

—Igual no sería necesaria, quiero lo que está debajo.

Me giro completamente, esperando que huya de mis cicatrices, que eso la asquee y retroceda, pero solo parece calentarse más mientras junta con fuerza sus piernas.

—Es hora de ir a por ese aire —concuerdo.

La mujer es una fiera. Desde que pisamos el callejón intenta ir por mi boca, pero la giro contra la pared y le alzo el culo mientras le restriego mi polla. Aspiro una bocanada de aire contra su pelo rubio y cierro mis ojos, entonces introduzco la mano para subir su falda. La pequeña zorra no tiene ropa interior, así que mis dedos van directos a su coño rasurado y lleno de crema húmeda para mí. Se contonea jadeando y saca un condón de sus tetas para pasármelo sobre su hombro. Sonrío mientras rasgo el envoltorio y me retrocedo para sacarme el miembro y meterlo dentro del condón. Ella mira el espectáculo con ojos soñadores. Los odio porque no son verdes o azules, sino marrones como la mierda. No quiero verle la cara, así que la mantengo de espalda, bajo el cierre de su blusa y amaso sus pechos. Son pequeños, no grandes como los de Avery. ¿Qué carajos? Niego, gruñendo. Antes de que la zorra lo note me sumerjo en su coño. Intenta gritar, sin embargo, le cubro la boca con mi mano y me escupo la otra libre para introducir el dedo gordo en su culo. La mujer chilla escandalosamente, pero todo es silenciado con mi palma. Me meneo en su interior, dejando caer mi cabeza sobre su hombro, y jadeo desenfrenado mientras observo su pelo rubio y el contorno de su trasero con la poca luz del callejón.

—¡Emilie! —gruño, vaciándome dentro del plástico como un puto adolescente.

Muerdo la piel libre silenciando mi propio placer, cierro mis ojos y me dejo ir. Su cuerpo se contrae y ella explota contra la pared cuando añado dos dedos más. Tiene el culo tan abierto que, al menos, ha tenido dos pollas a la vez. La fantasía de que ella es Emilie Greystone se disuelve tan rápido como llega. Me alejo sacándome el condón, lo amarro y lo guardo en mis pantalones. La mujer se gira satisfecha, parece que ni le ha importado la mención del nombre. Maldigo en ruso, me ha manchado el pantalón. Carajo.

—¿Eres de la Bratvá? —jadea iluminándose más, si es posible.

—Si quieres vivir olvida ese término.

—No, no. Trabajo para ustedes —se apresura a explicar. Entonces hurga en sus tetas, parece que trae un almacén dentro, y me pasa una tarjeta blanca—. Mi nombre es Peggy, consigo mujeres para ustedes. Tengo un cargamento…

Es todo lo que dice antes de que le rompa el cuello. No seré hipócrita, si era un hombre que manejaba estos negocios en el pasado no fue porque quisiera. Mis *Pakhan* siempre lo hicieron y ser parte de la Mafia Roja significa no cuestionar, pero desde que tuve una pizca de poder fue algo que erradiqué. Estoy bien con matar gente, no me duele, no siento un carajo, y estoy bien con vender drogas, las personas eligen si consumirlas o no; pero no estoy de acuerdo con vender jovencitas si estas fueron obligadas. Si eres una prostituta porque lo elegiste estoy bien con ello. Tu problema, no mío.

No oculto el cuerpo. Aunque busquen alguna huella dactilar no la encontrarán. Desde los siete fueron arrancadas de mis dedos y cada cierto tiempo realizo la operación, sin contar que Kain, mi hermano que falleció hace años, nos borró de la base de datos americana. Vladimir Ivanov no existe.

Regreso otra vez al bar, donde Avery está en la pista con un tipo metiéndole la lengua y las manos por doquier. No le doy una opción, saco mi arma y apunto al mocoso.

—Se acabó la fiesta, Zaria —siseo.

La gente se dispersa alarmada.

—¿Por qué no te largas con esa puta?

—Tengo suficiente contigo —gruño y me la echo al hombro.

Ella no batalla como espero, de hecho, casi la puedo imaginar riéndose. Hago señas a Dante, quien abre paso, y vamos al estacionamiento, donde tengo aparcado el deportivo que manejé hasta aquí. Cuando la dejo sobre sus pies se me pega como una sanguijuela e intenta besarme. A la fuerza debo apartarla y encuentro sus ojos dilatados y rojos. Además, sus mejillas están sonrojadas. ¿Qué carajo?

—Se tomó un éxtasis —señala Dante.

—¡La dejé a tu cuidado!

—Es mi jefa, no puedo prohibirle nada.

—¡Estamos hablando de drogas!

Cuando el hombre se encoge quiero asesinarlo, pero tengo al gusano Avery tratado de pegarse a mí. Le ordeno seguirnos mientras batallo con la chica, la siento de copiloto y la amarro con mi camisa. Mi ira sube mientras conduzco hacia nuestra residencia.

RMA: DWtKMMxqRRMA
Track No: 1ZV388V09036845349

GREEN	Sat 7/02

From/Customer
Massiel Pena
9353 SWIMMING DR
HARRISBURG NC 28075-6721

To/Return Center
IND8 E4 AMAZON RETURNS
710 South Girl School Road
Indianapolis IN 46231

Dropped Off: 2 Jul 2022 12:24 PM
Location: The UPS Store #4952
CHARLOTTE, NC 28215-8776

TO REORDER YOUR UPS DIRECT THERMAL LABELS:

1. Access our supply ordering website at **UPS.COM**®
   or contact UPS at 800-877-8652

2. Please refer to Label # 01774006 when ordering.

Shipper agrees to the UPS Terms and Conditions of Carriage/Service found at www.ups.com and at UPS service centers. If carriage includes an ultimate destination or stop in a country other than the country of departure, the Convention on the Unification of Certain Rules Relating to International Transportation By Air as amended (Warsaw Convention) or the Montreal Convention may apply and in most cases limits UPS's liability for loss or damage to cargo. Shipments transported partly or solely by road into or from a country that is party to the Convention on the Contract for the International Carriage of Goods By Road (CMR) are subject to the provisions in the CMR notwithstanding any clause to the contrary in the UPS Terms. Except as otherwise governed by such international conventions or other mandatory law, the UPS terms limit UPS's liability for damage, loss or delay of this shipment. There are no stopping places which are agreed upon at the time of tender of the shipment and UPS reserves the right to route the shipment in any way it deems appropriate.

01774006 RRD

¡¿Drogas?! ¡Malditas drogas! Me salva de joderme con el alcohol, pero la señorita estúpida va directa a por éxtasis, ¡¿está loca?! La saco del vehículo y la subo al segundo nivel, a su habitación. Yo he ocupado la de servicio para mantenerme alejado.

Furioso como un vikingo troglodita la tiro en la cama, me quito el cinturón y le coloco mi antebrazo en la espalda baja. Intenta moverse, sin embargo, el aire es cortado con el movimiento del cuero, el cual cae en su trasero. Ella chilla como un animal. No me detengo la primera vez, se lo dejaré tan rojo que mañana no podrá pararse sin pensar en la estupidez que acaba de cometer solo por un maldito capricho. Le doy seis azotes, hasta que su carne está roja y la mujer no puede gritar más duro. No dejaré a otra irse de mis putas manos.

Perdí a Emilie por no ser más directo y luchar por lo que quería, perdí a Dalila por entregarla a la jauría sin previo aviso y perdí a Becca por protegerla.

Y no, Avery Kozlova, no te perderé a ti por las putas drogas.

—Si vuelves a consumir alguna mierda te daré veinte tan fuertes que abriré tu carne, ¡¿entendido?! Ella no está en condiciones de responder. La dejo en la cama hecha una bola llorona. Cuando salgo caigo contra la puerta y me agarro la cabeza. Maldigo, ya que parece que soy el veneno más letal, pues contamino todo lo que toco.

CAPÍTULO 05

VLADIMIR

Al amanecer mi humor se encuentra ensombrecido, pero empeora cuando Avery no está en el comedor con mi taza de café y me la entrega una chica de la servidumbre. Es un puto asco, agua sucia endulzada. Mis huevos parecen un batido de vómito borracho. Empujo el plato negando y dejo la comida de lado, concentrándome en hacer ejercicio. Tengo el cuerpo ardiendo debido a las imágenes de su trasero rojo bajo mi cinturón. Joder, no debería desear a Avery de la forma en la cual hago. ¡Es un escalón y nada más!

Haciendo mi rutina de lagartijas las puntas de unas zapatillas plateadas se posicionan frente a mí, lleva las uñas de los pies cuidadas, pintadas en un color carne. Carajo, incluso sus dedos de los pies me hacen latir la polla, ¿a quién le excitan unos malditos pies?

Esta mañana no esperaba verla. Si soy sincero mis expectativas eran que se quedaría a llorar en su cama todo el día o vestida en pijama caminando por la propiedad; es lo que la mayoría de las mujeres harían, excepto Avery. Ella tiene dos bolas de oro, se lo reconozco. Subo la mirada lentamente por esas piernas hasta sus rodillas, donde empieza una falda de tubo roja pegada a su cuerpo, delineando aún más su silueta, luego una blusa blanca con varios botones abiertos, dejando entrar aire a sus bellas tetas. Tiene su pelo negro recogido en un moño elegante y sus ojos cubiertos por unos lentes oscuros. Su maldita boca está pintada de fuego, más roja que la falda.

No sabía que me gustaba tanto el rojo hasta este momento.

—Tienes veinte minutos para estar listo. Te espero abajo —ruge con seguridad.

Sonrío mientras se da la vuelta y ladeo la cabeza, entonces me siento en el piso y observo su caminar. Se nota altanera, pero veo la débil, con señal de dolor. No comprendo la estúpida sonrisa en mi cara. ¿Esto esperaba? ¿Que me diera cara o se volviera una mártir?

Dalila hubiera permanecido un mes alejada de mí, y Emilie quizás me hubiera tratado de asesinar, pero ninguna de ellas me daría la cara.

Ninguna de ellas es Avery, nunca pensé estar agradecido de eso.

Tomo una ducha rápida, confundido por lo que está sucediendo. Ella es como un relámpago que ha impactado sin más. El deseo llega a ser molesto e incontrolable; siendo un soldado de la mafia eso del coqueteo y la espera no es algo que se maneje en nuestro mundo, somos de ir directos a por aquello que anhelamos. Ese fue mi error en el pasado, pude haber tenido a Emilie Greystone en un resoplido, pero no me moví con rapidez y Cavalli le hincó los dientes.

Estoy bajando al primer nivel cuando escucho a Avery molesta susurrándole a Dante.

—No vuelvas a entrometerte, ella no es de tu incumbencia.

«¿Ella? ¿De quién está hablando?». Frunzo el ceño extrañado. El viejo es quien se percata de mi presencia y baja la cabeza, puedo percibir los nervios que emanan de Avery. Mueve la cabeza sin saber qué hacer y eso me hace ponerme más alerta. No debería de importarme, quizás sea una amiga, o aquellas a quienes busca proteger.

—Estoy listo —anuncio como si nada.

Soy su seguridad y me ordena ir detrás de ella. Me divierte toda la situación de querer darme un lugar "inferior". Se mantiene con sus lentes mientras en el camino me aplica la ley del silencio. ¿Por qué estoy tan de buen humor? Me importa un carajo.

Hacemos un recorrido por las instalaciones de su empresa, o la que era de su madre, según tengo entendido. Los empleados la reconocen, la respetan, la admiran. Joder, la chiquilla los tiene comiendo de su mano. Hay diamantes por doquier, con personal trabajando en ellos. No sabía que era la dueña de esta joyería, ahora el logo de la empresa tiene más sentido. Es una A dentro de una C bordeadas en diamantes.

«AC Diamond Inc».—¡Avery! —saluda un niño bonito acercándose a ella. Rubio, de mediana estatura, parece un chico de revista de surf con un bronceado artificial. Me incomoda el abrazo que le da y el hecho de ver a Avery rígida. No me agrada.

—Hola, Christian.

—No sabía que vendrías por aquí hoy, ¿a qué debemos el honor?

Sigue estando demasiado cerca de ella. Me posiciono a su lado, aclarándome la garganta. ¿De dónde carajo viene el deseo de asesinar a este tipejo? Al final retrocede soltándola y percibe mi presencia. Odio que me haya notado ahora y no desde el principio. Soy el hombre que todos deberían ver antes de abrir la boca.

—Estoy dándole una visita guiada al jefe. Christian, te presento a Vlad Isakov —anuncia. Me desconcierta el cambio de apellido, pero no lo hago notar—. Es el hermano de Dimitri, ¿lo recuerdas de nuestra reunión?

—Claro, ¡por supuesto! —El chiquillo me da una sonrisa falsa y un apretón de manos débil. Se queda congelado observando mi rostro y las cicatrices—. Eso debió de doler, ¡*auch*! —chilla cuando ejerzo presión en mi agarre.

—Para un hombre de verdad, no —respondo.

Avery se aferra a mi antebrazo, aún sigue con esos lentes de sol que me ocultan sus ojos.

—Querido…

—No me gusta que me digas *querido* —corto regañándola, es un término que detesto—. Deberías de presentarme por lo que soy.

—Vlad —trata de reprenderme.

—No solo soy el jefe, Christian. Soy el esposo de Avery, y no me gusta la confianza que has usado con ella al abalanzarte sobre sus tetas, que claramente son mías. Resérvate tus abrazos y manos para ti, ¿entendido?

El hombre abre su boca y la cierra, entonces retrocede y suelto finalmente su mano. No tiene vergüenza al mostrar que le duele cuando trata de calmar el dolor. No es un hombre de la mafia, es solo una carita bonita tratando de escalar.

—Lo siento, no sabía —murmura disculpándose a ella. ¡Estoy aquí!

—No le hables a ella. Si quieres trabajar a mi lado empieza por dirigirte a mí. ¿Dónde carajos está la oficina o un lugar privado? —rujo.

—Sí, señor, ahora mismo lo llevo —canturrea nervioso.

Gracias a lo divino, Avery se hace cargo y vuelve a unir sus neuronas señalando el camino. Atravesamos el área de trabajo por la recepción y hacia el ascensor. Dante intenta seguirnos, pero lo detengo. En cuanto la caja de metal cierra sus puertas la chica jadea sorprendida al empujar su cuerpo contra el fondo. Sujeto su rostro con fuerza y bajo el mío al suyo para atrapar su boca en un beso salvaje, del cual se hace partícipe. Mi piel parece tener electricidad en estado puro porque siento esa corriente que ella despertó en mí cuando la besé en aquella isla, aunque elevada al millón. Abro sus labios con mi lengua, buscando la suya. Su cuerpo se aprieta con el mío, presionándome la polla. Estoy desesperado y loco. Le subo esa puta falda para follármela, marcarla, de ser necesario aquí mismo.

—Vlad, no, ¡detente! —suplica empujando mis manos.

Retrocedo en cuanto dice esas dos palabras y respirando descontrolado con la voz de Dalila en mi cabeza.

Me violaste minutos más tarde de ser tu esposa, ¿cómo iba a funcionar este matrimonio?. «No. No soy un maldito violador, creí que ella estaba correspondiendo» pensé nublado en la ira que era "normal". *Kain me violó* añade la voz de Emilie.

—Lo siento —siseo bajando la cabeza, avergonzado por mi actuar.

—No tienes que sentirlo. Me gusta que me beses, pero hay una cámara de seguridad. No quiero enseñarle mi trasero a solo Dios sabe quién —aclara caminando hacia mí y sus manos tocan mi pecho, luego suben por la camisa hasta acunar mi rostro—. Estoy molesta contigo. Me golpeaste y, por mucho que me gustara, no debes volver a tocarme de ese modo sin mi consentimiento.

—Te pusiste en peligro con éxtasis —murmuro quitándole los lentes. Está maquillada, hermosa como siempre, pero sus ojos están un poco rojos. Estuvo llorando. Y no quiero que lo haga ¿qué me ocurre con esta chiquilla?

—Fue estúpido, media píldora. No creí…

—No jodemos con drogas. Es la primera regla, no consumir nuestra propia mercancía, ¿lo olvidas?

—No lo volveré a hacer, ¿confías en mí?

—No he confiado en nadie durante mucho tiempo.

—Yo tampoco —concuerda saboreándose los labios—. ¿Qué ha sido todo este arrebato caliente?

«Me puse celoso porque un tipo de tocó, y tengo deseos de regresar y destriparlo a más no poder. No me gustó ver sus manos en ti…» Y podría seguir. Son cosas que pienso, pero no le digo porque me aterra regalarle ese poder a alguien. El conocimiento de saber cuánto me puede afectar.

—¿Por qué me has presentado como Isakov? —reviro desviando su pregunta.

—Es tu identidad en Chicago. Un nuevo comienzo, pensé que te gustaría.

—Es una buena estrategia, pero prefiero usar mi apellido.

Las puertas se abren cuando llegamos al piso que ella indicó, pero gasto unos segundo más observando sus bonitos ojos, hasta que suelta mi rostro y se recompone. Esta mujer me gusta, ¿cómo es eso posible?

En vez de ir detrás, le sostengo la mano entrelazándola con la mía. En este piso las paredes, en su mayoría, son ventanales despejados que permiten observar la ciudad. Una chica castaña nos recibe y se presenta como mi nueva asistente.

No estoy entendiendo nada, pero me dejo guiar por la mujer que hay a mi lado.

Mi prometida… Mi futura esposa. No tiene un anillo en su dedo, así que debería de conseguir uno. Un diamante brillante y fuerte, como ella.

—Los dejaré un momento. Si necesita algo estoy a una llamada —susurra la chica y cierra la puerta de la oficina. Todo es neutro, blanco, plateado. Suelto la mano de Avery para echar una mirada al lugar y luego a ella, que hace una mueca al sentarse.

—¿Qué significa esto, Avery?

—Que eres mi nuevo socio.

—No me gusta cómo suena eso, agradecería que empezaras a ser completamente honesta si deseas emplear el término *confianza* entre ambos.—Eso es justo —concuerda. Entonces alisa su falda, un poco nerviosa—. Mi madre me dejó una fortuna, este es su patrimonio. Era quien tenía el dinero, padre solo se acercó a ella por esto, la fortuna Cedrick.

—¿Es por eso por lo que lo odias tanto como para querer verlo muerto?

—Está tratando de venderme. No, de *regalarme* al primer hombre a quien pueda doblegar. Mis abuelos maternos son griegos y son creyentes de que una mujer no debería de tener el poder del dinero, por eso la pequeña cláusula que remarca que no podemos manejar nuestra fortuna. Igor manejó esto por mi madre y conseguí ser parte gracias a Roman, mi hermano, pero cuando cumpla veintiuno debo estar felizmente casada con un hombre que odie de igual manera, o más fuerte, que yo a mi padre. El único hombre que usará esta fortuna y en quien confío eres tú, Vladimir.

—Avery…

—Nos necesitamos —corta levantándose del asiento. Camina hacia mí, idiotizándome. No dejo de negar. Es un mal plan, no puedes colocar todos tus huevos en una cesta hueca, se caerán y se romperán en tus pies, embarrándote. No soy lo seguro—. Eres el único hombre que no podrá comprar.

—No soy bueno, te lastimaré incluso si no quiero. Es como soy.

—¿Y eso qué? Ninguno aquí es bueno, solo sobrevivimos. Es lo que has hecho, seguir. Y eres bueno, me lo demostraste cada vez que defendiste a la Joya Cavalli. Ella te causó daño, pero aun así la defiendes.

—Yo también he causado daño. No soy un santo —respondo.

Está tan cerca de mí… su olor, su tacto. Dios, esta chiquilla me vuelve loco. Las emociones de Avery son reales, tanto como las mías. Malditas y profundas. Sus ojos tienen esa llama de esperanza, ese toque de humanidad. No quiero decepcionarla, y, por primera vez en mucho tiempo, deseo ser mejor. Quiero serlo.

—Eres la bestia que se abrió camino con garras, desde lo profundo, para sentarse en un trono hecho de huesos y sangre. —Ella me besa la mejilla, seduciéndome—. Eres una fiera, *cariño*, y estoy complacida con que sigas de ese modo. Mi intención no es cambiarte.

—No creí que tendría otra esposa —susurro intentando desviar mis pensamientos al pasado, despistar lo que está logrando hacerme sentir.

—Seré una divertida —musita suavemente, mordiéndome la oreja.

Dios santo.

—Zaria —gruño, empujando despacio sus hombros—. Estás tentándome, y, por mucho que quiero follarte justo ahora, una oficina no sería un lugar cómodo para tu primera vez, ¿no crees?

—¿Te duele? —cuestiona tocándome la polla dura por encima del pantalón.

«Maldita sea».

—Sí —respondo aclarando mi garganta y suplico que alguien nos interrumpa.

—Puedo aliviarte.

—Avery —advierto en tono ronco, pero ella es determinada. He descubierto que si fija un objetivo lo persigue sin descanso.

—Una vez escuché a la esposa de Roman decir que cuando estaba de rodillas frente a él se sentía poderosa… ¿Puedo sentirme así frente a ti?

—No soy tierno ni delicado, Avery.

Debe saberlo, merece tener el panorama completo.

Trago saliva en cuanto empieza a abrir mi pantalón y cierro mis ojos un segundo para buscar alguna chispa de determinación, pero no tengo. Quiero esto, tenerla. Ella se arrodilla con un poco de ayuda por mi parte debido a la falda ajustada. La observo sacando mi polla y su rostro de sorpresa, no creo que sea consciente de cómo vuelve a humedecer los labios, relamiéndose con hambre en la mirada. Esa boca que continúa roja, como si no la hubiera besado hace minutos. Entonces me agarra con sus suaves manos, solo un toque delicado. Cubro mi mano con la suya, haciendo fuerza y enseñándola. Sus dedos no cubren mi eje, aunque lo intenta, y se exalta un poco por la dureza con la cual muevo mi mano.

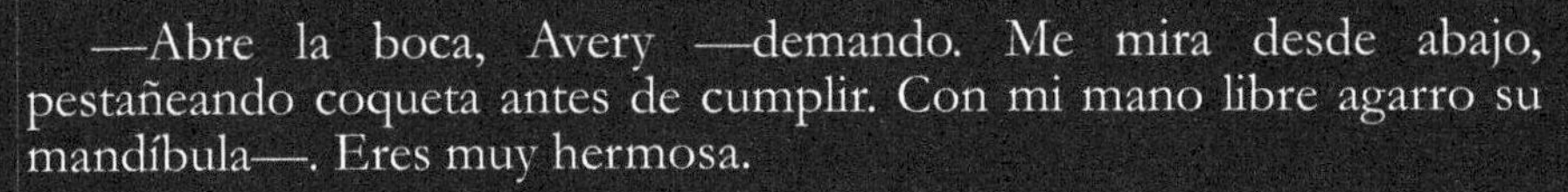

—Abre la boca, Avery —demando. Me mira desde abajo, pestañeando coqueta antes de cumplir. Con mi mano libre agarro su mandíbula—. Eres muy hermosa.

—Como Zaria, la diosa de la belleza.

—Más que ella, muchísimo más.

El fuego de un sonrojo cubre sus mejillas. No debo olvidar que, si bien Avery es una mujer fuerte y determinada, también es una princesa en un cuento de monstruos.

Empujo mi pulgar entre sus labios, los cuales se cierran para chupar con descaro. Ladeo la cabeza sacándolo y volviendo a empujar, luego lo sustituyo por la cabeza de mi polla; entonces ella saca la lengua para saborear las primeras gotas en la corona. Empujo lentamente, dándole una oportunidad de probar qué tan profundo puede tenerme.

—Así, Zaria. Eso es… —apremio. Sus ojos se llenan de lágrimas, así que retrocedo saliendo de su boca—. Usa tus dos manos para empujar hacia atrás mientras me la chupas, bonita. Si eres buena te premiaré.

—¿Qué puedes darme que ya no tenga? —desafía.

—Pecado, lujuria. Conocerás por qué se le llama el fruto prohibido. Una vez que lo pruebas no puedes impedir querer más y más. Es un cúmulo en medio de tus piernas, ese ardor que estás sintiendo ahora, ese goteo baboso. Quieres que te toque entre tus labios, ¿no? Y no hablo de tu boca.

—Me duele, ¿es normal?

—Sí, bonita, y vas a querer ese dolor más seguido. Ahora ocupa tu boca, mi polla está esperando que la atiendas.

Cumple mis indicaciones. Con ambas manos empuja hacia atrás masturbándome y con la boca me chupa, se nota su falta de experiencia. Me agarro las bolas, masajeando, dándole una demostración de qué hacer y empiezo a follarme su boca entrando profundo y rápido. Me suelta para agarrarse de mis piernas y sus ojos lagrimean. El rímel baña sus mejillas, pero su mirada sigue ardiendo en fuego y pasión, ella quiere esto tanto como yo.

—Te llenaré la boca. Bebe, traga todo —siseo.

El orgasmo me sacude las bolas, me las aprieta. Muevo más duro sintiendo el cielo de su boca, entrando profundo. Parece tener arcadas, aunque las sabe dominar, y empieza a masajear por su cuenta mis bolas. Gruño y cierro los ojos dejando caer mi cabeza hacia atrás. Maldita mujer.

Mi carga es pesada y el primer chorro cae en su boca. Vuelvo a mirarla cuando sigo viniéndome y ella traga todo. Codiciosa, no desperdicia nada. Aunque tiene saliva goteando de su mentón y el maquillaje corrido en sus mejillas, es una vista maravillosa la que ofrece.

—¡Mierda! —gruño. Su imagen es aún más hermosa—. Buena chica. Ahora límpiala, Avery.

Saca la lengua y lame toda la circunferencia. Trato de regular mi respiración. Carajo. Eso ha sido realmente bueno. «¿Qué estás haciendo, mujer?».

Ella vuelve a introducir todo en mi bóxer y sube mi pantalón. Subo el cierre y me coloco el cinturón sonriendo.

—¿Qué más tenemos que hacer aquí? —pregunto levantándola y saco mi pañuelo, ese que ella se ha empecinado en guardar en mis ropas. Al parecer se lo ha ordenado a la servidumbre porque siempre aparece uno en mis camisas o pantalones. Le limpio las mejillas negras y debajo de sus ojos.

—No mucho realmente. Te traje para que todos pudieran conocerte.

—Bien, porque quiero llevarte a casa y darte ese premio que acabas de ganar.

—Ese es un buen plan —murmura curvando los labios.

—Entonces vamos, quizás ahora me dejes pegarte una vez más.

—No cuentes con ello, tengo el culo ardiendo…

Antes de que siga hablando bajo mi rostro, besándola. No sé lo que saldrá de esto, pero quiero disfrutar el camino que Avery está construyendo, donde por primera vez me siento parte.

CAPÍTULO 06

AVERY

No entiendo lo que me sucede con Vladimir, parece tener un tipo de control en mí y, por primera vez, no me desagrada sentir que un hombre es capaz de dominarme a su antojo. No si es de este tipo de control. Uno placentero.

Entramos en la casa tropezando con todo, sin querer separar nuestras bocas o apartar las manos del otro. Río cuando me deja caer en el sillón principal. Tengo su sabor en mi garganta y es delicioso. Estar de rodillas dándole placer sí me ha hecho sentir poderosa, es algo que quiero repetir tantas veces como me sea posible en el futuro.

Me baja la falda, tocándome la piel y creando fuego por doquier. Sus palmas callosas me abren las rodillas, separándome. No me gusta la ropa interior, la mayoría de las telas me lastiman, así que soy de ese uno por ciento que no la usa en absoluto, pero justo hoy decidí usar un tanga, ya que estar a su lado me ocasiona un muy baboso coño. Vlad hunde la cabeza en mi centro, aspirando en profundidad. Curvo mi cuerpo, separándome ligeramente del mueble, y tiro de su pelo cuando esos ojos verdes me miran y calienta hasta el último glaciar de la Antártida. Saca la lengua y chupa mi coño sobre la tela, haciéndome girar los ojos y gritar de inmediato.

—Guarda silencio, Zaria, cualquiera dirá que estoy torturándote —se burla descarado.

—Hijo de puta… —jadeo.

—Y aun así te humedeces, ¿qué quiere mi zorra personal? —cuestiona. El contexto es tan jodidamente caliente en su boca que no me siento ofendida.

—Chúpame —le ordeno.

—¿Tu pequeño coño virgen merece mi boca?

—Sí.

—¿De verdad? ¿Y cómo me lo pagarás?

—Como lo veo, eres tú quien está pagándome a mí.

—Pero no has dicho la palabra mágica, *¿humm?*

—Dámelo —reviro lamiéndome los labios. Sé que la palabra debería ser *por favor*, pero no le daré ese gusto—. Tu boca, ahora.

Sonríe arqueando una de sus cejas y luego cumple, primero sopla ligeramente para luego apartarme la diminuta braguita a un lado. El primer toque de su lengua va directo a mi clítoris. Me muerdo el labio, haciéndome sangrar, para no chillar por ese único toque. Sé lo que es darse placer, he tenido experiencia tocándome y autodescubriendo qué disfruto hacerme, pero que este hombre sea quien me estimula es otro nivel fuera de órbita.

Chupa bastante fuerte, al punto de que percibo un ardor que me enloquece aún más. Vlad no es un caballero tierno y delicado tocando los pétalos de una flor, es el jardinero; aprecia su belleza, pero le arranca la maleza de un tirón. Me abre con sus dedos, deleitándose con el banquete que le ofrezco. Es torturador, rudo y diabólico. Pronto me encuentro gritando su nombre, rogándole hacerme llegar. El orgasmo llega en medio de mis piernas temblorosas y ese hombre no se aparta, por el contrario, me aprisiona contra el mueble, torturándome.

—Vlad… Vlad, ¡por favor! —suplico en un mantra.

Las lágrimas se escapan de mis ojos, el cuerpo me convulsiona y la respiración se me corta mientras el corazón se me acelera. Mierda. Esto sí es un jodido orgasmo, aquellos con los que me estimulaba fueron juegos de *kínder*. Me libera cuando está complacido, trepando por mi cuerpo hasta adueñarse de mi boca. Sus labios son impetuosos, me muerde y luego lame la sangre que me provoqué. Muevo mis manos para quitarle la camisa mientras él rompe la mía. Los botones caen en el piso y saltan hasta detenerse. Estoy desenfrenada con sus caricias ásperas y perdida en su boca. Mis tetas son un buen lugar para Vladimir, que deja salir gruñidos mientras lame y muerde. Voy por su cinturón, pero me detiene sosteniendo mis muñecas con fuerza.

—No —murmura levantando la cabeza.

Asiento despacio, comprendiendo que ese es un límite que no está dispuesto a pasar esta noche. Me mira un poco más y luego me suelta. Acomodando su cabeza entre mi pecho desnudo, introduce una mano debajo de mi cintura y me abraza.

¿Está acurrucándose? Un poco perdida le acaricio el pelo. Tengo fotos de cuando prefería llevarlo en corte militar y no de este largo; me gusta más este estilo, le da un aire más joven.

—No tengo una buena historia con las mujeres —musita con suavidad—. No quiero dañarte, no de manera intencional.

Trago el nudo en mi garganta.

—Soy una de las duras, tranquilo.

—¿No te desagradan?

—¿Qué? —pregunto confundida.

—Las cicatrices, estar conmigo… No soy una buena persona. Violé a mi esposa el día de nuestra boda y me obsesioné con otra hasta que lo perdí todo. —Calla pensativo. Muevo mi pierna y la subo sobre su trasero. ¿Cómo llegamos a este punto de intimidad?

—¿Te arrepientes? ¿Harías algo diferente si pudieras retroceder?

—No me casaría con Dalila. Ella era frágil y no supe verlo, estaba acostumbrado a joder rusas a quienes les importaba un carajo si les desgarraba el culo o no, y luego, cuando me entregaron a esa princesa delicada, yo no supe qué hacer con ella. —Se percibe tanto dolor en sus palabras. No quiero hacer la siguiente pregunta, pero antes de darme cuenta ya lo he hecho. Un peligroso error, desde luego.

—¿Y con Emilie?

—Sí —gruñe aclarando su garganta—. La hubiera retenido, sin darle una sola oportunidad de escapar.

Detengo la caricia en su pelo, sintiendo el golpe en la boca de mi estómago. La ama, aunque intente esconderlo detrás de la amargura, cuando habla de ella incluso su voz denota orgullo y admiración. Dios mío, tengo el sabor del semen de este hombre en mi boca y su saliva en mi cuerpo, mientras él habla de la mujer que quiere, la cual claramente no soy yo.

—Necesito un baño —murmuro empujando sus hombros—. Tenemos mucho que planear, no deberíamos perder el tiempo en estas estupideces.

—Avery —llama intentando retenerme, sin mucha convicción—. Estaba siendo honesto, me sentí en confianza para hablarlo como amigos…

—No somos amigos —siseo, ahora sí estoy molesta por esa absurda afirmación. Me pongo de pie para acomodar la braga mojada e inservible y me tapo los pechos con la blusa rota—. Vamos a casarnos, a construir algo juntos.

—Pero es solo una fachada, no es real.

Auch, doble *auch*.

—Por supuesto, yo solo… quiero decir, debería tomar ese baño ahora. —Antes de decir algo que me haga más ridícula, levanto mi falda, el bolso y huyo de su presencia.

No lloro, no lloro. ¡Yo no soy ridícula! ¡No soy un triste conejo abandonado! ¡¡No señor!! Mi madre crio a una perra poderosa, no una hoja al viento. Me muerdo la cara interna de mi mejilla sin dejar salir las lágrimas. Si voy a dejar que se deslicen en por mi piel es por ahogarme con una polla y no por llorarle a un bastardo como Vladimir, ¡él no lo merece! Si no puede ver a la mujer frente a sus narices por estar encaprichado con un recuerdo imposible, ¡ese es su problema!

Me baño lavando mi pelo y luchando contra las imágenes, las sensaciones que despertó en mí. ¡Basta ya! Soy una perra manipuladora y narcisista.

¿Qué estoy haciendo? Tengo un propósito: no estoy a su lado para follar, sino para conseguir mi objetivo, entregarle el suyo y cumplir mi deber, mis intereses.

Al salir del cuarto de baño noto que mi teléfono parpadea en la cama y la pantalla se enciende con una llamada entrante. Desconocido. Genial, invocas al diablo.

—En Lincoln Park, junto a las panteras, en una hora.

Corta antes de que pueda decir un *hola* o *ahí estaré*. Tiro el móvil en la cama, frustrada. Aquí estoy, acumulando más problemas. Esto debió ser fácil, sin embargo, mis acciones nos han llevado a este punto. No solo quería el dinero, sino al hombre.

¡Estúpida, estúpida! Termino de cambiarme en tiempo récord, tengo que atravesar Chicago para estar a tiempo en el zoológico.

—¿Dónde vas? —pregunta mi futuro esposo falso.

—Tengo una reunión con mi padre —miento sin levantar la mirada, guardando mi móvil en el bolso.

—Estás muy coqueta para una *reunión* con Igor, ¿no te parece?

—Mi padre acostumbra a verme en estas vestimentas. No soy una recatada italiana, ni la sureña inocente —trueno dejando detrás el sonido de mis tacones.

Dante intenta acompañarme, pero esta cita significa traición a todo lo que conozco desde niña, aniquila mis principios y, si mi padre supiera, él mismo me asesinaría con sus manos. La brisa cálida de la noche abraza mis piernas desnudas y mi vientre libre. Me deslizo detrás del volante del Bugatti rojo acelerando colina abajo.

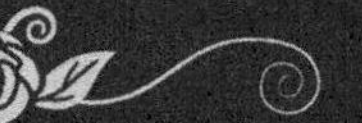

Mientras más me alejo de Vladimir Ivanov, más puedo limpiar mi mente y volver al punto de partida. Él debería ser solo un escalón en mi lista, pero se ha convertido en todo mi piso.

Y eso es imperdonable, no debería gustarme que me toque o permitirlo, pero necesito llegar al sexo y quitarme esta molestia. Podría hacerlo con un hombre cualquiera, por supuesto. Padre no tendría forma de conocer la verdad o si estoy mintiendo, sin embargo, sería más normal con mi esposo, al menos no un desastre.

¡Basta ya!

Llego tres minutos tarde, ¡mierda! Eso me hace correr en zapatillas de seis centímetros en un camino mal pavimentado. Las luces del zoológico están iluminadas y todo en solitario, hasta las jaulas de las panteras. Ha dispuesto una mesa con bebida, carne en un plato y fruta, tiene a tres hombres de seguridad custodiando y un cuarto a su lado.

Y luego está él… Existe un demonio en las sombras, el cual siempre domina este juego a su favor. Y yo le pertenezco a él. Se mantiene en la oscuridad, siempre oculto moviendo sus fichas. Solo aparece cuando debe controlar a los peones.

—Cinco minutos tarde —sisea en tono frío.

Mi cuerpo reacciona inmediatamente, me cuesta todo no retroceder del temor.

—Lo siento, no me diste mucho tiempo.

—Te di el justo si hubieras estado lista —rebate moviendo sus manos. Uno de sus hombres se detiene frente a mí y empieza a tocarme, verificando que no tenga un arma oculta o algún micrófono, aunque tiene un bloqueador de señal, así que no serviría de nada, mi celular tampoco—. Siéntate —ordena abriéndome una silla a su izquierda.

El otro chico, de pelo castaño claro y alto, me da un repaso rápido.

—Ella está exquisita. Mi polla sería feliz en su coño —murmura en italiano, haciéndome imposible entenderlo.

—Mi paciencia, Nicklaus —regaña mi anfitrión.

—Eres tan aburrido, Dominic —se queja tomando un puñado de uvas.

Dominic Cavalli, el Capo de capos en la Mafia Italiana, me toca el hombro. No sensual, es un toque fiero, gritándome que mi vida depende de qué tanto él está dispuesto a aguantarme o le sea útil. Soy su peón, todo lo somos en su tablero perfecto.

—Cuéntame tus progresos, Avery. Estoy muy inquieto por saber qué te está tomando tanto tiempo —susurra frío y controlador.

Quiero encogerme en la silla. Puedo enfrentar a mi padre, a mi hermano y a cualquier hombre, pero no a este. Si intentara mover un músculo estaría muerta sobre la mesa antes de ordenarle a mi cerebro que lo hiciera. Conozco su bestia interior. La tuve en Rusia hace casi un año cuando asesinó a esos hombres delante de mí. Un diablo vistiendo a la moda, manchando su traje de vestir con sangre rusa.

Gritándole a la Bratvá cuán invencible y poderoso era. Roth Nikov puede dominar a los soldados, pero todos siempre reconocerán la cabeza del triángulo.

—Está en buenas manos, se lo garantizo, pronto estará listo para asesinar a Igor.

—Mmm —chasquea la lengua en desagrado.

—Pero aún no se casan, ¿por qué?

—Es un poco más complicado…

—Entonces hazlo fácil, Avery. El trato es mi protección siempre que hagas a Vladimir Ivanov dueño de AC Diamond Inc. —Agarra el cuchillo filoso para picar un trozo de carne.

—Lo presenté hoy. Es solo cuestión de tiempo, señor. Lo haré.

—No soy un hombre paciente —me recuerda. Trago saliva.

—Lo sé, y no es mi intención retrasarlo.

—Bien. —Se come la carne directo de la punta del cuchillo y luego observa el reflejo de su rostro en la hoja—. No me gusta amenazar a las mujeres, me recuerda un tiempo muy oscuro, pero debo decirte que el reloj hace *tic, tac* y cuando lo detenga podrías salir herida. Será mejor que adelantes esos planes. Convierte a Ivanov en la cabeza de Chicago.

—Tienes los recursos para matar a mi padre, ¿por qué todo este juego?

—¡*Shh*! princesa Kozlova. No necesitas conocer mis motivos, solo seguir mis indicaciones.

—Si él lo supiera sería mucho más fácil —insisto.

—Antes eso no te molestaba, ¿por qué ahora sí?

—Follaron —interviene su *consigliere*, Nicklaus Romano. Es la primera vez que me sonrojo delante de hombres que, aunque estén en una especie de acuerdo conmigo, no dejan de ser el enemigo—. Eso es, mira su rostro.

—Has tenido mucho tiempo de comerte la cereza, pero no de partir el pastel —murmura Cavalli chasqueando la lengua—. Una semana, Avery. Si no lo consigues se acaba nuestro acuerdo.

Dicen que cuando estás perdiendo tu única esperanza se te aparecen las ideas más descabelladas. Evito temblar, que vean cuanto me afecta. Finjo serenidad buscando en mi mente alternativas y llego a la conclusión

de que necesito seguir este plan de la mano de Cavalli para que ella esté bien… Es por el futuro.

—Lo tengo, una semana —aseguro.

—Te llamaré cuando lo requiera. Ahora vete.

—Sí, señor —grazno entre dientes.

Salgo del zoológico y subo al vehículo. Dios mío, de verdad firmé un pacto con Lucifer y ahora planeo estrellar un coche de cuatro millones de dólares. Medidas desesperadas, remover el dolor y la impotencia de un hombre.

Me alejo lo suficiente manejando hacia la colina. Abro mi celular y llamo a Dante, pero cuelgo antes de que pueda contestar. Luego llamo a la propiedad de Vladimir, donde quiso regresar, quizás buscando tener un poco del pasado. Alguien de la servidumbre responde.

—¡Mis frenos! ¡No responden mis frenos!

—¿Señorita Kozlova…?

Y entonces tiro el móvil al asiento y sonrío mientras giro el volante, asegurándome de golpear el muro. El impacto me hace irme hacia adelante, luego el cinturón me retiene seguido de un fuerte golpe en mi cabeza. Las alarmas de otros vehículos en la calle se disparan, el dolor en mi cabeza se propaga y luego siento un poco de sangre, o mucha, no lo sé con precisión. Me toco con las puntas de mis dedos la herida, mareada y confundida, para luego caer sobre el volante, perdiendo la consciencia. Atravesaré el infierno por conseguir mi objetivo.

CAPÍTULO 07

VLADIMIR

Estoy en la ducha, el agua caliente golpea mis hombros mientras inclino mi cabeza hacia adelante, pensativo. Soy un caos de ideas y emociones conflictivas, todas marchan en dirección a Avery Kozlova y la electricidad que despertó con cada toque, esa intimidad extraña compartida en el mueble. Me gustó, fue agradable, pero no correcta.

Tenemos planes, en ellos no está que le chupe el coño como un demente, y menos que me detenga cuando ella se me ofrece. ¿Qué está sucediendo conmigo?

Cierro la llave del agua y salgo agarrando una toalla, secándome. No cierro los ojos, de hacerlo retrocedería hacia Dalila y mis errores, la culpa sería más pesada sobre mí.

¿Es eso lo que no me permite avanzar? ¿La culpa de su muerte?

En la habitación me siento en la cama, dándome cuenta de cuán patético me he vuelto, yo, un soldado de la Bratvá, un hombre crudo y sin sentimientos, ahora dominado por un coño. No debería esperar y seguir cada plan de Avery, sino dominarlos por mi cuenta.

Me paro, observando la bestia en el espejo. Mi cuerpo lleno de tinta, las cicatrices burdas en la piel y las de mi cara; llevo mi mano tocándolas, delineando. Las he usado por años para intimidar, el hombre que sobrevivió a la ira de Dominic Cavalli.

Al único a quien no ha podido aniquilar. Creí erróneamente que Kain, mi hermano, tendría ese mismo destino, sobrevivir. Antes buscaba venganza, luego de tener a Becca contra mi pecho, bañada en sangre mientras lloraba, entendí que si alguien la tocaba o lastimaba yo iba a triturar al maldito.

Sentí respeto por Dominic… Podría llamarlo incluso admiración.

Vladimir Ivanov es hijo de la Bratvá, criado en las leyes de la Mafia Roja.

Soy la bestia que sembró destrucción, aquel que aniquiló la mala hiedra en nuestra organización, el hombre a quien los soldados respetan. Alcé mi apellido con orgullo.

¿Por qué ahora dejo que una mocosa dirija mi camino?

Mientras lo pienso una sonrisa cruel y soberbia cursa mi rostro.

Me casaré con Avery Kozlova, lo haré. Ella me interesa en un nivel físico que antes no experimenté. La quiero, la tendré, pero no la necesito liderando para apoderarme de lo que, por derecho, me fue arrebatado, tampoco el día exacto de eliminar a quien me estorba.

No necesito una estrategia cuando tengo las conexiones y los músculos.

Me visto de negro. Sé que me ensuciaré mucho esta noche. Preparo mis dos armas y subo a la habitación de Avery retirando uno de sus cuchillos, parecen ser el arma que ella disfruta. Estoy bajando la escalera cuando Dante me detiene.

—No sabía que era un esclavo —murmuro relajado.

El hombre se extraña y frunce el ceño.

—No, señor, es usted libre.

—Eso me gusta más. Dile a Avery que regresaré mañana y transfiere nuestras pertenencias a un solo dormitorio.—¿Cómo? —me corta lívido.

—Lo que escuchaste —reviro terminando de bajar la escalera.

Voy al garaje y retiro la lona al vehículo cubierto, un lindo Aston Martin DBS en rojo. El color me recuerda la sangre, roja, furiosa, burbujeante, idéntica a la que tendrán mis manos muy pronto.

Si quieres información en Chicago un solo hombre la proporciona. Es Cartel Ross, un afroamericano del subsuelo. Se le llama así porque maneja las redes bajas, drogas, prostitución, ¿quieres vender tu virginidad? ¿Vender drogas como un pequeño *dealer*? ¿Conseguir las herramientas para hacer desaparecer un cadáver? Cartel es tu hombre, pero yo quiero una conexión hacia New York, la cual solo él puede hacer sin involucrar mi nombre. Conduzco hasta su madriguera en Englewood, el peor barrio de Chicago. Solo al entrar notas la diferencia, las calles sucias, la música alta, los borrachos en las esquinas, los muebles apilados frente a algunas propiedades. Cartel parece tener una fiesta cuando estaciono frente a su casa, las mujeres y los hombres están pegados, casi follando con la ropa puesta. Algunas cabezas se giran y me observan curiosos, pero mantienen la distancia. El humo de marihuana dentro de la casa es asfixiante. Me las ingenio para entrar, esquivando a algunas mujeres demasiado contentas. Ubico a uno de los chicos sentados en la escalera, si está ahí es un *dealer* de Cartel, así que voy directo al chiquillo.

—Llama a Cartel Ross —siseo parándome recto frente a él. Tiene una pipa en la boca y lanza el puto humo tosiendo.

—Chúpame la verga —responde sonriendo.

Respeto o temor, consigue uno de ellos y dominarás masas. Entonces decido sacar mi arma. El chico está demasiado distraído riendo su broma ridícula como para enterarse de que estuvo en el segundo equivocado frente a lo que, claramente, es la persona equivocada. Disparo sin vacilación, es una escoria drogadicta menos fuera de las calles.

Le estoy haciendo un puto favor a la humanidad. En cuanto el ruido se eleva por encima de la música los demás empiezan a correr gritando por todos lados; un segundo idiota, más viejo, intenta dispararme, pero antes de, incluso, apuntar bien ya tiene una bala entre ceja y ceja, su cerebro queda pegado en la pared a su espalda. Un tercero es más inteligente y tira la suya al piso para levantar las manos.

—¿Dónde está Cartel? —gruño ladeando la cabeza.

—Arriba —responde temblando.

—Lárgate de aquí —aviso y pateo el cuerpo sin vida del primero.

No quiero manchar mis zapatos, me gustan demasiado, así que los limpio sobre su ropa y subo las escaleras de madera, le falta el pasamanos y las paredes tienen grafitis de bocas chupando pollas y un coño mal hecho. Una mujer con los dientes podridos me indica la habitación, parece que se ha orinado encima del miedo. Le pego una patada a la puerta, la música es más estridente y la escena asquerosa. Cartel está recibiendo una buena cogida de un mastodonte.

Disparo al estéreo acallando esa cosa infernal y luego al tipo en el pecho. Cartel chilla cual *mariquita*, tiene la diminuta polla erecta cuando salta de la cama observándome con esos grandes ojos marrones.

—V-Vlad —jadea.

—Sí, sí, soy yo. Tápate la basura esa que tienes en medio de las piernas y ven conmigo, tienes un puto favor que pagarme.

—No quería hacerlo, lo juro, pero él tenía información.

—Cállate —gruño disparando al techo—. No me hagas convertir tu pecho en una maldita regadera. Tienes una oportunidad de amanecer vivo, úsala y calla —advierto.

Hace años debía conseguirme la ubicación de mi hermano Kain en la selva, dijo que la tenía y cuando vine por ella había desaparecido. Me traicionó por una suma de dinero sustanciosa. Fue el primer movimiento que desencadenó un sinnúmero de tragedias detrás. Se pone un pantalón y se cae al piso, haciéndome girar los ojos.

—¿Qué debo hacer? Lo tendrás, sea lo que sea.

—Necesito un cargamento de MR 18 —detallo. Abre sus ojos, más asustado.

—¿D-Dos? —titubea. Joder y este es el estúpido que controla a otro puñado de idiotas.

—Dije car-ga-men-to, al menos diez docenas.

—Eso solo lo consigue un hombre y no estamos en buenos términos.

—Entonces es tu día de suerte. Consígueme esas diez docenas y vivirás un día más, ¿qué tal eso? —me burlo dejándome caer casual contra la pared y coloco una pierna sobre otra.

—Es tarde, no responderá mi llamada.

—Llama, ¡ahora! —ordeno.

Temblando, marca el número; demando que en altavoz, no me confiaré otra vez. La persona en la línea contesta.

—Tiene que ser una puta broma, Cartel. Es eso o estás jodidamente buscando la manera de cómo morir bajo mi mano, hijo de puta —sisea Raze Nikov en la línea. Si no estoy mal, está en New York dirigiendo su club de moteros.

—¡Hola, montaña de carne!

—Mámame la verga, imbécil —rebate el ruso.

—Hasta donde recuerdo tienes una buena, gorda y larga…

—¿Llamaste para pajearte, marica?

—¿Sabes que eso no nos ofende a los bisexuales…? —Giro mis ojos, aburrido de tanto escuchar.

—¿Y a mí me importa porque…? Habla, Cartel, tienes un minuto y ya agotaste cincuenta segundos.

—Necesito diez grandes de MR…

—No tienes el dinero para pagarme —responde Nikov, y está completamente en lo cierto. Cartel no tiene ese dinero, yo sé dónde conseguirlo.

—Es un cliente. Te aseguro que él sí lo tiene.

La línea se queda en silencio unos segundos antes de escuchar la voz del hombre de nuevo.

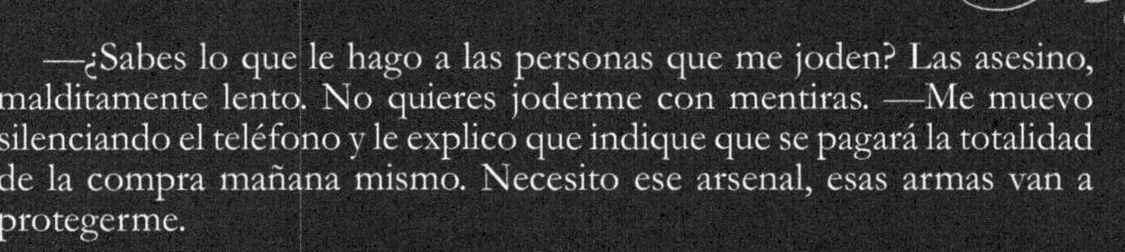

—¿Sabes lo que le hago a las personas que me joden? Las asesino, malditamente lento. No quieres joderme con mentiras. —Me muevo silenciando el teléfono y le explico que indique que se pagará la totalidad de la compra mañana mismo. Necesito ese arsenal, esas armas van a protegerme.

—Mi cliente pagará el cien por ciento, puede depositarte cuando tú indiques —dice.

—Las tienes, pero quiero el dinero antes. Te enviaré una dirección. Mañana en la noche le entregas a mi hombre y cuando lo tenga te despacho el cargamento, diez más si no siento que estás jodiéndome.

—Hecho —concuerda.

Cuelga la llamada feliz de conseguir lo que yo deseaba. Lo observo a los ojos sacando el cuchillo de Avery y lo clavo en su estómago. Cartel balbucea asombrado, lo hundo sonriendo y luego ejerzo toda mi fuerza para cortar en vertical, abriendo este y dejando las tripas salir, es como una explosión de sangre.

—La Mafia Roja nunca olvida, ¿recuerdas?

Cae de rodillas agarrando su vientre. Le agarro el cabello tirando de su cabeza antes de dar mi segundo golpe, cortando su garganta.

—Todo aquel que me traicionó caerá —finalizo. Me limpio la sangre en las sábanas, agarro su celular bloqueado y lo pongo delante de Cartel, el *Face ID* reconoce el rostro de su dueño y lo desbloquea. Salgo cambiando las medidas de seguridad del dispositivo. Me siento detrás del volante en mi Aston Martin sonriendo como un hijo de puta, este soy yo, mi verdadera cara, y es hora de que el mundo la reconozca. Con cicatrices o sin ellas, temerán a Vladimir Ivanov.

Manejo hacia *Underworld,* el *ring* de box callejero. Debo crear el dinero de Raze Nikov y solo tengo esta noche, pero lo conseguiré luchando. Kain frecuentaba a esta gente, era un imbécil bueno para pelear, conseguía vencer y ganar. Siempre creí que era una pérdida de tiempo, pero ahora entiendo por qué iba a eso, era lo seguro y rápido. Entro dejando mis armas, es un edificio aparentemente abandonado y todo se maneja en el sótano. Los guardias me inspeccionan y, al no encontrar nada, me dejan ingresar. Camino directo a la chica tomando las apuestas, una morena despampanante en minifalda.

—Hola, guapo, ¿quieres apostar?

—Contaba con ello —respondo guiñándole. Eso siempre funciona con las chicas—. Cien mil grandes a Mamba Negra.

—No tengo ningún Mamba, creo que te equivocaste.

—Solo anótalo, bebé. Tendrás un Mamba en la lista, y si eres buena con tus manos quizás amanezca en tu cama. ¿Qué dices a eso?

—coqueteo tocándole la mejilla. Los demás hombres en el lugar se encuentran ocupados divisando las pantallas gigantes colocadas en el techo.

—¿Cuánto te mide? —Se chupa el labio inferior.—Me han dicho que unos veinticinco, pero ¿por qué no lo mides tú misma?

—Cuenta con ello, ¿quién apuesta? —pregunta atrevida y da un paso más cerca para tocarme la polla sobre el pantalón de vestir. Si Avery estuviera aquí le rompería la mano, o simplemente se la cortaría. Sonrío ante el pensamiento de mi pequeña zorra.

—Vlad Ivanov.

—Ruso —afirma iluminándose cual cuatro de julio en fuegos artificiales—. No se ven muchos de esos aquí. Por favor, no dejes mucha sangre, si no me tocará limpiar el desastre. Los vestidores están atrás, si ganas tendrás a muchos hombres sobre ti.

—Mamba ganará —garantizo caminando hacia donde me indicó. Los vestidores son solo un intento de baño público mugriento. Me quito la ropa. No traje mis anillos ni prendas extra, así que me quedo con un bóxer negro. Desde que salga a ese *ring* no habrá vuelta atrás, todos hablarán de mí mañana en las calles. Anunciarán que la bestia reencarnó en Chicago, que está lista para doblegar a quien sea necesario.

«Esto es por Becca, Dalila, por nuestra pequeña. Ella merece crecer sin temor, sabiendo que su padre la protegerá».

En cuanto salgo y me abro camino en la multitud escucho los jadeos y cuchicheos. Sé que están observando la estrella de la muerte tatuada en mi espalda, así que muevo los hombros a propósito, para que las dos alas negras tomen vida. Es el tatuaje de la Bratvá, las dieciséis puntas anuncian muerte, sea donde sea que mires. Y yo soy el demonio que las porta, la parca, la calaca. Hoy haré honor a mi nombre: El ángel de la muerte.

Salto al *ring*. El tipo rudo no se intimida, parece ser el invicto, siempre existe uno de ellos y seis más o menos corpulentos.

El árbitro pide nuestros nombres. No escucho a los títeres, sino hasta que anuncia su nombre, el más desafiante de ellos.

—Snape —dice con voz ronca.

La multitud enloquece. Todos apostarán por él, estoy seguro.

—Mamba Negra —siseo fuerte y claro.

Escucho las dudas, los hombres piden más alcohol y algunos drogas, todo mientras nos explican las reglas: el último es el vencedor. Solo uno de nosotros sale con vida y los demás mueren. Es una masacre,

los juegos de la muerte reales. El que hace de árbitro sale y una malla metálica empieza a bajar. Una vez empiece la pelea será eléctrica, haciendo que cualquiera que la toque se queme.

—¡Que la sangre se derrame esta noche! —vocifera el hombre en una especie de micrófono—. Uno, ¡dos! Y…

No escucho el tercero. Corro contra los dos primeros hombres que intentar venir hacia mí en pareja, uno de ellos me lanza una patada al estómago que me hace reír, esto no es lucha de pañales. Rápido, me muevo, le rompo el cuello en el acto y lo tiro contra el metal, su cuerpo es carne rostizada y eso hace rugir a la multitud. El segundo quiere alejarse, pero un tercero lo carga y lo tira al piso sobre su rodilla como si fuera un muñeco, entonces escucho los huesos quebrarse. Es el típico que quiere dar un espectáculo, y parece conocer la arena porque porta un cuchillo de carnicero. Le rebana la cabeza, demasiado sumido en su acto no anticipa nada, así que salto sobre su espalda para tirarlo al piso. El cuchillo se le desliza y resbalamos sobre la sangre del muerto. Agarro el mango negro y lo levanto para clavárselo en la garganta hacia su boca. Su cabeza queda como un pedestal y sus ojos desenfocados. Saco el cuchillo para incrustarlo en el pecho y me giro hacia mi objetivo, que ya eliminó a otro y solo pelea con el último. No tengo tiempo que perder, así que le entierro el filo en la espalda, haciendo que este se doble. Snape aprovecha y lo empuja hacia mí, hundiéndolo más hasta que este lo atraviesa; luego lo hala y desecha el cuerpo a un lado. Tengo el cuerpo bañado en sangre, jadeando y apreciando la adrenalina de volver a ser yo.

—Es un excelente día para morir —canturrea mi enemigo.

—¿Cómo está tu vieja dama? Los Verdugos, ¿no? —Eso lo desestabiliza, así que no lo pienso más y le tiro con el cuchillo, entonces logro cortarle en el pecho y la sangre me explota en la cara.

Escupo en el piso mientras el hombre cae de rodillas. Sostengo su pelo, tirando con fuerza, y le alzo el rostro; entonces hundo el cuchillo, enterrándoselo en la garganta. La multitud enloquece mientras veo la vida irse de los ojos de un cobarde.

—Las noticias en la mafia vuelan —finalizo cuando se ha muerto. Empujo su cuerpo, este cae hacia atrás y el silencio reina. Todos callan. Cuando me giro y el árbitro anuncia mi inminente victoria, la algarabía regresa multiplicada. Los hombres aúllan mi nombre, se emocionan con el espectáculo que tuvieron, y la fiera renace en medio de sangre y muerte. La bestia rusa nada en caos, reinando como siempre debió haberlo hecho.

La celda se eleva y salto. Palmean mis hombros y mis brazos, pero voy con un objetivo claro. La chica se lanza a mi cuerpo sin importarle la sangre y la recibo siendo brutal.

No sé cómo terminamos en los malditos vestidores. Ella recibe mi polla dura sobre uno de los lavabos. Con la puta puedo ser yo, sin restricción ni culpa. Golpeo una y otra vez, gruño cual animal y la mujer grita como la perra que es. No se niega, no suplica, solo me toma en su interior como si aquel coño no hubiera tenido una polla en años. Nadie va a molestarnos, soy el jodido vencedor esta noche: tengo la bebida, el dinero y la puta que quiera, y elegí a la que me dará el dinero que acabo de ganar.

Le rompo el labio con mis dientes cuando me vengo dentro del condón que me puso con su boca, entonces me araña la espalda y esa mierda no me gusta. Me aparto de inmediato, quitándome el condón y muevo mi mano con violencia en mi polla para terminar de venirme en el piso. La mujer se queda jadeando sentada en el lugar.

—Dios, eso fue…

—¿Nos vamos por la puerta trasera?

La chica es mi boleto de salida. Si regreso por donde llegué ellos van a querer mi jodida cabeza. Necesitan un nuevo luchador y ese, en definitiva, no seré yo.

—Sabes mucho para ser tu primera vez aquí.

—Quizás tengo conexiones.

—Y no lo dudo, ¿quieres una trasferencia no rastreable o efectivo?

—Mmm —gorjeo agarrándole del cuello—. Gané demasiado para cargar en efectivo.

—Cierto, dame los códigos. —Saca un celular de sus tetas. No las miré, demasiado diminutas. Dicto los números mientras me visto. Me lavo la cara y las manos, no tengo tiempo que perder aquí—. Listo. Acompáñame.

—Muéstrame —pido.

Gira sus ojos antes de enseñarme la pantalla. El monto está asegurado. Me encanta ver esas cifras, suficiente dinero para pagarle a Nikov, contratar varios hombres y obtener un maldito anillo decente.

La chica nos guía por la parte trasera, sube una escalera y sale por una ventana. Se desliza con facilidad porque conoce el jodido camino. Silba cuando ve mi Aston Martin, entonces abro mi puerta y ella frunce el ceño tratando de abrir la del pasajero.

—Está cerrada.

—Como debe estar —respondo.

Abro la mía listo para largarme.

—Dijiste que saldríamos.

—Por la puerta trasera, no que nos iríamos juntos. —Le guiño de nuevo y subo al vehículo. Luego lo enciendo y acelero.

Observo por el espejo retrovisor cómo me saca el dedo medio. Bufo, la única pequeña puta que me interesa en estos momentos es Avery Kozlova. Esa mujer será mía, se quedará a mi lado hasta que lo único que los hombres teman en estas calles sea mi maldito nombre. El ángel de la muerte ha vuelto.

CAPÍTULO 08

AVERY

"Es una locura para las ovejas hablar de paz con un lobo"

Thomas Fuller.

—¿Cómo mierda pasó esto?

—No lo sé, señor. Es mi jefa, no puedo pedirle explicaciones como me gustaría.

—¡Al carajo eso, Dante! —ruge—. No la dejarás sin seguridad a partir de este momento, ¡¿entendido?! Quiero dos hombres donde sea que Avery respire, no me importa si ella está de acuerdo o no.

—Estamos en un hospital —susurro quejándome de dolor. Un enfermero me ayuda agarrándome del antebrazo para caminar hasta ellos—. ¿Podrías bajar la voz? Te escuchan hasta en la luna.

—Más vale que esos animales no te cosieran. Si lo permitiste juro por Dios…

—No, no tengo puntos, aunque debería.

—Quítate, inepto —le ladra al enfermero. Me carga en sus brazos sin aceptar ninguna réplica—. Ya me encargaré yo.

—Hola, mi vikingo —canturreo moviendo mis piernas.

—Te golpearé ese trasero ardiente que traes hasta que dejes de ser una imprudente. —La culpa me puede un poco al ver el tormento en su bello rostro.

Escondo la cabeza en su pecho hasta dejar el hospital detrás, entonces me sube a la parte trasera de una de las camionetas y, para mi sorpresa, sube a mi lado. Sus manos están temblando cuando me acuna el rostro y verifica la herida. Tengo sangre seca en todo el costado de la cara, en mi hombro, brazo y pecho. No ha sido tan grave como parece, es la sangre escandalosa la cual ha alarmado más de la cuenta.

—Estoy bien —digo agarrando su mano.

Dante empieza a conducir detrás del volante.

—Lo estarás cuando lleguemos a casa, ¿qué carajos pasó, Avery?

—No lo sé —miento.

Me siento como una maldita perra sin sentimientos. Antes esta manipulación sería tan sencilla, ¿por qué me duele ahora? Es solo un escalón. Mi puerta de libertad. Él será el nuevo *Pakhan* y yo viviré libre en algún lugar del mundo bajo la protección de Cavalli.

—Avery…

—Estaba furiosa y manejé sin sentido por la ciudad. Fui hasta el zoológico y de regreso. No estaba pensando con claridad… No me gusta discutir contigo, pero siento que me odias. —Bajo la cabeza.

Si no lo miro a los ojos es más fácil mentir. No dice nada, me abraza contra su hombro reconfortándome. En la casa se encarga de mi cuidado, me ayuda a quitarme la ropa sin esconder cuánto le agradan mis pechos, me limpia bajo la ducha y me lleva a la cama envuelta en una toalla. Luego ordena que preparen comida para ambos.

—No es necesario que hagas esto, puedo comer por mí misma.

—Estoy furioso contigo —musita dándome sopa—. Debo encargarme de algo y volver, ¿estás bien quedándote sola unas horas? ¿No terminarás en un árbol esta vez?

—Gracias por hacer esto. Hace mucho tiempo que nadie ha cuidado de mí y olvidé lo que es sentirse segura… Lo siento mucho, Vlad. —Es lo más vulnerable que me he dejado ver ante alguien. Y es cierto. A su lado no tengo miedo, hay cero temores de la vida a la cual me han obligado a vivir—. No quiero hacerte daño, pero me temo que es inevitable.

—No seas ridícula, mocosa. Yo voy a cuidarte. Mientras estemos juntos en esto no debes temer. Soy tu vikingo, chiquilla —sisea en palabras duras, pero sinceras—. Debo irme ahora, descansa.

—Cuídate —pido agarrando su brazo. La tinta en su muñeca tiene imágenes: rosas, calaveras, enredaderas y palabras en ruso sobre el bien, el mal, la gloria y el infierno—. No me dejes viuda antes de nuestra boda.

Me acaricia el dedo anular, afirmando con lentitud.

—Volveré pronto —promete.

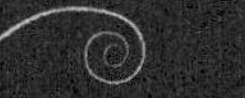

Lo veo marcharse desde la cama, devoro la sopa con rapidez y hago que retiren todo. Desnuda, me oculto entre las sábanas calientes. Estoy tan cansada. El plan es hacerme ver vulnerable y enternecer ese corazón de soldado. Quizás mi plan no vaya como imaginé en primer lugar, pero he conseguido que la bestia vea un lado más humano de su cara. Vladimir acaba de cuidarme como alguna vez esperé ser venerada por un verdadero esposo. Ha sido paciente, tierno y cuidadoso. Eso es más de lo que nadie ha hecho por mí desde la muerte de mi madre.

Me temo que he perdido la noción, los días son blancos, vacíos y similares. He dejado de intentar huir porque solo he conseguido dolor y miseria. Me dedico a contemplar el campo blanco, cubierto por la nieve. Es extenso detrás del cristal que me retiene de mi libertad. La camisa de fuerza se ha adaptado tanto a mi cuerpo que ya se parece a una segunda piel y no a un simple elemento. «No estoy loca» me repito cada vez que despierto. Mi padre me ha encerrado aquí porque descubrí su secreto, no puede deshacerse permanentemente de mí hasta que se cumpla la voluntad de mis abuelos. Si muero no recibirá la fortuna Cedrick.

El hombre de las sombras regresa y me acaricia la mejilla, manchándola de sangre.

—Te conozco —susurra atormentado. Solo puedo ver sus ojos furiosos dentro de una tormenta roja—. Eres Avery Kozlova.

El sueño cambia y el mundo da vueltas. Dejo de escuchar los gritos de sus víctimas, ya no hay más sangre ni dolor. No estoy atada a un psiquiátrico pidiendo ser liberada, rogando una oportunidad al mismísimo demonio.

Él está sosteniendo mi mano, mirándome con esos ojos esmeraldas. Las cicatrices de su rostro son hermosas y las toco mientras me sonríe.

—Vladimir —jadeo suavemente y salgo del recuerdo en mi sueño.

Mi centro palpita y clama ser aliviado. Echo la cabeza hacia atrás, abriendo mis piernas. Duele cuando frunzo el ceño, pero el deseo en medio de mi coño es más potente. Abro mi carne para masajear, intentando, desesperada, igualar el toque de su lengua. Al no conseguirlo golpeo la mesita de noche para cazar del primer cajón uno de mis vibradores, lo enciendo y lo coloco sobre mi clítoris. El grito que sale de mis labios revolotea en toda la habitación, volviéndose un eco. Entonces consigo un mísero orgasmo que nunca se va a comparar con lo que Vladimir Ivanov me hizo sentir.

Quiero las piernas temblorosas, sentir que se me sale el corazón por la boca. Maldita sea, quiero sentir que me arde el cuerpo por completo, dejar de respirar por el placer. Sabiendo que nadie entrará sin permiso y que las pesadillas de mis meses en el psiquiátrico se irán a la mierda, dejo el vibrador a un lado y vuelvo a caer en los brazos del sueño.

VLADIMIR

Conseguir el dinero en efectivo me cuesta más de lo que planeé. Está entrando la noche cuando obtengo los billetes, pero hago una buena inversión para conseguir un anillo exquisito. La joya grita Avery en cada rincón. La he dejado descansando hace horas y espero encontrar su culo en la cama o, de lo contrario, tendrá unos buenos azotes, que me ofrezco como tributo a efectuar. Verla herida trajo un dolor sordo a mi interior; no fue como perder a Dalila, esto es un millón de veces más fuerte. Esa chica levanta emociones que jamás he experimentado, incluso en mi obsesión con Emilie tenía una línea que Avery ha superado con demasía. Lleno el baúl de mi coche con las bolsas de billetes y regreso a la casa jugando con el anillo en mi meñique, apenas en la punta de este.

Para no molestarla me baño en la antigua habitación que estaba ocupando, pero debo cambiarme arriba, ya que todas mis pertenencias están junto a las suyas. Cuando ingreso, Avery se encuentra de lado, con su cuerpo desnudo descubierto, la larga cabellera negra cubriendo la almohada y un consolador rosa en el piso. Es una miseria de verga diminuta. Cierro la puerta a mi espalda y me ajusto la toalla en la cadera porque mi polla empieza a cobrar vida con la vista de su desnudez. Soy un maldito depravado por ponerme duro incluso cuando ella está durmiendo, sin idea de que me tiene espiándola como un jodido hijo de puta. Agarro la cosa plástica y encuentro que en las venas del aparato se marca una clase de crema seca. Asqueroso, maldito pervertido. La limpio con mi dedo y luego me lo chupo. Joder.

Es el sabor de ella… ¿Se estuvo jodiendo mientras no estuve? ¿Masturbando ese dulce botón cremoso que tiene por clítoris?

Debería ir al clóset, colocarme mi ropa y marcharme, pero Avery se gira, dejándome ver sus tetas al descubierto.

¿Mencioné cuánto amo sus jodidas tetas? Sobre todo si estas están fruncidas por el frío del aire acondicionado, y aún más si están casi gritándome que me incline y me las coma como un poseso. Peco de atrevido tocándolas con la punta de mis dedos y ella se retuerce en medio de su sueño. Saco el anillo que ha permanecido en mi meñique y lo deslizo en su dedo anular, la piedra roja brilla con la luz de la mesita de noche. Es grande, pesada, pero debe cargarla con orgullo. Es mi sangre y la suya unidas por la eternidad. Mientras la termino de acomodar sé que no existe ningún acto que logre apartar a Avery de mí. Voy a todo por ella. Puedo firmar un papel mañana, hoy, ¡no importa!

Esa firma puede disolverse, pero mi juramento jamás. Y esta chiquilla será mía, ahora y siempre.

Y si no está lista, puede joderse, porque ella cayó directa en mi mundo de perversiones.

Quiero hacerla mía, que no exista nadie en su mente que no sea yo, su hombre… Su vikingo, como me ha llamado. Me quito la toalla. Desde aquella playa ambos sellamos este destino. Subo por la cama, trepando sobre su cuerpo, y voy directo a sus pechos. Muerdo ligeramente el pezón y ella suelta el aire, pero sigue profundamente dormida. Lo lamo, lo chupo, paso de una teta a otra, malcriándolas a mi antojo. Cuando están rojas, al punto de casi ser incómodo, me alejo bajando hacia su coño, entonces coloco una de sus piernas sobre mi hombro y abro sus labios, pasándole la lengua. Es entonces cuando siento su mano en mi cabello. Continúa con los ojos cerrados creyendo, posiblemente, que esto solo es un sueño húmedo y fantasioso. Le dejo caer saliva de mi boca a su clítoris y veo cómo baja hasta la entrada de su vagina, tan cerrada y apretada. Juego con un dedo y Avery deja salir mi nombre en una exhalación.

La torturo más y más hasta que abre esos bonitos ojos azules que en algunas ocasiones parecen grises. No se asusta ni me separa, solo me observa y ejerce más presión en su agarre en mi cabeza.

—¡Vlad! —suplica sollozando.

Esta jodida mujer hará que destroce el maldito mundo por ella. Estoy seguro de que apenas acabo de remover la tormenta que sellará nuestro futuro.

Subo entre sus piernas hasta colocar una de ellas en mi cadera y bajo mi boca a la suya. Mordiéndole los labios carnosos, Avery rodea mi cuello para tirar del comienzo de mi cabello y me hace ver estrellas con ese único toque. Muevo mi polla dura sobre su vientre y mis bolas la masturban, rozándose entre su humedad.

—Estabas pensando en mí mientras te jodías el coño. —No es una pregunta, estoy seguro de que la pequeña descarada gritó mi nombre. La dejé bastante necesitada ayer en el mueble de mi sala.

—¡Sí! —jadea ofreciéndome su cuello.

—¿Estabas tan mojada como ahora?

—No, porque no eras real.

—¿Qué quieres, Avery? —pregunto pellizcándole un pezón. Grita y se retuerce. Se los he dejado en carne viva antes—. ¿Qué quieres? —gruño mordiéndole el cuello.

—¡¡A ti!! —grita clavándome las uñas. Le rodeo el cuello, apretándolo, ejerciendo fuerza en mi agarre y la miro a los ojos.

—Eres mía, pequeña Zaria. Jodidamente mía, ¡¿entendido?!

Ella me observa desafiante.

—Primero debes colocar un anillo en mi dedo.

—Sabía que dirías eso —murmuro soltándola y le quito la mano que tiene en mi cuello para chupar su dedo. Ella grita de emoción, sus ojos se humedecen al mirar la joya en su dedo—. Los vikingos les entregaban su sangre a sus mujeres. Yo te daré tres cosas de mí, Zaria: mi sangre, mi vida y mi muerte. Solo debes aceptar ser mía hasta que mi corazón, si es que existe, deje de latir.

—Te entrego mi cuerpo, mi vida y la muerte, Perun —susurra. Sabía que no lo había imaginado. Ella me proclamó Perun; su dios supremo, el rey de reyes.

Introduzco mi mano entre nuestros cuerpos, buscando mi polla, y la coloco en su entrada. Quiero ser amable e ir despacio, pero no sé cómo hacerlo.

—Lo siento, Zaria —pronuncio antes de entrar en su interior de una única estocada.

Avery grita y su cuerpo se inclina debajo del mío, sus uñas se clavan en mis hombros y me abren la piel mientras surca un camino hasta mis antebrazos. Me quedo inmóvil besándole las lágrimas que escapan de sus ojos. Trato de consolarla, luchando contra el recuerdo de la destrucción, enfocándome en lo que sea que estoy construyendo en el aquí y ahora. Cuando empieza a relajarse me muevo despacio hacia afuera, ella jadea por aire.

—Bésame —suplica.

No tengo ninguna negativa, no si eso la hace estar más cómoda.

Lucho contra las ganas de ir violento y trato de ser amable en el beso, y más en mis movimientos. Mido cada pequeña reacción, cómo sus piernas abrazan mi trasero y se aferran haciendo tensión para ir más profundo. ¿Quiere seguir? Infiernos, sí, lo demuestra cuando sus manos dejan mis hombros y van a mis caderas.

Su coño me exprime, me manipula como la descarada que es. Nos giro porque quiero verle el rostro cuando se venga, quiero observar mi polla manchada de su sangre virgen y mis fluidos, saber que ella es mía y de nadie más. Nunca lo será.

Al estar sobre mí la tomo de la cintura para hacerla saltar sobre mi miembro. Las venas en mi cuello y brazos se marcan porque sigo reteniendo mi instinto de joderla a lo grande. Avery baja la cabeza para lamerme el pecho y luego mi cuello. Es jodidamente buena soportando el maldito dolor que sé que debe de estar experimentando.

—¡Tócame! —demanda volviendo a estar recta. Me agarra las manos y las pone en sus pechos—. Vamos, Ivanov. Sé mi vikingo.

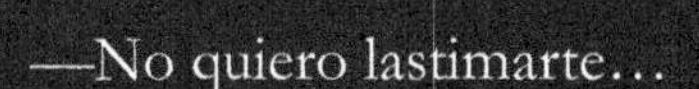

—No quiero lastimarte…

—Lo harás si sigues tratándome como a una muñeca de porcelana. Yo soy tu Zaria, tu guerrera. Ambos forjados en fuego bajo el hierro abrasador. Tómame sin restricciones, que el dolor solo podrá recordarme que un verdadero hombre me poseyó en cuerpo y alma.

Cuando finaliza le agarro el pelo y me siento en la cama, hundiéndome más profundo. Ella grita, pero esta vez no hay nada doloroso, siento la lujuria que desprende. Mi Zaria, mi pequeña zorra personal. Sonrío de lado y bajo la cabeza a su pecho.

—¡Móntame! —ordeno antes de chuparle el pezón.

Avery empieza a cogerme moviendo esa cintura y saltando sobre mi verga mientras mis bolas golpean su trasero. Esta mujer será mi última condena, mi perdición, estoy seguro de que así será.

Tanto como que yo seré al único a quien le permitirá tener esto de ella.

Avery es la espada que me hará más fuerte y yo soy la piedra de donde nadie podrá liberarla. Viviremos y moriremos el uno por el otro.

CAPÍTULO 09

AVERY

Un hilo rojo baja entre mis piernas seguido del semen de Vladimir. Me duele un infierno caminar, pero es un dolor sordo en comparación a lo que siento en mi pecho. No creí que tener sexo con él me haría sentir de esta manera, en esta nube alta. Dios mío, lo deseo, siento que necesito volver a tenerle dentro y morir así, unidos.

Regreso con el recipiente de plata a la habitación, es lo suficientemente grande para llevar un poco de agua dentro y una toalla pequeña en mi mano, entonces lo coloco al pie de la cama y observo a mi hombre sentado en ella. La sangre en su polla grita lo que hemos hecho.

—No tienes que hacer esto, Zaria. No es necesario —dice mirándome con cierto recelo. Le dedico una dulce sonrisa, la más real que jamás le he dado a nadie. De la mesa de noche le quito los pétalos rosas al pequeño arreglo.

Me arrodillo a sus pies y, dejando caer los pétalos en el agua, agarro su pierna derecha para levantarla y besar su pie, para, después, introducirlo en el recipiente, repitiendo la misma acción con el siguiente.

Empiezo a lavarle los pies, pues es una tradición rusa. En la noche de bodas la mujer le limpia los pies a su marido, prometiendo silenciosamente un nuevo comienzo entre ambos, que las mujeres del pasado allí permanecerán mientras el agua reescribirá una nueva historia.

—Debería de ser yo quien te cuide —murmura.

—No tengo nada que deba ser cuidado, *esposo* —musito.

El anillo rojo brilla en mi mano y la piedra preciosa hace contraste con mi piel.

—No creí que fueras capaz de saber las tradiciones. Sospechaba que no eras feliz con la idea de ser obligada al matrimonio.

—No estoy siendo obligada. Ha sido mi elección, ¿no crees? —cuestiono subiendo la mirada—. Conozco las tradiciones, es solo que no pensé encontrar un hombre con quien quisiera compartirlas.

Se queda ensimismado observando mi rostro hasta llevar su pulgar a este y acariciarme la mejilla. Parece sufrir un poco con algo que le atormenta. Continúo lavándole los pies y los seco despacio, colocando a un lado el recipiente, entonces me ayuda a levantarme haciendo lo mismo.

—Saldré esta noche. Quisiera quedarme, pero…

—Quieres huir de lo incómodo —corto sintiendo un poco de decepción.

—Lo que ha sucedido me tiene un poco confundido… de una buena manera. —Acuna mi rostro bajando su cabeza hasta rozar levemente nuestros labios—. Siempre seré sincero, Avery, y mis palabras anteriores también lo fueron. No tienes que dudar de mí y no diré lo que quieres escuchar, sino lo que estoy dispuesto a compartir. Yo inicié esto, yo entré a esta habitación, así que no hay nada incómodo con que seas mi mujer.

Sus palabras me brindan alivio, uno que llevaba demasiado sin sentir. Me agarra la mano y vamos al baño, donde abre la lluvia de agua dejándome entrar primero. No es un hombre de aquellos románticos que va a lavarme el pelo o enjabonar mi cuerpo, tampoco tiene manos suaves para dar caricias delicadas, pero me sorprende darme cuenta de que no quiero ninguna de esas cosas, que prefiero esto.

—¿Debo usar alguna pastilla ahora? —pregunto saliendo del baño y me envuelvo en una toalla mientras Vladimir se seca frente a mí, sus tatuajes cobran vida. Tiene unas alas negras de ángel en la espalda y son hermosas.

—Es tu cuerpo, puedes elegir. Preferiría que no, pero tengo una hija… No quiero que nuestro matrimonio sea falso. Me gustaría que sea real, nosotros en pareja.

—Pero no estamos enamorados. —Y yo solo estaré casada contigo hasta que seas un *Pakhan*, luego tengo un destino al cual aferrarme lejos de la Mafia Roja, de la Bratvá.

—Es tu decisión, Avery, y es demasiado pronto para elegir nada. Dejemos ir las cosas y ver dónde atraca el barco.

—Eso me parece bien —susurro.

Él ha ordenado tener nuestras pertenencias en la misma recámara. Me gusta que esté recobrando su autoridad eligiendo por sí mismo lo que quiere o no. Me cambio y bajamos a cenar, luego tomo medicina para el dolor porque mi cabeza quiere explotar, pero no dejo de desatender su comida, que esté a la temperatura adecuada. Mientras lo hago su mirada me persigue en cada parte del comedor. Me hace sentir tímida, ligeramente sonrojada y torpe.

—¿Qué negocios debes atender? ¿Puedo ir contigo?

—Igor visita un club de golf, ¿verdad? —revira a cambio, no dispuesto a compartir esa información.

—Sí, los fines de semana. Su mano derecha hace esgrima de lunes a viernes.

—Los soldados se van a dividir —advierte jugando con la copa del agua—. Muchos van a querer dividirnos, asesinar al nuevo *Pakhan* y romper a su esposa ¿estás lista para eso?

—Te demostré que no tengo temor, Ivanov. No soy una doncella.

—Bien, porque necesito que hagas algo. —Muestra una sonrisa al decirlo, así que sé que no será algo bueno.

—¿Qué?

—Quiero que lo expongas públicamente.

El color de mi rostro se esfuma en cuanto dice las palabras y me siento en la silla frente a él, arrebatándole la copa de agua para tomarla toda de golpe. Padre no sabe que hui del psiquiátrico, piensa que aún continúo recluida en aquel lugar. Es lo que Dante me dijo cuando Dominic Cavalli lo buscó para entregarme bajo su protección, y la masacre que cometió el Capo fue oculta por su gente.

—Usarás el accidente a tu favor, debes ser la hija a la cual le quiere quitar su patrimonio. De igual manera hablarás de la mafia, las drogas, cualquier negocio ilícito, la trata de blancas, para empezar…

—¿Por qué haríamos eso? ¿En qué nos conviene?

—Desequilibro. Los soldados necesitarán guía cuando todo sea expuesto y tú quedarás ante el mundo como la hija sufrida. La ley estará de tu lado —lo dice tranquilo y frío, volviendo a ser un hombre de la mafia sin resentimiento o emociones. Se pone de pie, rodeando la mesa, y se inclina a mi lado—. Quiero que tu imperio quede libre de la Bratvá, así, si decides darme un hijo, podré irme al infierno en paz.

Está mintiendo. Quiere esto con otras intenciones, de las cuales no tengo la remota idea, pero tampoco me puedo dar el lujo de intentar averiguar, pues solo me queda una semana. Mi reloj corre. Entre el señor de las sombras o mi vikingo, debo elegir lo que me salva a mí, lo que garantice mi futuro.

—Haré lo que me pidas —claudico recibiendo una caricia en mi mejilla.

—Bien, Zaria. Volveré entrada la madrugada.

Me quedo pasmada en mi lugar escuchando sus pasos alejarse, ¿será que desconfía de mí? Eso es imposible. Estuvimos juntos, no parecía saber nada, ¿entonces a qué está jugando? ¿Dónde irá ahora? Lo sigo, pero Dante me detiene cuando intento buscar una de las camionetas. Vladimir abandona la casa en su Aston.

—No puede salir sin seguridad.

—¿Qué? ¿Quién carajos lo dice?

—El señor Ivanov.

—Apártate, Dante, no quiero lastimarte —amenazo molesta. ¡¿Cómo se atreve?!

—Lo siento, señorita, son las órdenes.

—¡¡Ahh!! —grito, furiosa.

No consigo salir de la propiedad, no importa cómo lo intente, pues pierdo la oportunidad de seguirlo y averiguar qué se trae. Con el dolor de cabeza escalando de forma monumental, subo a la habitación. Las sábanas siguen extendidas, burlándose de mí, me recuerdan las imágenes de nuestros cuerpos en la cama.

¿Para qué necesitaré la protección de Dominic? Desde el momento en que mi padre sea sacado del camino no lo necesito, pero hice un acuerdo con Satanás y debo cumplirlo. Frustrada por el giro de mi vida, gruño a la habitación vacía.

Limpiar me ayuda a aclarar las ideas, así que, dolorida o no, volteo la habitación, reacomodo los muebles, cambio las sábanas y, al final, bajo a la sala a esperarlo. Vlad no llega y mis miedos van creciendo según pasan las horas.

Me duermo en el sofá de puro agotamiento cuando empieza a salir el sol y para cuando abro los ojos me encuentro en nuestra cama, desnuda, y con Vlad entre mis piernas. Su cabeza me causa caos y su lengua me asalta. Mi cuerpo le corresponde incluso cuando estoy dormida. Tiene mis piernas abiertas, una de ellas en su hombro. Cierro mis ojos con fuerza dejándome ir en las sensaciones descomunales que provoca su lengua, su dominio. Dios, estoy jugando a un juego peligroso. Puedo predecir mi propio futuro: no terminará nada bien.

—¡Vlad, dentro de mí, por favor! —suplico sin poder o querer contenerme.

Mi hombre sube trepando por mi cuerpo. Él es pecado, tentación y condena. No es tierno o amigable, sino rudo y posesivo. Su agarre es fiero. Mi carne se estremece cuando me abre con la cabeza de su polla y le limpio el labio superior, donde tiene un poco de mi sangre. No es asqueroso, no en mi vikingo cavernícola.

—Quiero follarte el culo, Zaria. Cada maldita parte tuya —gruñe observándome—. Quiero que solo pienses en mí, hija de puta, que solo me dejes a mí tenerte. Si alguien intenta tomar esto de ti vas a preferir morir primero…

—Sí —claudico. Le daría mi alma al diablo si consigo tenerlo dentro de mí ahora—. Solo pienso en ti.

—¡¡Mentira!! —ruge. Grito en cuanto se clava en mi interior de una sola estocada. Mi coño inmediatamente se contrae, succionando su polla. Abro la boca mientras las lágrimas caen de mis ojos—. Algo te atormenta y no soy yo.

—¡Vlad! —gimoteo.

Me sujeta las manos sobre mi cabeza con una de las suyas y la otra la introduce bajo mi cadera, levantando mi culo de la cama.

—Reduciré Chicago a cenizas y será por ti. No puedes escapar de mí, no lo permitiré.

—Y si decido irme, ¿qué? —reto lamiendo mi labio.

—Te buscaré en el infierno y te traeré de regreso —sentencia, lleno de convicción. Golpea más fuerte y siento su tallo crecer, duplica su tamaño mientras mi propio placer se acrecienta. Antes no tuve un orgasmo debido a la incomodidad y lo desconocido, pero ahora mi placer parece triplicarse, elevarme a una nueva línea desconocida—. Gime y retuerce este cuerpo por tu hombre, demuéstrame cuánto me necesitas a mí, Zaria. Solo a mí.

Las obsesiones te aniquilan. Cambias una droga por otra, las reemplazas. Ahora yo soy su nueva adicción personal. Creí que eso me molestaría, sin embargo, lo cierto es que estoy fascinada con la idea.

—¡Rómpeme! deja salir tu bestia sin temor porque yo soy carne de tu carne —atino a decir. Es todo lo que puedo pronunciar porque si alguno de nosotros está en el precipicio listo para lanzarse, el otro deberá sostener su mano y caer en unión.

—Soy todo lo que puedes pensar, ¡júralo en sangre! —demanda.

Deja de moverse, quedando suspendido sobre mi cuerpo. Paso la lengua por mi labio inferior y luego me clavo los dientes hasta abrirme la piel, sintiendo el sabor salado de la sangre en mi boca. Vlad observa maravillado la locura que acabo de implementar. Libero mi labio, sintiendo la sangre bajar por mi piel. Mi hombre sonríe. Sacando su lengua, lame el hilo de sangre y luego me besa salvaje. Me suelta las manos para agarrarme el cuello y yo aprovecho para rodear el suyo mientras nuestras bocas luchan, nuestras lenguas batallan y la piel nos quema, porque no sé qué carajos hago o cómo sobreviviré a todo lo que despierta en mí. Quizás yo sea su nueva obsesión perversa, pero él es mi adicción culposa.

Rompe el beso cuando estoy casi sin respiración y me gira, dejándome a cuatro patas en la cama. El pelo desordenado me cubre el rostro y cae hacia mis manos. Mi respiración es un asco, solo logra acelerarse más cuando muerde las mejillas de mis nalgas. Luego me escupe en el medio, su saliva me escurre hasta el coño. Oh, Dios santo. Cristo. Aprieto las sábanas con fuerza en mis puños. Él lo va a hacer, realmente me romperá en dos si me folla el culo.

—Oh, Vlad. Carajo. Dios.

Todo mi cuerpo se está quemando, tanto, que tengo sudor frío en mi piel. Mi espalda está curva para su antojo. Siento su respiración igual de incontrolable que la mía. Puedo detenerlo, solo bastaría con decirlo, pero me encuentro tan necesitada con aquel dolor que solo mi vikingo ha despertado, él es quien tiene la fórmula de apagarlo.

—¿Cuál es la palabra mágica?

—¡Por favor! —chillo—. ¡Vlad! —exclamo más alto cuando me da una fuerte palmada contra mi sexo. No se detiene, me azota tres veces más. Hace que arda en una necesidad hambrienta de su gruesa polla, de sentir las venas alteradas abriéndose camino entre mis labios. No siento vergüenza de mover mi culo buscando tentarlo, tampoco de mis fluidos escurriendo entre mis piernas.

—Ya que te gusta jugar con mini vergas, traje un detalle para ti. ¿Quieres verlo? —se burla volviéndome loca.

—Lo único que quiero es que me la metas, donde sea ¡carajo!

—Me gusta que seas una zorra conmigo. ¿A quién perteneces? ¿Quién es tu dueño? ¿De quién eres la *puta*...? —No me deja responder. Tira de mi pelo, levantando mi cuerpo hasta que siento su pecho contra mi espalda.

—Tú eres mi dueño. Te pertenezco a ti.

No me reconozco al decirlo. Sus labios se curvan en mi hombro mientras juega con su nariz en mi piel.

—Chupa esto —ordena.

Coloca una especie de metal en mi boca, el cual no sé de dónde ha salido, pero no pregunto y lo introduzco en mi boca, empapándolo de mi saliva. Luego lo retira y vuelve a empujarme hasta estar a gatas en la cama. Gimo cuando el frío metal se pasea entre mis pliegues.

Erróneamente, creo que lo va a introducir en mi trasero, pero cambia de dirección a mi coño. Gimo, el frío es un gran alivio.

—Tu hendidura es muy codiciosa. ¿Así será tu culo, Avery? ¿Va a exprimirme como tu coño?

Amo que me hable sucio. Joder.

—Deberías descubrirlo.

—Eres una perra retadora, mujer. Mía.

Dejo de respirar cuando me introduce su pulgar y mi columna se endereza, pero rápido me encanta ese pequeño entra y sale. Segundos más tarde escucho un clic y el aparato empieza a vibrar en mi interior. Grito con el placer de esa mierda tomándome por sorpresa. Es algo que no esperaba sentir y Vlad aprovecha ese momento para aumentar sus dedos a tres. Es incómodo, pero no logro procesar todo. El dolor se encuentra allí, sin embargo, el placer lo eclipsa siendo más potente. Sus dedos se abren, no van masajeando ni entrando, sino abriendo mi trasero. Él realmente quiere reclamar como suyas todas las partes disponibles de mi cuerpo.

La vibración aumenta y mis gritos igual. Las piernas me tiemblan y, cuando creo que explotaré de deseo y pasión, los dedos de mi hombre desaparecen y la cabeza de su polla toma el lugar. Tomo una fuerte respiración y la dejo salir en un grito increíble cuando se introduce. Estoy tan llena, es enorme, se siente más grande y la maldita vibración no para.

—¡Joder! —Silba aferrándose a mi cadera. Golpea una, dos, cinco veces como un animal—. Voy a follarte el culo, Zaria, cada maldito día, hasta que entre en él sin tener que prepararte antes.

—Por favor, más… Por favor.

Sus dedos se me clavan en la carne, al igual que su polla martilla en mi interior. Mi cabeza vuela de un placer al otro. Siento que enloquezco. Gritar no es suficiente mientras un nudo crece y crece en mi vientre mientras muevo mis caderas para que se hunda más violento, más fuerte, más sádico. Más cavernícola.

No sé lo que ha hecho con solo follarme, parece que me he vuelto dependiente.

—Eso es, mi pequeña puta. Grita, suplica… ¡mierda! —Justo al terminar su exclamación me retira el metal del coño y me golpea el culo de una arremetida descomunal. No puedo más, es el desencadenante de todo. Me estremezco, el nudo de mi vientre se libera y los dedos de mis pies se engarrotan. Muerdo con fuerza la almohada bajo mi cabeza mientras me precipito al frenesí. Vlad sale de mí y, sin tener suficiente, me azota el coño tres veces más, haciéndome perder la poca cordura que aún quedaba en mí. Mi cuerpo se curva en el instante que entra en mi vagina, llenándome con su esperma caliente. Chorros y chorros de semen golpean las paredes de mi útero.

Se acuesta a mi lado y cae en la cama, jadeante. No puedo moverme, me duele cada músculo en el puto cuerpo y tengo el trasero en carne viva. Lo peor de todo es que estoy sonriendo como una maldita hija de puta. Yo no me caí, yo me estrellé contra Vladimir Ivanov. Esto es un lánzate sin paracaídas.

El hombre me aparta el pelo húmedo de la frente y me sonríe engreído.

—Cierra el pico —siseo antes de que diga algo.

—Descansa un poco, tenemos un día muy largo. —Su tono podría pasar por burla, pero tiene un toque de verdad que me hace fruncir el ceño.

—No tenemos nada que hacer hoy —susurro.

—Oh. tenemos, Zaria, puesto que hoy nos casaremos.

CAPÍTULO 10

VLADIMIR

—Tienes testículos, Ivanov, debo concederte eso —murmura y me burlo mientras juego con el cuchillo en su mano. Uno de sus hombres se posiciona a mi lado, un castaño casi rubio, enorme, de pelo largo. Me sonríe, y estoy seguro de que esa sonrisa intimida hasta el más fuerte, pero no a mí. No al hombre que le ha perdido temor a la muerte; desde que bajé esas montañas en Moscú concilié mi destino al infierno.

—No creo que quieras verlos —reviro dejando caer las bolsas con su dinero.

—No te daré armas para atacar a mi familia.

—Hasta donde sé, dejaste a tu familia. ¿No es así? Roth está en Rusia, y me han contado que se encuentra solo, sin ninguno de sus hermanos. —Obviando el arma que me apunta y al hombre que podría volar mi cabeza de un solo respiro, camino dos pasos más cerca del pequeño Nikov—. Para tu tranquilidad, tengo cosas mejores que hacer. Atacarte a ti o a tus hermanos no entra en mis planes futuros.

—Y, según tú, debo creer lo que digas…

—A diferencia de Dominic, tengo honor en mis palabras. Soy directo, sin manipulaciones. Podemos ser comerciantes: me entregas la mercancía, recibes tu pago y nos marchamos; o puedes matarme ahora y llevarte todo. Pero te conozco, no eres una maldita rata —pronuncio. Lo último lo hace asentir acercándose a mí sin temor. Soy un poco más alto, aunque Raze lo compensa en músculo. En el pasado quería pertenecer a ellos, ser tratado como su igual, no como una alfombra por la cual pasar.

Raze es el único de ellos que no me hizo nada, a quien nunca, por algún extraño motivo, tampoco he podido odiar.

—Podría asesinarte, pero ¿dónde está la diversión? Además, tienes un hada madrina. Mientras le importes a ella eres intocable. No tienes idea del poder que tienes… Te admiro, eres el único ruso que no besa los jodidos pies de nadie, así como yo, y eso es difícil en estos tiempos porque todos eligen lamer el culo de Dominic o las bolas de mi hermano, excepto tú. Y ahora, por lo que me pides, creo que planeas algo grande…

—Solo quiero proteger a mi mujer e hija, nada más.

Confieso que quizás sí tengo partes de Dominic porque estoy manipulando a Nikov usando a su mujer y el afecto por su hija a mi beneficio. Estoy utilizando su mente para crear lazos de empatía. Aunque Raze no lo demuestre, ellas son puntos clave en su vida, así que tomo eso y lo moldeo a mi voluntad en una simple oración.

El ruso chasquea la lengua observándome fijamente antes de clavar su vista en su sargenta en armas a mi espalda. Lo observo, quiero hacer preguntas sobre quien no debo, así que aprieto mis puños mientras muerdo mi lengua.

—Transfiere las armas, Damián, parece que tenemos a un nuevo comprador —ordena.

El mencionado cumple y con la simple mirada que me lanza me indica lo que quiero saber. Asiento moviendo la cabeza, al menos una de las mujeres de mi vida se encuentra bien.

Me quedo en mi lugar mientras Raze se agacha a por las bolsas de dinero y se gira, dándome la espalda, lanzándome la advertencia de que no me tiene miedo. No quiero que lo tenga, lo prefiero de aliado en mi lucha que de enemigo. Él tiene la mercancía que necesito y que otros podrían joderme por obtener. Sus hombres cargan mi coche con las armas mientras Raze se encuentra sentado en su moto, analizándome a detalle. Me mantengo alerta, siempre puede cambiar de opinión y mis experiencias con sus hermanos no ha sido las mejores, pero la transacción finaliza en buenos términos para ambos. Nos marchamos por caminos diferentes sin contratiempos. Deslizándome en mi coche, sé que debo hacer la siguiente parada, que es más dolorosa que cualquiera. Conduzco por las calles de Chicago invocando el recuerdo de Avery, el sabor de su piel, su cálido cuerpo. Mi maldita guerrera. Soportó cada basura mía que arrojé sobre ella.

No sé si me gusta o la odio por ello. Soportar, resistir. Golpea mi puto ego el hecho de que nunca conocí a otra mujer tan fuerte en mi vida, que todas han sido unas débiles.

Ha sido una sorpresa grata, aunque no esperada.

Llego al *ring* clandestino de mi mejor amigo, el único hombre que nunca me ha traicionado.

La seguridad se sorprende e inmediatamente empiezan a movilizarse. Me hacen sentir como un hombre poderoso, eso es justo lo que Avery ocasiona en mí. Sentirme invencible, ya que ellos tienen la misma mirada. No soy solo Vladimir, el soldado, sino un hombre que tiempo atrás los guio y condujo a un mejor propósito. Bajo del vehículo aceptando sus inclinaciones cuando observo a Dimitri Isakov caminar hacia mí.

Me quedo en mi lugar. No sé de qué manera actuará desde que lo abandoné a su suerte, entregándole a Becca. Camina hacia mí y me agarra el rostro, sus ojos claros demuestran la tranquilidad de verme con vida una vez más.

—Hermano —jadea en ruso—. Mi hermano ha regresado a casa.

Une su frente a la mía riendo de alegría. Viste de traje y es un tirano, pero siempre me ha tratado con respeto, el amor incondicional y la hermandad que nunca tuve con Kain, Dimitri la otorgó a mi entera disponibilidad.

—He vuelto. Estoy aquí, hermano —sentencio.

—¡Nuestro *Pakhan* regresó! —exclama alejándose. Es el primero en doblar su rodilla en el piso y decenas de hombres le siguen en cadena, todos doblegándose ante mí—. Tu mandato es nuestra voluntad, vivimos y morimos por ti, honramos y luchamos con valentía, *¡Мы умираем и живем для пахана!*

«¡Vivir y morir por nuestro Pakhan!» repiten a coro los demás. Mi pecho se infla con orgullo. Este es mi lugar, mi reinado. Aquí es donde pertenezco. Este es mi territorio, mi gente.

—¡Bratvá no olvida! —bramo alzando mis manos—. Bañaremos el cielo de sangre y demostraremos que el perdón es desconocido. La sangre nos llama y el miedo nos huye, porque somos hijos de la muerte y dueños de nuestro destino. Sin contemplación ¡la Mafia Roja vencerá!

—¡La Mafia Roja vencerá! —imitan animados. Voces embravecidas, llenas de orgullo y coraje ruso.

Es un regocijo a mi alma. Vine aquí con temor, sin tener idea de si encontraría la lealtad de años o una patada en mi trasero de regreso a los brazos de Avery, pero aquí están mis hombres, parte de ellos dispuestos a morir por mí. Podría iniciar una guerra contra los Nivalli, pero ¿qué sentido tiene repetir el círculo? Por primera vez estoy viendo más allá, a un futuro que no los involucra, un poder que puedo conseguir con mis manos.

Una era está a punto de comenzar. No necesito Rusia para gobernar sobre el mundo, no cuando puedo ser el jefe de la legión estadounidense.

Mi regreso es motivo de júbilo y celebración. Los hombres organizan rápido las bebidas, las mujeres empiezan a pasearse, a sentarse en mis piernas en cuanto tomo mi lugar con Dimitri a mi lado. Ellas siempre serán mi pecado más grande, la debilidad infinita, pero no quiero a ninguna, no esta noche. Bebo un trago de vodka, solo uno que me arde en la garganta.

—Bienvenido, hermano. No creí verte de nuevo…

—¿Cómo está ella? —corto.

—Es hermosa, cada día se parece más a Dalila. Es impresionante. —Tiene tanto orgullo en sus palabras.

Afirmo sin atreverme a seguir.

—Gracias por cuidarla.

—¿Quieres verla?

—No creo ser capaz. No aún —confieso.

—Vlad, hermano, ella…

—¿Se parece a ti o a mí? —cuestiono apretando los dientes.

—Es nuestra hija —sentencia empujando a la ramera que se mueve sobre su polla—. Tu hija, mi hija… *Nuestra.*

—Existen demonios que aún me atormentan —susurro.

Compartir a Dalila me persigue. Su rostro cuando me dijo que estaba embarazada, la vergüenza en ella al sentirse sucia por mis actos. No puedo perdonármelo. Mi mayor equivocación fue no tratarla del modo que merecía, en su lugar la usé cual pedazo de carne.

—Todos somos adultos, ella no fue obligada.

—Era mi esposa, ¿no debía protegerla? —pregunto observando a los hombres. Ellos seguro que protegen a sus familias.

—Dalila fue una mujer criada para servir. No tenía oportunidad en nuestro mundo, era débil, y eligió su camino. Algunos renacemos, otros mueren. Es el ciclo de la vida, no puedes culparte por ello —revira tomándose otro largo trago.

—Ella solo quería ser amada y nadie lo hizo. Murió sabiendo eso —lamento.

Su familia la vendió de un hombre a otro, solo buscaban sacar ventaja de una posición. Theo la tenía como un juguete y yo no la llegué a apreciar más de un simple segundo. Qué feo y triste final para un alma que pudo ser hermosa, pero que nunca llegó a florecer.

—Es mejor dejar descansando a los muertos y preocuparnos por el futuro de los vivos. Existe más en lo que está por venir que lo pasado,

pues no se puede modificar, hermano. Puedes lamentarte, sin embargo, no cambiará lo sucedido.

—Ya no quiero lamentaciones. Tengo planes, Dimitri, y quiero que estés a mi lado.

—Es justo donde estaré, hermano, lo sabes —sentencia golpeando mi hombro—. ¿Qué necesitas de mí? Pídelo y lo tendrás.

—Quiero asesinar a Igor Kozlov.

—Eso no es un problema, pero su mano derecha sí lo es —dice confirmando mis sospechas.

—Será un enemigo duro, pero no invencible. Además, estos hombres se han acostumbrado a ser mafiosos de apariencia. No recuerdan sus verdaderas raíces, el sadismo, la tortura. La Mafia Roja ha perdido su origen…

—No en Rusia —anuncia—. Nikov ha atemorizado a todos. Es un hombre sin sentimientos, no tiene piedad. Todos le temen.

—Pero su poder no llega a América. No puede controlar a estos soldados —le recuerdo.

—No, no puede —concuerda—. Y el Capo tiene las manos llenas con Sicilia.

—Parece que el mundo necesita un tercer líder —murmuro sonriendo.

—No has venido aquí sin un plan, te conozco. ¿Quieres Latinoamérica de regreso? Colombia y Venezuela han dado buenos frutos como predijiste, Cuba se unió a nuestro lado y tengo control sobre el cartel. En tu nombre, claro.

—Quiero conocer al jeque —digo mirándolo de reojo.

—India —medita tocándose la barba—. ¿No es demasiado ambicioso?

—No —me burlo—. Estuve haciendo preguntas esta tarde y me enteré de que el jeque rompió sus conexiones con Sicilia. Necesita un distribuidor, ¿qué mejor que nosotros? Cavalli y Nikov se tienen el uno al otro, pero si obtengo la confianza del jeque podría convertir esto en una balanza de igualdad, adueñarme de la Bratvá en territorio americano, y contar con la India es un gran paso.

—Joder, Vlad, ¿quién carajo abrió tu mente de esa manera?

Curvo mis labios sin pronunciarlo. Una mujer. Ella me dio la herramienta que necesitaba, *el poder de creer en mí.*

CAPÍTULO II

AVERY

Vestirme de blanco y caminar hacia el altar fueron actos que nunca imaginé. No me visualicé como una esposa en el pasado y mucho menos a futuro, pero mi vida cambió cuando conocí a Dominic Cavalli e hice acuerdos que me llevarían directa a este día en el cual me casaría, no solo con un hombre, sino con aquel que se quedaría mi imperio.

—Estás bellísima, hija —anima mi tía, es el único familiar a quien medianamente soporto. Es hermana de mi madre y me la recuerda mucho. No es que lo necesite, ya que si observo mi reflejo en el espejo la miraré en mí sin duda, aunque menos valiente y más tonta.

—Gracias por venir con tan poca antelación —murmuro agradecida. Ha viajado desde Detroit, donde reside actualmente con su esposo.

—No podía perderme este día. Por fin te casas y pareces feliz por ello, aunque veo el temor en tus ojos. ¿No quieres a este hombre?

—Ese es mi miedo. No debería quererlo.

Lo que era una transacción simple se ha convertido en algo más.

—Avery…

—¿Karl vino? —interrumpo.

No necesito la charla. Este matrimonio durará solo unas horas, y eso es lo que me duele.

—Sí, aquí está la documentación.

—Encárgate de que sean firmados mientras nos casamos. Él no debe saberlo. —Acomodo la diadema en mi cabeza.

No me siento una reina, no hoy cuando dejaré atrás a mi rey oscuro. Me pongo de pie sintiendo el dolor placentero en mi intimidad, recordándome que ese hombre poseyó cada parte mía en las pasadas horas. Bajo la mirada hacia el perfecto anillo de compromiso. No sé lo que ha estado haciendo, pero está claro que realizó logros por sí solo, y si las docenas de hombres armados no son el mejor ejemplo, lo es este anillo. Debe valer una fortuna, es tan exquisito que solo en la red oscura pudo ser adquirido. La tristeza me invade. Quiero ser libre, lejos de la mafia, y permanecer al lado de Vlad me quita esa oportunidad. En cuanto los papeles que lo declaren el dueño de A&C Diamond sean firmados estaré a minutos de ser libre, incluso si no asesina a mi padre, Dominic es más que suficiente para protegerme, dado que habré cumplido mi parte del trato, pero ¿es lo que quiero realmente?

Cierro los ojos sintiendo sus caricias, los besos en mis hombros, sus dientes raspando mi piel. Su grueso falo en mi interior, rompiéndome, marcándome, ¿cómo dejaré eso detrás?

—Es hora, hija, tu esposo espera.

—Gracias —musito abriendo mis ojos y la abrazo—. Eres lo único que me recuerda el término *familia*. Después de este día debes ocultarte con Karl, desaparecer un tiempo. Prometo que todo se calmará.

—Tu padre no se detendrá…

—Lo hará —corto—. No tendrá otra opción.

—Le prometí a tu madre cuidar de ti —susurra apartándome los mechones que cubren mi herida en la frente—, pero veo que tienes a alguien más ocupando ese lugar.

—Él no…

—Tú —interrumpe—. Tú eres quien cuida de ti, sin necesidad de un hombre, y sé que eres fuerte, que no te dejarás vencer sin dar pelea. Llevas la sangre de los dioses en ti, mi pequeña. Te quiero y no importa si el infeliz de Igor intenta venir a por nosotros, me iré al lado de tu madre feliz de saber que no podrá vencerte a ti, que te has liberado.

—Basta, me harás llorar. No soy ni la mitad de fuerte… —niego ante tales acusaciones. Si bien mi madre pereció en el vicio de las drogas porque mi padre la encadenó a ser una dependiente, ella luchó con cada átomo de su ser para no caer, se aseguró de que sus hijos estuviéramos protegidos de alguna manera, aunque mi hermano sea un coño de mi papá y no un hombre con testículos.

—Señora —llama una de las mujeres del servicio—. El señor la espera en el salón.

Le ordeno a mi tía reunirse con su esposo, que es el juez de Detroit. Gracias a sus conexiones tiene en su poder el testamento, le he pedido sea mi testigo en mi boda y, a su vez, que le explique a quien nos casará que se deben firmar ambos documentos, mi acta de bodas y el testamento donde Vlad recibe una fortuna. Bajo hasta el salón principal, encontrando que está jugando con un par de perros de pelaje negro. Viste un traje a medida en color gris oscuro, sin corbata y su pelo está desordenado. Veo la tinta en sus manos y su cuello, donde sobresalen algunas figuras aquí y allá. No puedo evitar imaginar su cuerpo desnudo, recordar cómo aquellas figuras cobran vida y se vuelven una parte de él. Sus demonios no están ocultos en su interior, sino dibujados en su cuerpo, formando parte.

Los perros son enormes, aunque uno de ellos más alto que el otro. Parece que la primera, aquella que se encuentra sentada en el piso, es hembra y el juguetón, macho.

—Ellos son Lucifer y Lilith —presenta a los Dóberman de pelaje negro.

—¿No tenías nombres mejores? —Sonrío. Solo Vladimir Ivanov nombraría Lucifer a una mascota—. Son preciosos…

—¿No les tienes miedo? —pregunta extrañado.

—¿Debería? Los perros son sabios, dicen que leen nuestras emociones y sentimientos. Lucifer y Lilith pueden saber que mi intención no es lastimarlos.

Vladimir

Avery nunca es lo que yo espero que sea. De alguna manera logra impresionarme en todo momento. Pensé que la reacción que tendría delante de mis perros sería salir alarmada o gritarme que no podrían estar dentro de la casa, como fue el caso con Dalila, que entró en pánico solo al verlos. Su alteración fue tanta que los perros se sintieron amenazados, no interactuó incluso cuando eran solo cachorros, porque sus padres ya murieron, a los cuales Dalila conoció.

Mi futura esposa mueve su vestido blanco justo en la abertura de su pierna y se posa de rodillas delante de los animales para acariciar las cabezas de ambos.

Ella se encuentra hermosa y radiante. No tiene un largo velo que oculte su rostro y el vestido es jodidamente provocador. Si bien sus tetas están cubiertas, la espalda tiene un escote que me deja apreciar su piel cremosa, su pelo está recogido en un moño en la cima, con algunas mechas negras saliendo en ondulaciones. Verla de blanco me ha sorprendido, esperaba un vestido rojo, o negro, dado que sus gustos son diferentes a las mujeres tradicionales, pero sospecho que todas guardan cierta ilusión en un día como hoy. La ayudo a levantarse, rodeo su cintura y la acerco a mí.

Su olor, maldita sea. Huele a paraíso.

—¿Qué haces aquí? Se supone que los novios esperan en el altar.

—¿Me sientes dentro de ti al caminar? Cuando esta tela fina toca tu piel, ¿imaginas mis manos? ¿mi toque? —pregunto. Sus mejillas se encienden ligeramente y afirma—. Entonces, Zaria, eres mi mujer desde que decidí tenerte. Lo que sigue ahora es un papel para los hombres, porque en lo que a mí concierne eres mi hembra desde antaño.

—Eso ha sido romántico a tu manera —se mofa acariciándome la barba—. Empiezo a pensar que eres igual que ellos. Aunque parezcas una bestia por fuera, sigues siendo un guerrero leal por dentro.

—¿Estás comparándome con mis perros?

—Son majestuosos, como tú.

—Lo único majestuoso que poseo es la mujer a quien sostengo. ¿Lista para firmar Ivanov?

—Más que lista. —Me engaña acercándose lo suficiente para esperar un beso suyo, pero se aleja demasiado rápido. La agarro del cuello para detenerla y bajo mi rostro.

—Mía, Zaria —gruño, saco la lengua y toqueteo sus labios—, pero si te beso ahora terminaré follándote en medio del salón y rompiendo ese condenado escote. Y, por primera vez, no quiero que ningún hombre vea lo que me pertenece. Tendría que destriparlo y arrancarle con mis manos los ojos por mirarte.

—Mierda, Vlad, eso acaba de ponerme caliente.

—¡Maldita loca! —sentencio antes de arrastrarla fuera, puesto que si nos quedamos solos incendiaremos la puta casa antes de que pueda hacerla mi esposa. Supongo que la luna de miel será muy divertida, tendré mucho con lo cual torturarla.

Hacemos el camino agarrados de las manos. De familiares solo están su tía y Dimitri junto a su esposa, quien solo cumple con lo requerido en nuestro mundo. No se aman, no son felices, sino dos desconocidos en un mismo techo. El hombre que nos casará se encuentra al lado del juez Karl, tengo entendido que es el esposo de la tía de Avery.

Ella no lleva un ramo de flores y tampoco suena ninguna canción ridícula, pero, a pesar de no ser la boda que quizás planeó, Avery sonríe, y es natural, sincera, una sonrisa genuina en su rostro, como si estar a mi lado la hiciera… feliz.

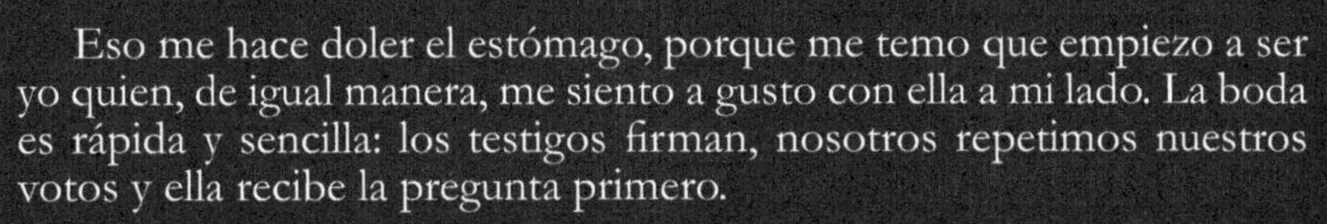

Eso me hace doler el estómago, porque me temo que empiezo a ser yo quien, de igual manera, me siento a gusto con ella a mi lado. La boda es rápida y sencilla: los testigos firman, nosotros repetimos nuestros votos y ella recibe la pregunta primero.

—Sí, acepto —declara apretando mi mano.

—Vladimir Ivanov, ¿aceptas a esta mujer para serle fiel, amarla, respetarla, cuidar de ella en la salud, las tristezas, enfermedades y alegrías por el resto de sus vidas?

—Sí a todo —respondo.

Avery se ríe en una pequeña carcajada. El hombre se aclara la garganta y procede a pedir nuestras firmas.

Ambos lo hacemos en varios documentos. Estoy nervioso esperando el jodido *marido y mujer*, ¿por qué carajos estoy de esta manera, tan ansioso?

No espero a que lo diga. Agarro a mi mujer del pelo, obligándola a besarme apenas cuando el hijo de puta piensa en empezar a hablar. Le estrujo con una mano la nalga, apretándola contra mi jodido cuerpo. Estoy duro con tan solo besarla ¡al carajo esto! He estado duro desde que la vi bajar las escaleras, parecía levitar como la diosa que es. Ellos aplauden, pero no tengo suficiente aún y Avery está igual de codiciosa. Al final termino chupándole el labio y se lo dejo rojo antes de separarme de ella.

—Hola, esposo —jadea tocándose los labios.

—El inicio —susurro bajo.

Esto es solo el maldito inicio.

—¡Felicidades! —grita la tía de Avery enfundada en un vestido azul. La aleja de mí para abrazarla y felicitarle. Dimitri, extrañado, me palmea el hombro.

—Vaya, parece que…

—¡Cállate! —siseo girando los ojos.

Recibimos los abrazos y las palabras antes de entrar a la casa para comer unos aperitivos. Quiero que todos se larguen y nos dejen solos. Quiero follar a mi esposa, pero los invitados tienen otros planes.

—Es un placer verte, Avery, ha pasado mucho tiempo. —Dimitri le besa la mano.

—Ustedes dos se conocían, ¿no?

—¿Quién no conoce a Dimitri Isakov…? —interviene Avery con rapidez tocándome el pecho con una mano, mientras en la otra tiene una copa de *champagne*—. Las mujeres, los cuentos de sus batallas y enfrentamientos.

—Son solo rumores —revira Dimitri sonriéndole. No me gusta.

—Que están cerca de la verdad, ¿no es así? Si me disculpan, voy a verificar a la servidumbre —anuncia. Antes de irse me observa y sonríe, causando que olvide hasta mi jodido nombre. Luego se gira contoneando las caderas. Sí, carajo, esta gente debe irse.

—Nunca creí ver esa mirada en ti.

—¿Qué mirada? —pregunto dejando de mirarla y le presto atención a mi hermano.

—Hambrienta, posesiva… Estás babeando por la mujer.

—Has bebido demasiado, Dimitri —ironizo, así oculto lo real—. Creo que será mejor que vaya a verificar a Avery.

No dejo que diga nada, antes de seguir el camino de mi esposa escucho su risa divertida detrás. Que se joda. Ni yo mismo entiendo lo que me sucede con ella, pero tendremos tiempo de descubrirlo.

—… dejas la maleta en el coche y ni una palabra de esto al señor, ¿entendido?

—Como ordene, mi señora.

—Bien —gruñe tocándose la cabeza, parece tener dolor. ¿De qué maleta está hablando? No iremos de viaje y no ha tenido tiempo de organizar nada—. Haz lo que te dije.

La chica se marcha por la puerta trasera de la cocina y Avery se dobla ligeramente en el desayunador. Confundido, entro despacio, sin intención de asustarla. Ella levanta el teléfono inalámbrico de la pared, digita algunos números y espera impaciente.

«¿Qué está sucediendo?».

—Está hecho —dice sin emoción alguna—. Cumplí mi parte, espero que tengas un avión para mí esta noche.

Empiezo a retroceder, más inestable. ¿Hecho? ¿Qué carajos está hecho? Y, ¿por qué mi reciente esposa planea irse de mi lado sin un aviso previo? Dicen que la traición siempre es amarga. La conozco, la he vivido y saboreado… Parece que volví a tener una buena porción de traición de la mujer a quien hace nada le habría entregado mi vida.

No. No soy un títere, Avery. Soy el dueño del circo y parece que tú solo eres una atracción más. Cuando creí que eras el carrusel mágico, pasaste a ser uno de los enanos.

Mi esposa tiene mucho que explicar, ¿no?

CAPÍTULO 12

VLADIMIR

«Morir en la hora más incierta de la noche, cuando la luz está a punto de llevarse la oscuridad, profesa tu entrada al infierno».

Vladimir Ivanov

No dejo de analizarla. Aparenta estar bien con los demás, incluso no ha dejado de tratarme como el centro de su mundo, pero he permanecido distante, alejado, fingiendo una serenidad y calma quebrantada por sus palabras.

Desde hace años, mejor dicho, desde mi unión con Cavalli, varias personas se han dedicado a verme débil. Muchos de mis propios soldados cuestionaron mi actuar, para ellos estaba dejando de ser duro, sin embargo, yo en aquella alianza miraba una forma de cambiar nuestro mundo, de hacerlo menos perverso y más justo. Dominic repudiaba vender chicas de la misma manera que yo, así que pensé que en el fondo teníamos metas similares.

Los invitados se despiden y le ordeno a Dimitri organizar ese viaje a India lo más pronto posible, se compromete en conseguirme algo para el fin de semana próximo, pero lo quiero para ya, ¡mañana mismo! Nadie me mirará la cara de idiota, ¡no más!

—Vamos a la cama —susurra rodeando mi cadera y deja caer su cabeza en mi pecho. La ira retumba. Quiero enfrentarla, aunque hacerlo no me traerá el alivio que necesito.

—Sube, te acompaño en un segundo. Quiero darle instrucciones a Dante primero —murmuro neutro.

Ella deja un beso sobre el traje, luego se gira y se marcha. Me bebo de golpe el último trago de vodka antes de salir en la búsqueda del hombre.

—¿Seguro que no me necesita? —cuestiona.

—Es nuestra noche de bodas y eres como un padre para ella. No quiero que se sienta incómoda… ¿Comprendes? —Es una mentira. Jodí a Avery a lo grande sin importarme un carajo si la escuchaban en la puta luna.

—Por supuesto. No lo había pensado, señor —carraspea un poco incómodo con la plática.

—Ten una buena noche, Dante. Yo me encargaré de cuidar a la princesa rusa —aseguro golpeándole el hombro.

El hombre no tiene más remedio que hacerme caso. Ahora soy su jefe, *quien manda*, y es hora de que Avery lo tenga claro.

Porque ella es mía, no la dejaré marchar. Tiene la oportunidad de quedarse por las buenas… o una opción un poco más a mi estilo.

Espero que Dante abandone mi casa para ir a por la chica de servicio, es la primera a quien encuentro dejando la maleta que Avery solicitó. No necesito hablar ni preguntar. Es una traidora al elegir hacer algo a mis espaldas, no importa si es hombre o mujer, después de todo quieren ser tratadas por igual, ¿no? Le tapo la boca e intenta pelear contra mi fuerza, pero es un acto imposible. Sin llegar a ser cruel, le fracturo el cuello para una muerte más rápida e indolora. D

ejo a la mujer en el piso cuando uno de mis soldados se acerca deprisa, quizás pensando que planeaba hacerme daño.

—Quiero que dejes en claro a todos en esta casa quién es su amo, el maldito jefe. Cada traidor tendrá el mismo destino. —Escupo el piso.

El hombre me responde rápido y se hace cargo del cuerpo. Respiro varias veces antes de entrar en la casa.

Mi esposa se nota nerviosa, camina de un lado para otro cuando abro la puerta. Parece estar haciéndose sonar los dedos, se ha quitado el vestido y ahora solo usa una bata de seda abierta, con nada debajo.

Me encanta su cuerpo, su piel, su aroma… Y creí que podría sentir algo por ella, que quizás tenía una ligera esperanza de una vida a su lado. Qué estúpidos y ridículos me parecen ahora esos pensamientos.

Camino hacia ella para tocarle el rostro. Sufriendo internamente con el filo imaginario que penetra mi carne, me inclino para devorar sus labios. Esa chispa estalla entre los dos. No es delicada ni baja, sino furiosa, ardiente. Un fuego que emerge entre ambos, que no se puede fingir, porque va más allá de lo que deseamos. Nació en algún punto de nuestro encuentro y ahora parece alimentarse de mi furia, de mi deseo, de mi obsesión enfermiza por tenerla… Reconozco cada síntoma de esta maldita cruel y oscura enfermedad, porque antes la sentí por Emilie Greystone, la reina del Capo, pero, en comparación con esto, es una molécula en el aire, mientras Avery es todo el oxígeno en el universo. Mis sentimientos han sido intensificados con el poder de una explosión atómica. Todo lo que me queda es ella.

Chilla cuando la levanto con una mano para tirarla a la cama, su pelo negro se mueve en una cortina oscura que cae en sus hombros. Abre las piernas sin pudor alguno, chupándose la sangre de los labios que acabo de abrir. Empiezo a desvestirme sin dejar de ver su centro, su piel húmeda y brillante, el movimiento de su vientre con la respiración alterada. Tiene el coño sonrojado, quizás aún adolorido de nuestros actos previos. Caigo de rodillas delante de ella, y le tiro de las piernas hasta colocarlas en mis hombros, después soplo un poco de aire en su carne y se arquea gimiendo. Saco la lengua y lamo desde su trasero hasta la raja de hinchada carne. El tacto la hace estremecer y soltar un alarido al aire. Chupo, succiono y muerdo a mi antojo, enloqueciendo su mente, saturándola de placer y volviendo al principio, sin dejarla llegar a la línea de la culminación que tanto anhela. Para Avery esto es una despedida, para mí el maldito inicio de un camino intrincado, puesto que ella ha pasado de ser mi esposa a ser mi esclava, porque no existe manera en la cual su cuerpo no caliente mi cama o deje de pertenecerme, de acuerdo o no. Avery Kozlova dejó de ser libre, pasó a ser mi cautiva y aún no tiene la remota idea de cómo me adueñé de su ser.

Porque si Chicago debe ser reducido a cenizas para que ella permanezca a mi lado, entonces que así sea.

Escalo sobre su cuerpo, sumergiéndome en su intimidad de una sola estocada. Grita, intenta agarrarse de mis brazos, sin embargo, la detengo, controlándola y llevando los suyos sobre su cabeza. Abre los ojos de par en par al ver mi verdadero rostro, aquel monstruo que se esconde bajo la superficie, pero que permanece atento, acechando, y que hoy ha sido liberado en su totalidad.

—Vlad —musita dudosa.

Bajo la cabeza a su cuello y muerdo su piel.

—Ibas a dejarme —gruño volviendo a mirarla. En cuanto digo las palabras Avery saca su fiera, se mueve bajo mi cuerpo, patalea, intenta golpearme con su cabeza, pero muevo mi cadera y mi polla entra más profundo en su interior. Nos giro, haciendo que se siente sobre mí, mientras restrinjo sus manos a mi espalda con una mano y su cadera con la otra—. A marcharte de mi lado, como si tuvieras esa opción.

Traigo su cuerpo a mi pecho. Al soltarle la mano me pega en el rostro una bofetada mientras sus mejillas se inundan de lágrimas.

—¡Suéltame, maldito!

—¡Nunca! —grito agarrándole el pelo—. Soy tu hombre, Avery, no existe ninguna manera en la cual te alejes de mí, no mientras viva.

—Suéltame —lloriquea más débil. Ambos sabemos que puede zafarse de mi cuerpo, en cambio, elige ser dócil. ¿Por miedo de mí? No lo sé, ¿me importa? No, mientras me la follo veo sus lágrimas y me alimento de su dolor, porque es bueno saber que decidió dejarme, pero, igual que yo, está condenada a mi maldito ser, a mi cuerpo, a mí.

Nos follamos como dos locos, dos malditos dementes, entre mordidas y maldiciones. Entre el dolor de la traición y su engaño. Cuando culmino mi semen la llena por completo, sus paredes, su coño. El líquido escurre entre ambos.

Justo en ese momento empieza a llorar y se levanta, luce como si acabara de quemarla en carne viva.

—Me has traicionado —susurro.

La garganta me lastima y mis oídos pitan por el coraje que late en todo mi cuerpo.

—Vladimir —solloza cubriéndose la boca.

—¡Me has traicionado! ¡Te ibas a ir! Todo fue un engaño, ¿no?

—No lo entiendes —murmura ahogándose. Me pongo de pie y le rodeo el cuello, obligándola a enfrentarme.

—¿Quién es él? —escupo las palabras en un siseo.

—No te lo diré. ¡No puedes obligarme! —asevera.

—Tus opciones se limitaron cuando jugaste a traicionarme, Zaria. Ahora eres mía y yo decido lo que haré contigo. Si vives o mueres —digo mirándola fijamente a los ojos, siento el temor en su cuerpo. Empieza a temblar—. Sí, dulce esposa, haces bien en temer. Sigo siendo el ángel de la muerte, el maldito soldado de la Bratvá. Y ahora, gracias a ti, el *Pakhan*. Dimitri se está divirtiendo con tu padre esta noche, princesa. Llegará a él por órdenes mías, pero tranquila, lo grabaré todo para ti.

—Vladimir —solloza interrumpiéndome.

Ella tiene un lugar que debe aprender a conocer desde ahora.

—Los esclavos callan cuando el amo habla.

La suelto y su cuerpo cae al piso llorando. Comprende su nuevo destino. Pude haber sido un esposo bueno y gentil, pero no luego de esta traición. Avery será la última persona que decidió jugarme el dedo en la boca. Entro al vestidor de ambos y, buscando entre sus cosas, encuentro el bolso que preparó, seguro que esperaba que me durmiera para escapar, o quizás decidiría matarme. Ella ingresa, porque a pesar

del llanto sigue siendo una guerrera, pero ya tengo su teléfono en mis manos. Ambos estamos desnudos mientras forcejea por quitármelo. Sería fácil golpearla y obligarla a retroceder, es lo que los hijos de la Bratvá hacen, pero no quiero mis manos en su cuerpo maltratándola, incluso si estoy lleno de odio en estos momentos. Cuando se da cuenta de que no importa qué tan fuerte sea, siempre estaré sobre ella, elige retroceder.

—No intentes escapar, solo conseguirás lastimarte a ti misma —advierto mientras limpio sus lágrimas, entonces me gira el rostro, saliendo de mi agarre—. De todos modos, no existe lugar donde no te encuentre.

—Esta es la razón por la cual no quería seguir en la mafia y ser solo un trozo de carne…

—Lástima —corto—. Pudiste ser más que eso si hubieras sido honesta. Averiguaré con quién hablabas al teléfono y, cuando lo haga, espero que mis sospechas sean incorrectas.

Sin decir nada más me giro y la encierro en la que pensé que sería nuestra alcoba, donde reiría y disfrutaría los mejores años de mi vida junto a mi *esposa*. Este mundo es cruel y duro, te arremete sin piedad. La felicidad es un sueño efímero que muchos viven, pero pocos alcanzan; benditos aquellos que tienen todo entre esta miseria. Empieza a golpear la puerta y llamarme, sin embargo, me alejo hacia el otro extremo. Dos soldados aparecen corriendo, sin impresionarse por mi desnudez.

—Vigilen su puerta, su ventana, cualquier rendija por donde intente escapar, ¿entendido? Si ella escapa ustedes mueren —amenazo en ruso.

Los hombres se mueven con rapidez. Es una maldita condena sobre sus cabezas. Entro a una de las habitaciones del primer nivel y volteo todo con rabia, excepto su móvil. Estoy seguro de que tendré la clave dentro del aparato. Ella llamó a una persona, así que cuando no aparezca intentarán contactarla. Me baño en segundos sin digerir nada, en mecánico, soy como un jodido neandertal. Deambulo por la casa mojado y desnudo agarrándome la cabeza. Mis demonios luchan una batalla interna. Mi deber es deshacerme de Avery, asesinarla y olvidar que existió, pero no puedo… No quiero. En el pasado mis acciones serían otras, ahora yo mismo me calmo, intento controlarme y pensar, ser más frío y menos emocional. Tendré tiempo de causar caos, pero ahora solo tengo una salida: Convertirme en lo que nunca imaginé.

—Tú, ¡búscame ropa, imbécil! —grito a uno de los que pasan—. Y asegúrate de no mirar a mi mujer si quieres conservar tus ojos. ¡Ella es mía! ¡¿Entienden todos, hijos de puta?! ¡¡Avery Ivanova es mía!! ¡Mía! —rujo haciendo que todos se movilicen y lo comprendan. Mataré por ella, joderé el mundo por ella. Me humillaré por ella, todo para que siempre me pertenezca. No nacerá el hombre que intente arrebatármela, ¡nadie!

Horas más tarde, casi cuando el alba está en el horizonte, en aquella hora más oscura en la cual todos temen morir, su teléfono vibra. Es un número desconocido, sin identificador. Estoy vestido y he tomado tragos cortos de vodka sin excederme, solo un ligero zumbido tranquilizador. Contesto su móvil sin hablar.

—En media hora en el muelle Boulevard… —ordena esa voz. ¡Esa jodida voz!

Y corta. Típico en él, porque su palabra es la jodida ley. El móvil se desintegra en mis manos, lo trituro de la fuerza que ejerzo sobre el aparato. Salgo de la casa para reunirme con él, pero no llevo armas porque no las necesito, no contra Cavalli. Si él quiere matarme solo necesita pedirlo, sin ensuciarse las manos, pero nunca lo ha permitido, ¿por qué? No lo sé, quizás es alguno de sus tantos planes de mierda. Manejo el Aston a alta velocidad, pobre del cristiano que interfiera en mi camino. En fracción de nada llego y cuando lo hago dos camionetas ya se encuentran posicionadas mientras él está de pie fumándose un habano, relajado. Sus hombres alzan sus armas en cuanto bajo del vehículo y eso hace al Capo de capos girarse.

—Vaya —ironiza—. No eres mi cita, ¡déjenlo! —ordena a sus hombres cuando intentan detenerme. Voy con todo, a vida o muerte. Listo para conocer el infierno, de ser necesario. Le tiro el primer golpe, pero es un maldito juego de niños. Retrocede a un lado riéndose y tira el habano al piso—. No quieres hacer esto, Vladimir.

—¡Oh, sí quiero! —grito y me abalanzo, esta vez mi puño le da directo en el rostro y luego una patada en el pecho—. ¡Defiéndete!

Y es entonces cuando deja ir al hombre centrado. Mueve la cabeza de lado a lado, tronándose el cuello.

—¡Eso es, Vladimir! ¡Ivanov siendo un soldado! ¡Nunca pensando más allá! ¡No más lejos de su nariz…!

—Te enseñaré dónde mirar.

Pero antes de hacerlo recibo el primer golpe de su parte. Las costuras de su traje revientan con su movimiento y la patada en mi pecho me hace caer en el piso. Con el mismo impacto que caigo me levanto, le agarro del cuello y lo arrincono en una de sus camionetas.

—Me quitaste a Emilie, mi ciudad, mi gente ¡mi mundo! Y ahora que planeaba recuperar… ¡Me quieres quitar todo de regreso!

Se mueve y me pega con su cabeza.

—¡Joder! —chilla agarrándose la frente—. ¿Podrías ser civilizado? ¡Pareces un animal!

—¡Tú me convertiste en uno!

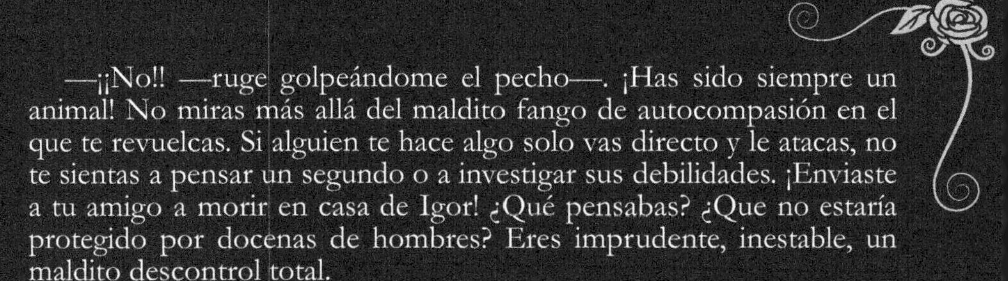

—¡¡No!! —ruge golpeándome el pecho—. ¡Has sido siempre un animal! No miras más allá del maldito fango de autocompasión en el que te revuelcas. Si alguien te hace algo solo vas directo y le atacas, no te sientas a pensar un segundo o a investigar sus debilidades. ¡Enviaste a tu amigo a morir en casa de Igor! ¿Qué pensabas? ¿Que no estaría protegido por docenas de hombres? Eres imprudente, inestable, un maldito descontrol total.

—Dimitri —jadeo.

Intento irme porque debo ir a buscarlo, a salvarlo.

—Está vivo, pero ¡no gracias a ti! ¡A mí! ¡Yo soy quien te ha abierto el camino, imbécil! ¡¡Yo!! —brama a mi espalda. Me detengo con sus palabras, ¿abrirme el camino?

Me río, parece que el Capo ha perdido la cabeza.

—Me odias y te odio, ¿por qué me ayudarías?

—Causas para un proyecto más grande —se burla con ironía—. Nos odiamos, está en nuestro ADN. Siempre nos odiaremos, pero eso no significa que me convenga matarte.

—¿A qué estás jugando? —gruño.

—Tienes algo que yo quiero, te di algo que necesitabas ¡Es así como soy, Vladimir!

—Gracias, hijo de puta.

—Ella era una puta, ciertamente. Vamos, Vladi… ¿no podemos tener una conversación normal, sin sangre?

—Chúpame la polla primero.

—No, gracias, solo me gusta la de un ruso. —Ríe su jodida broma.

—¿Sí? ¿Cómo va eso? Lo jodiste, ¿no? Incluso abandonaste a tu propio hermano —digo, golpeando la herida de su abandono a Roth Nikov. Ellos han sido inseparables. Sonríe y se quita la americana inservible.

—Está en mí dejar atrás a mis hermanos. ¿Qué puedo decir? Solo debe existir un Capo.

—No me importa lo que quieras de mí, pero deja en paz a Avery. Lo que sea que le prometiste está disuelto. Y te quiero lejos de Chicago, de ella y de mí. La única razón para no matarte es que una pequeña parte de mí te admira, una diminuta. Será mejor que no regreses a mi vida.

—Ella no te lo dijo —se mofa riéndose—. Se casó contigo porque yo se lo pedí, Ivanov. Te entregó esta ciudad porque así lo quise. ¿La isla en el Caribe? Mi isla. Es bueno follar en la arena ¿no? Es exquisito.

—¡Maldito bastardo!

Voy por él, pero esta vez sus hombres me detienen.

—Emilie hizo un pequeño favor para ti. Se sentía mal, parece que te quiere. —Niega sin entender sus palabras.

—Ella me robó mi dinero, envió la cabeza de mi hermano a Rusia ¡se la dio de comer a mis perros! ¡Tú me humillaste solo porque la vi y la deseé primero! Me la arrebataste de las manos como una burla, incluso cuando no la querías y sabías que yo sí. Me gritaste a la cara que no la podría tener porque era una mierda, una basura de la Bratvá. Y le mentiste, le dijeron que era un monstruo, que jamás la amaría ¡Ahh! —grito contra los brazos que me retienen.

Quiero matarlo, despedazarlo.

—Soy culpable, es cierto. —Que lo admita me llena más de ira—. Pero ahora tienes una oportunidad. Emilie te devolvió tu fortuna. No dependes de nadie, eres casi mi igual.

—Y ese *casi* te regocija, ¿no?

Deja salir un suspiro. Conozco lo hijo de puta que es. Sí, Kain merecía morir, pero yo no merecía muchas cosas que me hicieron. Odié a Emilie, incluso con más intensidad con la cual la amé en su momento, porque ella me dejó sin nada con tal de salvar a Dominic.

—No te quiero como mi enemigo, sino como un aliado —dice mientras se acerca—. Nunca creí decir esto, pero necesito algo de ti, Vladimir. Por favor, eres el único que puede saber.

Por favor… No creí vivir para escuchar algo semejante.

—¿Qué podría saber yo que te interese?

Saca su teléfono para buscar algo, hasta que me enseña una foto.

—¿La recuerdas? Ella es Britney Nikova, la mujer de mi hermano. Lo abandoné, tienes razón. Le di la espalda cuando me necesitó, pero la chica no tiene la culpa. Lleva un año desaparecida y necesito encontrarla. No por mí… Sino por él. Te he devuelvo parte de tu poder, y, a cambio, te pido que me digas cualquier cosa para recuperarla. ¿Recuerdas la inocente Emilie Greystone de la cafetería? ¡Es esta chica! —Golpea el teléfono. No se refiere de forma literal, sino simbólica—. Dimak Trivianiv la tiene, y si no me ayudas me temo que será muy tarde para ella. Por eso necesito tu ayuda.

—Después de todo el gran Dominic Cavalli tiene corazón. ¿Y si me niego?

—Me obligarás a torturarte, será una pérdida de tiempo. Eres un soldado de la Bratvá. Permíteme corregirme, eres el mejor soldado de la Bratvá. No existe nada que pueda hacer para quebrarte, ni siquiera Nikov lo consiguió.

CAPÍTULO 13

AVERY

Esta es una de las razones que me orillaron a abandonar la mafia: ser un objeto, un pedazo de carne y estar expuesta a la comidilla de los demás, porque vivimos en una sociedad donde *debes ser perfecta,* porque de no serlo te juzgan, te atacan. Lo triste es que lo hacemos entre mujeres, nos envidiamos y nos señalamos la una a la otra, como si luchar en contra del machismo, la sociedad, nuestro cuerpo y los estándares no fuera suficientemente duro ya. A veces tengo ganas de gritar, pararme delante de un acantilado y dejar salir mi voz, porque sueño que solo allí, en lo alto de una montaña, mientras trueno mi llanto y me desgarro la garganta, es donde únicamente seré escuchada.

Porque parece que las personas olvidaron lo crueles que pueden ser unas palabras, que a veces aquellas son más duras que el proyectil de una bala o la fuerza de un camión impactándote. Tanto, que un golpe, en comparación, es un cosquilleo insignificante. No puedes ser perfecta, no existe manera. Algunos te odian por las mismas razones que otros te aman, deberás estar bien con ello y tratar de avanzar, convencerte a ti misma de que lo que hagas para ser feliz siempre será válido mientras no lastimes a otros… Esa es la línea que he rebasado.

Tratando de alcanzar mi libertad, la felicidad de una nueva vida, un despertar, he dañado al único hombre que no ha pretendido hacerme perfecta, sino que ha aceptado a la Avery que tuvo al frente.

No señaló mis errores, Vlad Ivanov los abrazó.

—¡No voy a escapar! —grito por décima vez al par de hombres que hay en mi puerta.

Una muchacha entra a preparar, supuestamente, mis maletas. No lo he visto desde anoche. Sabe la verdad, por Dios. Ni siquiera entiendo qué tanto sabe de todo esto, ¿la mano de Dominic detrás? ¿Cómo se enteró? ¿La llamada? ¡¿Por qué la necesidad de irme?! Muy en el fondo lo sé. Quería largarme lejos de esta vida antes de que todo explotara como lo hizo. Sus palabras, ¡oh, Señor! Ellas martillean en mi cabeza, se repiten y repiten. Sin nada qué hacer entre las paredes que me rodean me dejo caer en la cama, acaricio las sábanas, cierro los ojos y recuerdo su tacto, sus caricias.

Vladimir me hizo conocer un mundo nuevo a su lado, mejorado y amplificado más allá de lo que siempre pensé que sería casarme: estar en la cama con un hombre grotesco, no esta escultura perfecta que me ha tocado. Creí que sentiría asco de ser tocada y con él solo he sentido deseo, anhelo, un cúmulo de sensaciones efervescentes, cada una mayor a la anterior.

La puerta se abre horas más tarde y uno de los gorilas me observa pasmado.

—Tiene que ver esto, señora —dice pálido.

El primer escenario en mi mente es su cuerpo destrozado, pero no soy una mujer de imaginar eventos fatales, me gusta tener el escenario enfrente sin ningún tipo de anestesia, ya luego veré si me duele o no.

Lo sigo por los pasillos de la casa hasta el primer nivel, donde sus hombres están reunidos en la puerta de la casa. Lilith y Lucifer están sentados altaneros, mirando al hombre que viene cubierto de sangre al frente, liderando a su gente, sus soldados. Trae un bolso negro en la mano. Entre las lágrimas que se acumulan en mis ojos y de manera borrosa alcanzo a ver a Dimitri detrás golpeado y sin su caminar recto. Bajo los escalones y me detengo al principio de la escalinata, lívida, un poco asustada del demonio que hay frente a mí. No porque le tema, sino porque su aura es avasallante.

—¡Tenemos un nuevo líder! —exclama Dimitri cuando se detienen.

Los soldados caen sobre sus rodillas y yo hago lo mismo, inclinándome frente al mismísimo Satanás en persona. Creí que el único hombre poderoso a quien conocería sería Dominic Cavalli. Estúpida e ingenua chica.

Vladimir Ivanov viene por todo lo que dijeron que nunca podría tener. Mi hombre es el *Pakhan* de la Mafia Roja, la Bratvá hoy tiene un nuevo rey.

Lo confirmo cuando el bolso cae a mis pies, mi esposo lo abre y luego extrae una cabeza goteando sangre. Me la entrega y, consternada,

la agarro. La sostengo y me lleno de suciedad. Mancha mi vestido, pero me siento libre con este acto.

Las lágrimas se desbordan, lloro por cada tortura que recibí en el psiquiátrico, por las terapias de choques que dañaban mi memoria, por los sedantes que viví consumiendo día tras día, por las veces que fue a verme para burlarse de mi estado, por los hombres a quienes pagó para que torturaran mi cabeza hasta que empecé a creer que sí estaba loca. Que sí era la chica demente que todos creían.

—Igor Kozlov ha muerto —anuncia. Para los presentes quizás soy la pobre chica llorando la muerte de su padre, ninguno de ellos tiene idea de cuánto me hizo sufrir—. Hemos ganado una batalla esta noche, pero no la guerra. Su hijo intentará tomar mi poder. Ha jurado vengar la muerte de su padre y destruir, no solo a mi esposa, sino a mí, ¡el nuevo *Pakhan* de Chicago! El soldado de la Bratvá, quien este día no solo les trae nuevas noticias, sino nuevos horizontes, puesto que tenemos poder sobre todo el sureste del país. Hoy más que nunca debemos estar al acecho, porque nuestro enemigo vivirá pendiente de cualquier grieta que pueda tomar. Quiero pedirles, en honor a mi esposa, a su dolor, que le demos un entierro digno a Igor Kozlov, dejando su nombre en el olvido.

La avalancha de hombres, en acuerdo, procede. Ellos harán todo por Vladimir, cualquier cosa que les pida, porque era uno de ellos. Se ganó su confianza, su respeto, luchando hombro a hombro, enseñándoles a la mayoría de los que están aquí las reglas de la Bratvá. Estos hombres morirían por mi marido.

—No llores, Zaria —ordena quitándome la cabeza de las manos—. Ese hombre no merece tus bellas lágrimas.

Sus palabras siguen siendo duras y agresivas, pero con un tinte de curiosidad. No existe manera en la cual Vladimir sopese lo que acaba de hacer.

Deja caer la única parte que queda de mi padre y toma mi mano. Mi anillo, aquel que me dio, hace un reflejo por la luz del sol en medio de su sangrienta apariencia.

—Mi vikingo —susurro.

—A la habitación, ahora.

—Sí, señor. —Sonrío.

Sí, maldita sea, lo hago. Porque, aunque el odio exista, este hombre ha empezado a sentir algo por mí, porque con esta acción grita cuánto esta tonta chica le importa.

CAPÍTULO 14

VLADIMIR

Esa mirada. Esa puta mirada regresa. Su dios, su señor, el hombre que todo lo puede. Eso es lo que miro en sus cuencas cuando me observa de aquella forma. Levanta su vestido y echa a correr de regreso a la casa mientras mis perros la siguen cuidando su espalda. Estoy molesto. No, estoy furioso con ella. Su traición es una herida que posiblemente tarde en sanar y se quede latente más del tiempo necesario, pero me ha servido, después de todo. He obtenido más de lo esperado y Dominic se ha llevado migajas, parece que el destino ha girado a mi favor.

—¡Hazte cargo! —ordeno a Dimitri mientras sigo los pasos de mi ninfa personal, de mi estrella en la noche.

Cavalli me ha enseñado una dura lección: las cosas suceden cuando tú te esfuerzas para que sucedan. Seguiré odiándolo, pues, como bien dijo, está en nuestro ADN. Él es un italiano asqueroso y yo un ruso, jamás existirá la paz por completo, pero la noche pasada he dejado al animal dormido para darle paso a un hombre más calculador. Tomar la mitad de América, es mejor que solo Chicago. Fortalecer a mis hombres, mis soldados, teniendo su respaldo es mejor que irme a una guerra contra ellos. Los Nivalli permanecerán unidos, incluso en la distancia, pero yo tengo un ejército que levantar, un nombre que enorgullecer.

Mi gente necesita seguridad, mi hija tener un padre y mi esposa conocer su lugar, aprender que nunca saldrá de mi manto. Le he puesto la sentencia.

Avery Kozlova es mi mujer. Mía ahora y siempre, aunque primero deba aprender una dura lección. No me miente, no me traiciona.

El día se pasa con ella preparando un funeral. Se anuncia de cara al público como una tragedia: su padre perdió la vida en su camioneta luego de que pasara la noche navegando por la costa. Avery es tan convincente que incluso yo le creería su dolor de no saber que me pidió expresamente matarlo.

El funeral se lleva a cabo al siguiente día. Me mantengo a su lado sin expresión alguna y vamos a misa, donde su hermano no asiste. Es mi siguiente enemigo. Si bien la tía de Avery y su esposo parecen felices por la fatal noticia, su hermano va a querer venganza, porque ser *Pakhan* es un derecho que, según él, ganó. Desconecto de ellos, de lo que hablan, para concentrarme en mis propios planes: el jeque. Viajaremos esta misma noche, es una conexión que quiero adquirir. Ahora que Emilie, la esposa de Cavalli, me ha devuelto mi fortuna, tengo el control para dirigir mi mundo y también me he hecho millonario asesinando a Igor. No ha sido la muerte que deseaba porque Dominic se ha llevado el crédito en un sesenta por ciento, pero estoy más enfrascado en mis pasos al futuro, en los cuales el Capo no podrá meter su nariz.

—¿No volverás a dirigirme la palabra? —pregunta en voz baja luego de que una familia se le aproxima a darle el pésame. He estado a su lado como un vigía.

—No tengo nada que decir —gruño metiendo mis manos en los bolsillos mientras muevo mi pierna. Los lentes oscuros ocultan que no he dejado de mirarla.

—Avery, mi más sentido pésame —pronuncia una voz chillona.

El tipejo de la empresa. Odio cuando la abraza, incluso si es solo un toque formal. No puedo evitar rugir por lo bajo, pero aquello parece darle un incentivo a la maldita bruja, se la pasa llorando de brazo en brazo a cada hombre que se le acerca para darle el pésame.

Al ver que su truco de llamar la atención no rinde el fruto que esperaba, finge desmayarse. Giro mis ojos agarrándola. La iglesia entera se aflige mientras cargo el cuerpo, llevándola a la parte trasera, donde se encuentra la capilla para confesarse, y la siento en la silla que normalmente ocuparía el padre. Entonces ella reacciona como por arte de magia.

—Dios mío, no podía seguir llorando más. No tengo lágrimas —se queja limpiándose las mejillas.

—Si dejaras de llorar en cada hombro disponible… —rujo.

—¿Qué? ¿Celoso?

—No —burlo al responder—. Eres mi puta personal, Avery. El desgraciado que te toque es un hombre muerto, ¿o todavía no te has dado cuenta?

—¿Qué? Perdón, me quedé en la parte de ser tu puta personal. Las zorras hacen esto, ¿cierto? —Me agarra la polla por encima del pantalón. Me quito los lentes para verla, verificando a los lados—. Estoy muy triste por la muerte de mi santo padre, ¿podrías consolarme?

—Estoy molesto contigo.

—Pero tu verga no, al parecer.

—Es una traicionera —concedo—. Por eso ustedes dos se llevan bien.

—Mmm —gime cayendo de rodillas y empieza a quitarme el cinturón. Mierda. Estoy duro, claro que lo estoy. Solo basta mirarle las tetas para tenerme cual cachorro babeando—. Dicen que a los dioses se les reza así.

—Tú solo tienes un *dios,* Avery —exclamo tomándola del pelo. Ella se relame antes de llevarme dentro de su boca—. Y ese soy yo —finalizo gruñendo. No estoy para jueguitos inocentes y caricias tontas. Quiero mostrarle a su hombre, el real. La crudeza de la vida, porque, aunque es una princesa, no dejará de ser mi guerrera.

Empiezo a follarle la boca entrando duro y rápido, sin detenerme, y presiono su cabeza contra mi verga. Le doy palmadas en la mejilla mientras tiene la boca llena de mi miembro. Quiero que gotee crema de su coño por mí mientras están velando al maldito bastardo. «Igor Kozlov, mírame, este soy yo. La basura rusa follándose a tu hija cuando tu cabeza ni se ha enfriado porque, en cuanto entres al hoyo en la tierra, tu nombre será olvidado. Nadie recordará que una vez exististe».

—Eso es, Zaria, así de jodidamente profundo. Quieres que me folle ese coño, ¿cierto? ¿Duele, esposa? ¿Te duele no tener lo que quieres?

Salgo de su boca y me inclino para besarla, pero sin llegar a darle mis labios, solo respiro cerca.

—Por favor —gimotea.

—¿Se te hace la boca agua, uh? —tanteo jugando con ella.

—Necesito tenerte…

—¿Para qué?

—Te deseo. Quiero tu polla llenando mis paredes.

—Y yo quiero mi semen corriendo por tu garganta. —Saco la lengua y le lamo la quijada, luego chupo su labio, tirando de este, y vuelvo a enderezarme.

Me sostengo el miembro con una mano y con la otra un puñado de su pelo. Entonces empiezo a entrar en su boca, ordenándole apretarme. Ella cumple con sus ojos brillantes. No es su mamada lo que me hace venirme, son sus ojos, su mirada intensa, su adoración, la forma en la cual está dispuesta a todo por hacerme sentir único.

Esa es la diferencia entre Avery y el mundo, entre las mujeres del pasado y ella ahora en el presente. Y eso es justamente lo que no quiero perder… Ella.

El orgasmo me alcanza y mi semen corre por su garganta mientras lucha por tragarse todo.

—Zorra codiciosa me saliste —jadeo empalándome hasta el fondo. Cuando retrocedo sale un poco de su boca.

—¡Señores…! —interviene el padre alarmado. Avery se limpia el hilo de semen y se chupa el dedo, descarada, volviendo a levantarse. Me oculto la polla mientras el hombre se hace la señal de la cruz. Sí, sí, muy devotos a Dios y no dejan de cometer barbaries—. ¡Esta es la casa del Señor! —grita escandalizado.

—Por eso, padre, estaba exorcizando los demonios fuera del cuerpo de mi marido —responde mi descarada esposa rodeando al cristiano—, pero, tranquilo, me los he tragado todos.

En cuanto dice aquello suelto una carcajada y más mirando la indignación del cura. Mi esposa me guiña un ojo antes de salir porque, la muy perra, sabe que al final se ha salido con la suya. Quizás no exorcizó mis demonios, pero sí los hizo suyos mucho antes de este día.

Avery Ivanova está loca, una loca por la cual mataría.

¿Está la India preparada para recibirnos? Puesto que la diosa de la belleza y su vikingo están a nada de apoderarse de una nueva era.

Avery es esa serpiente venenosa de la que sabes que su veneno podría aniquilarte, sin embargo, estás ensimismado con su hipnosis, a tal grado de no visualizar el peligro real. Eso sucede con cada hombre que la observa: los seduce con su sonrisa, los esclaviza con su cuerpo y luego te hinca los dientes, envenenándote.

Brilla y resplandece, cegando con su belleza. Los hombres la miran, la desean, y eso me jode, pone mi humor negro. Odio ver las miradas que recibe, porque es mía y no debería ser admirada por ningún hijo de puta.

—No veo dunas de arena ni camellos, y quiero montarme en uno —murmura a mi lado cuando el botones le entrega una copa de bienvenida a Dubái.

—No estamos de vacaciones —respondo quitándome los lentes.

La seguridad nos sigue de cerca mientras hacemos el recorrido por el hotel. No tengo tiempo que perder, necesito estar instalado en la *suite* y salir al encuentro pactado, alcanzar mis propios planes. Puede que Dominic esté siendo dócil, pero no confío del todo en su palabra. El Capo siempre tiene algún interés más. Por ahora se ha quedado complacido, sin embargo, eso no me garantiza que no volverá a pedir algo más en el futuro o me querrá ver de nuevo la cara de estúpido, por ello trabajo en fortalecer mi poder, que no esté ligado a la mafia italiana. Ese es mi principal interés.

—Quiero que me lleves al Al Mahara. No me dirás que esto es de negocios. Me llevarás a cenar.

—No tenemos tiempo para eso, Avery.

—Crea el tiempo. Si quieres tocarme de alguna manera más te vale hacer tiempo.

La observo negando, pero ella se encarga de hacer una reserva para el restaurante subacuático del hotel Burj Al Arab y, obviamente, consigue lo que se propone, al menos la primera parte. En nuestra *suite* no pierdo el tiempo quitándome la ropa mientras ella bosteza. Con el cambio de horario debería de estar durmiendo, sin embargo, yo tengo una comida importante a la cual no puedo faltar. Dejar a Dimitri solo en Chicago me tiene nervioso. Soy bueno para pelear, luchar y ganar, pero las estrategias y planes que requieren paciencia no son lo mío, por ello me desespera no obtener lo que quiero al momento, aunque sé que debo ser paciente, centrado.

—Me falta equipaje —confirma Avery mirando nuestras pertenencias.

—Están en el avión.

—¿Eh?

—No estaremos mucho tiempo en Dubái, es solo una parada antes de mi destino final —explico colocándome la camisa negra.

Se muerde el labio y empieza a salir de su ropa. Mierda, debería llevarla conmigo y no dejarla confinada entre estas paredes, después de todo, ella supone una distracción que bien me puede resultar de ayuda.

—Quédate conmigo —suplica agarrando mi mano.

—Pronto iremos a la India —susurro acariciándole el rostro, sin dejar de ser duro. Estoy confundido sobre qué hacer con ella. Tengo desconfianza al no saber si intentará huir de mi lado, apartarse. Por muchas mamadas que me proporcione eso no confirma una mierda, quizás esté ideando en silencio sus propios planes.

—Recuéstate conmigo. Te extraño.

—Cuando planeaste dejarme no parecía que me fueras a extrañar, Zaria —reviro.

—No entiendes…

—Entonces deberías empezar a explicarme, ¿por qué te aliaste con Dominic?

Por supuesto, vamos por la cabeza, directo a la yugular.

—Tengo sueño —responde a cambio.

Intenta alejarse, pero la sujeto de la cintura para pegarla a mi pecho e inclino su rostro. No puedo dejar de ver esos ojos malditos, los que me trajeron a estar actuando como una alfombra, por debajo de sus pies.

—Cámbiate, vendrás conmigo.

—Pero…

—¡Vendrás conmigo! —rujo soltándola.

Es hora de que reconozca al verdadero monstruo. No siempre seré consecuente con ella.

Hace lo que pido, y me toma más tiempo del que debería, pero espero tomándome un vaso de ron dulce. Me concentro en el móvil cuando sale para no ver la tentación de ropa que se ha colocado. Lo hace a propósito, le encanta ser el centro de atención y ver cómo resoplo cuando la observan. Camino delante y señalo a la seguridad ir detrás de Avery. Asiente posicionándose donde indico. Viajamos en una camioneta blindada entre los rascacielos modernos, las personas caminan por las aceras disfrutando del paisaje y el horrible calor. Llegamos a una villa y mi esposa empieza a sospechar en cuanto escucha el nombre que indico en el intercomunicador. Intento ayudarla a bajar del vehículo, pero se niega.

No me importa lo que piense de mí. Tengo decisiones que tomar por mi bien y el de nadie más. El futuro de mi hija es todo lo que me importa.

—Si prosigues… vas a quemarte. No puedes jugar en dos aguas sin terminar mojado.

—No estoy pidiendo tu opinión. Resérvatela.

—No soy fiel a nadie, pero esto terminará mal —sentencia.

Giro mis ojos sin darle importancia. Sé lo que estoy haciendo.

—El señor y la señora Ivanov, tengo una cita con Dimak Trivianiv —informo al vigilante. Reacciona con rapidez enviando a un chico a guiarnos por la villa hasta un campo de golf, donde Dimak está jugando con una bola. El rubio le da una repasada a mi esposa antes de saludarme golpeando mis hombros.

—¡Pensé que nunca te vería, hombre! —dice eufórico.

—Dicen que la maldad nunca muere, ¿no?

—Eso veo. Vamos dentro, el calor es insoportable. Perdóname por hacerte viajar hasta aquí, pero debía tener cuidado por seguridad. —Agarro la mano de Avery, que parece perder el color del rostro y tiene una preciosa mirada asesina dirigida hacia mí. Su deber es morderse la lengua y guardar silencio—. Cuéntame, amigo, ¿qué has estado haciendo?

—Follando, peleando y conquistando tierra.

—Fue sorprendente saber que eres el *Pakhan* de Chicago. Enhorabuena, y veo que has tomado otro premio, la princesa rusa. —Dimak intenta tomar la mano libre de Avery, pero ella se mueve, alejándose.

—Me tocas y te mato —amenaza.

Me muerdo la lengua para no mandarla cerrar la boca.

—No has dejado de tener un genio del demonio, dulce Kozlova.

—Ivanova. —Lo corrige y suelta mi mano para encarar al hombre—. No sé qué negocios tendrás con Vladimir, y no me interesa, pero eso no me hará olvidar lo que querías hacerme.

—¿Por qué mejor no empiezan a decirme ambos de dónde o cómo se conocen? —solicito observando a Dimak. Quiero que sea él quien hable.

—Su padre me contactó para meterla a la milicia.

—¡Te contrató para que me drogaras! —estalla. La sostengo cuando intenta irse sobre Trivianiv. Mi sangre burbujea con ira, sin embargo, me controlo—. ¡Lo ayudaste a encerrarme…!

—¡Silencio! —demando agarrando a mi esposa del pelo—. No me importa lo que sucedió, ahora vas a cerrar esa maldita boca insolente.

Ella no puede creer lo que digo.

—Eres un maldito hijo de puta.

—Soy un hijo de la Bratvá, cariño, ¿qué esperabas? —me burlo con frialdad. Patalea en mis brazos y, cansado de su *show*, la agarro del cuello y empleo una llave para dejarla sin sentido. Su cuerpo se desvanece en mis brazos y giro hacia la seguridad que tengo a mi espalda—. Llévala a la camioneta —gruño—. Amordázale esa puta boca.

Se la paso al hombre y ella enseña la mitad de la nalga en esa falda corta que decidió usar. Cuando desaparece de mi vista me giro hacia Dimak. Lo dije antes y lo reafirmo, solo debo velar por mis intereses.

—Mujeres… buenas para coger, pero un dolor en la polla.

—Exactamente —concuerdo—. Más Avery, que no cierra la boca nunca.

—Vamos dentro, te alegrarás de ver a mi mujer.

Lo sigo atravesando el campo de pasto verde hasta la casa, y entramos hablando de mi nuevo lugar cuando decido preguntar por Katniss.

—La asesiné —responde Britney Ginore, la mujer de Roth Nikov, bajando la escalera. Su pelo rubio ahora luce más salvaje y, de cierta manera, sin vida. Me muestro sin emociones delante de ellos, pero no puedo evitar sentir pena por la chica. La secuestré en el pasado, pues quería que Emilie me devolviera el dinero que me habían quitado, sin embargo, no pretendía dañarla, por ello nunca fue tocada.

—*Darling* —musita Dimak extendiendo su mano. Ella le sonríe, parece un robot mecánico. Sé lo que Trivianiv hace con sus soldados, pero verlo en vivo es una cosa distinta—. ¿Recuerdas a Vladimir Ivanov?

—Por supuesto, cariño. Me secuestró el día de mi boda y me dobló contra una mesa mientras una cortadora giraba cerca de mi rostro, sin contar con que colocó un rastreador que luego usaste tú.

Trago en cuanto termina de narrar por la forma en la cual se acerca a mí y termina besando mi mejilla. La chica es un ser sin luz. Es inquietante estar a su lado, porque la niña que conocí se ha ido y este espectro es siniestro.

Creo que, después de todo, elegí el bando correcto. Dominic no tiene ninguna oportunidad aquí. En esta guerra estar junto a Dimak podría ser beneficioso.

No sería malo ser yo quien le juegue el dedo al Capo.

—No seas así con nuestro invitado, *Darling.* Sin resentimientos, después de todo Vladimir ha venido a entregarnos al Capo en una bandeja, ¿no quieres ser testigo del final de la mafia italiana? Muerte al Capo *di tutti capi*.

—En dos semanas estará en Noruega —le informo.

Dimak me da un trago de escocés, es un amante del buen *whisky*, aunque yo prefiero un ron dulce o un buen vodka.

—¿Cómo estaré seguro de que no es una trampa? —cuestiona.

Me río con el perfil de la costa de los Emiratos Árabes al frente y a Britney Ginore caminando por el borde de una piscina en un pedazo de tela diminuto, jugando cual niña pequeña, sin poder escuchar nuestra conversación. Para este momento seguro que Avery ha despertado ya y estará hecha una furia. La junta se ha extendido más del tiempo necesario.

—Dominic me quitó todo lo que anhelaba, la mujer, mi reino, y ahora me ofrece migajas… Estoy aquí, llevamos horas hablando y no has sido atacado. Si quisiera traicionarte le hubiera dado esta dirección ¿no crees?

—Espero que comprendas mis reservas.

—Las entiendo y apoyo, pero te estoy dando el lugar exacto para matar al maldito italiano de una buena vez, solo pido que sea doloroso —gruño tomándome la bebida antes de dejar el vaso en su escritorio. Me giro para dejar de mirar a Britney. Avery no me perdonará la decisión de dejar a esta chica en manos de Dimak, pero poco se puede hacer con ella. Además, es problema de Nikov, es él quien no hizo un buen trabajo protegiendo a su mujer, no yo. No soy un buen samaritano para actuar por otros, soy un hombre de la mafia y siempre velaré mis intereses sobre lo demás.

—Nikov no irá —medita Dimak.

—No, no tiene idea del plan de Dominic, están distanciados. Después de todo, tu golpe dio sus frutos.

—¿Qué quieres a cambio, Ivanov? ¿Cuál es tu valor por esta información?—Una cita con el jeque. He intentado llegar a él, pero mis esfuerzos han sido en vano. Confío en que puedas darme esa conexión.

—Puedo, sí, pero quiero algo a cambio.

—¿Qué más podría tener yo?

—Quiero que estés esa noche, así serás testigo de mis planes.

Me parece un pedido justo. Accedo a estar presente y él cumple su parte de darme la conexión que Dimitri no pudo obtener. No me interesa lo que sucede entre Nivalli y Dimak. Es problema de ellos quién gana o pierde. Mi interés se centra en mis propios negocios. Abandono la villa con un encuentro pactado entre el jeque y mi persona, permaneceremos otra noche en Dubái y mañana partiremos hacia la India para consolidar mi futuro en la mafia.

CAPÍTULO 15

AVERY

Despierto desorientada en una cama, confundida sobre cómo llegué a ella, hasta que escucho la voz de mi esposo hablando en ruso, parece que está al teléfono. Salgo de la cama tropezando con las sábanas y descubro que estoy desnuda y que Dubái se encuentra sumido en la oscuridad de la noche. Recuerdo estar en sus brazos siendo retenida cuando quería romperle la cara de cínico a Dimak Trivianiv, ¡¿cómo se atreve?!

¿Qué carajos piensa Vladimir al aliarse con un tipo como Dimak? Sé que los hombres en la mafia son crueles y oscuros, que no les importa nada salvo el poder, pero eso es lo peligroso en él, quiere el poder destruyendo a los demás y se oculta tras una buena voluntad estúpida. No, no es un santo, tampoco el héroe.

Es el mal, la persona que utiliza a los demás como instrumentos moldeados por drogas en sus cuerpos, convirtiéndolos en seres sin vida, sin identidad. Eso es peor que traficar drogas o armas, porque eliges darte un pase de cocaína, eliges comprar un arma y dispararla, pero con Dimak no eliges ser drogado para servirle en sus batallas *contra el mal*.

Vladimir está sentado solo en bóxer mientras come trozos de una langosta, pero no pierde el hilo de su plática hasta cortar la llamada.

—¿Cómo pudiste? —cuestiono agarrando uno de los cuchillos en la mesa.

—No te metas en esto, Avery. Ya te lo dije.

No puedo hacerle caso esta vez, y mucho menos retroceder. Llena de coraje, me tiro encima, no sé dónde imagino tener una oportunidad contra el hombre. Me neutraliza con rapidez, doblándome la muñeca a tal punto de ser doloroso, y grito soltando el cuchillo. Su cuerpo me aprisiona sobre la mesa y se mete entre mis piernas. Sin medir las consecuencias, le escupo en la cara, pero siempre he sabido que Vladimir es un animal salvaje, que un acto así no va a detenerlo.

—¡Suéltame! —pataleo.

—¿Quién crees que soy? ¡¿Un buen pastor cristiano?! ¡Soy un soldado de la Bratvá! Miro primero por mí, luego por mí y, por último…, ¡¡por mí!! ¿Crees que Dominic está pensando en mi hija? ¿en su futuro? ¿Que pensó en ti? ¡Por favor! Dominic mueve sus piezas a su antojo, para su voluntad, para sus propios beneficios. —Me suelta alejándose rabioso—. Odio imaginar que Trivianiv te hizo algo, desprecio la idea, pero lo necesito de aliado, no de enemigo.

—Me das asco —exclamo cerrando mis puños.

—Lo dice la mujer que se acostó conmigo por orden de otro hombre. No sé, Avery, pero de donde vengo eso es ser una puta, ¿no?

—¡Maldito bastardo! —Intento volver a golpearlo. Esta vez me lo permite, deja que descargue mi ira contra su pecho hasta que empiezan a salirme las lágrimas y mis gritos pasan a ser sollozos—. ¡Te odio! ¡Te odio! Ojalá Dominic descubra que lo estás engañando y te asesine, ¡es lo mínimo que mereces! Creí que tenías honor, que eras un hombre de palabra.

—El honor me lo arrebató todo, Avery. Por tener honor dejé que Dominic me utilizara y me desechara a su antojo, el honor hizo que mi hija tuviera otro apellido y no el mío; así que puedes revolcarte en el honor que no tengo —sisea tomando el teléfono de la mesa—. Y no vuelvas a hacerme una escenita como la de antes en público, porque me va a importar una mierda, y la siguiente vez quizás termines decorando la pared. Ahora come algo, toma una ducha y duerme. Mañana iremos a la India y no quiero ningún contratiempo.

—No te perdonaré esto —corto limpiándome las mejillas.

Suspira. De pie se ve imponente, aunque esté semidesnudo, y sus tatuajes me causan miedo porque no parece el hombre de Chicago, sino un demonio.

Sabía que la traición podía lastimarlo, pero no imaginé que a este nivel. Está cegado porque, de alguna manera, las personas a su lado siempre le han visto la cara, todos hemos jugado con Vladimir Ivanov alguna vez.

No quiero excusarlo, lo que está haciendo es horrible, pero ¿no es una probada de lo que ha sufrido él por cada uno de nosotros?

—Sin embargo, tú si esperas que yo perdone a los demás.

Ingresa en la habitación dejándome sola con mi dolor. No puedo decir que estoy sufriendo tanto porque está traicionando a Dominic, me duele la forma en la cual no me defendió delante de Dimak, cómo lo prefirió sobre mí. Sí, es hipócrita y egoísta de mi parte, pero esperaba que me protegiera.

No dormimos juntos, al menos sí tiene experiencia en alejarse de una mujer enfurecida, mejor dicho, de lo que recalcó que soy, su esclava. Cenar o dormir no es opción, cuando me encuentro llena de ira no logro razonar ni pensar. Agradezco cuando amanece y bajo al restaurante, aunque sea acompañada de nuestra seguridad. Disfruto unos segundos la paz de estar bajo el agua, observando el mar y los peces mientras me atienden. Quería disfrutar de esto con Vladimir, aspirando el hecho de que la muerte de mi padre había liberado esas cadenas que siempre me mantuvieron atada al doloroso recuerdo.

Tardo más tiempo del previsto y mi esposo avisa a la seguridad que me lleven a la salida principal, donde ya está esperando para irnos al aeropuerto. Abordamos con destino a la India y en unas horas aterrizamos. Muero de calor y siento la arena en la piel y en el rostro. Todo me molesta, me incomoda. Entiendo que parezco solo un ornamento al lado del nuevo *Pakhan*, soy la hija del hombre al que asesinó para hacerse del poder, es lo que todos van a mirar. Somos recibidos en el aeropuerto y se le trata como un emperador de la antigua Roma. Bebida, mujeres… lo mejor para el señor.

Viajamos hacia un área rural, pero preciosa. La casa donde nos hospedamos brilla en elegancia, con detalles en oro, telas colgando en diferentes colores y servidumbre dando vueltas para atendernos como reyes.

Esta vez nuestras habitaciones son separadas. Se mantiene hablando con unos extraños moradores del lugar que vienen a la casa y una sirvienta me anuncia que deberé estar lista antes del anochecer porque mi esposo me llevará con el gran jeque.

Disfruto un poco de fruta dulce. Me ayudan a desnudarme y luego a bañarme en una especie de bañera llena de agua en color rosa y pétalos rojos, cuando me están lavando la cabeza mi marido entra sin avisar. Las mujeres se alarman, parece que eso no es normal.

—Vístete de negro y lo más recatada posible —ordena.

—No sabía que te iba la moda —ironizo—. Haré lo que me venga en gana. Ahora lárgate, me revuelves el estómago.

—Como ordene la señora —dice girando los ojos.

Le lanzo el bote de acondicionador sin llegar a pegarle y tiene el descaro de guiñarme. A veces no tengo seguro si disfruta que nos enfrentemos, si parezco un payaso y le divierto. No me visto de negro, por el contrario, elijo un vestido rojo escotado y llamativo, sin prendas interiores porque quiero que mi cuello largo se vea. Me peino subiendo mi pelo negro en una coleta alta y me maquillo sobremanera, haciendo un difuminado negro en mis ojos. Al menos el vestido es largo y no muestro mis tobillos, no quiero que un *habibi* se enamore de mí. Me cubro con un abrigo negro porque quiero quitarlo en el momento preciso para ver cómo mi marido comprende que dominarme es una tarea imposible.

Odio tener que viajar tanto y no entiendo por qué estamos alejados del lugar de su reunión, parece que atravesamos el desierto por nada, que damos vueltas sin ninguna ventaja. Está más que claro que Vladimir perdió la cordura y la razón.

Llegamos a una casa, bueno, la descripción sería a una manzana completa de casas que se intercalan unas con otras, son como túneles de diferentes entradas y salidas.

Terminamos en un salón espacioso, con columnas altas pintadas de crema con algunas gemas incrustadas. El hombre que vive aquí es un pretencioso. Hay una mujer bailando en el centro, moviendo el vientre y las caderas, haciendo ruido con pequeños cascabeles y una serpiente negra está delante de ella. Me quedo embobada mirándola, es hermosa, nunca vi a una mujer de tal belleza.

Disfruta el baile como si aquello la hiciera libre y la trasportara a otro universo. Más mujeres salen detrás de las telas hasta danzar alrededor. Luego empiezan a aplaudir y todo va subiendo de intensidad con sus movimientos, los aplausos, los cascabeles y la serpiente negra, hasta que ella la toma en sus manos y se la enrosca en los hombros, pero el animar parece querer algo más y se enrolla buscando asfixiarla, pero la presa es muy grande para el cazador. Jadeo cuando la serpiente saca los colmillos y los clava en el muslo de la chica. Esta cae de rodillas, cierra los ojos y gime.

La mujer parece poseída por el placer. Saca un cuchillo y agarra al animal, entonces le corta la cabeza y tira el cuerpo al piso, el cual sigue moviéndose como si estuviera vivo. La observo sacar la cabeza de sus muslos y chupar el veneno que gotea.

Después camina hasta el trono que observo por primera vez y se arrastra. Entonces un hombre vestido de negro aparece.

El corazón se me acelera cuando sube sus pies sobre los brazos de la silla y el desconocido le acaricia la piel hasta llevar su boca donde ha sido mordida y chupa la herida. La mujer deja caer su cabeza hacia atrás extasiada, parece estar experimentando un… ¿orgasmo?

Creí que este lado del mundo era más recatado en el sexo, pero desecho la idea al ver al hombre romper su tela y la sienta en su regazo. Entonces empieza a follársela delante de todos, como si el mundo no existiera. Retrocedo en *shock* cuando Vlad, a mi espalda, me detiene.

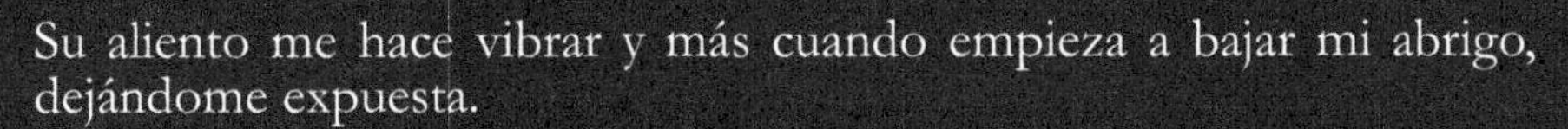

Su aliento me hace vibrar y más cuando empieza a bajar mi abrigo, dejándome expuesta.

—¡Carajo, Avery! —gruñe detrás en ruso—. ¿Cuándo me harás caso? Me cobraré esta insolencia —advierte con voz ronca.

Quisiera sonreír porque después de todo mi vestuario logró impactarlo, sin embargo, solo estoy pensando en el futuro… Este viaje solo traerá desgracias.

CAPÍTULO 16

AVERY

Antes de ver algo más las bailarinas se mueven para hacer una especie de baile con telas de colores, moviéndonos. Entre las vueltas pierdo la mano de Vladimir y el pánico se me entierra en la garganta, no me gusta sentirme desorientada y perdida.

—¡Vlad! —grito, llegando a desesperarme. Muevo mis manos para intentar salir de las telas, pero me resulta imposible. Empiezo a sentir que todo viene sobre mí—. ¡Vladimir!

Entonces unas manos me toman de la cintura, reteniéndome contra su pecho, y al absorber su aroma me calmo al instante. Sé que es él sin mirarlo a la cara, porque nunca sentí tanta protección en un solo toque. Respiro para calmar mi corazón acelerado. La tela empieza a desaparecer, dejándonos en otro tipo de habitación, más colorida e iluminada. Me suelto de sus brazos volviendo a ser la Avery de siempre, la fuerte y guerrera.

—Avery… —Intenta tomarme de la mano, pero me alejo y choco con uno de los muebles.

—¿Acabamos de ver a una mujer siendo mordida por una serpiente? ¿Quién es este hombre?

—El más poderoso de la India. Su vida está llena de excentricidades, cuentan que tiene dos tigres blancos en algún lugar de esta casa, un carro deportivo cubierto de oro y muchísimas historias más —responde haciendo un movimiento de dedos, como si le restara importancia a toda la situación—. Probablemente no era venenosa.

—Vladimir, hazme caso, no me gusta lo que estás haciendo, no lo necesitas… Por favor, confía en mí, esto me da mala espina.

—Debo confiar en ti ¿y en el favor de Dominic? ¿En su buena voluntad? No seas tonta, Zaria. Me desechará en cuanto tenga lo que desea.

—Ya no lo necesitas, ni a Dimak —gruño la última parte.

—¿Qué es lo que más te molesta? ¿Que Dimak tenga a Britney Nikova secuestrada? ¿Que parece que tu padre te iba a vender a él?

Me muerdo la boca para no decir o hacer algo de lo cual me arrepienta al verme patética. «¿Y si fuera yo? Si Dimak me tuviera cautiva, ¿qué harías por liberarme?» No la conocí en el pasado, de hecho, a Nikov solo lo vi aquella noche, a ambos hermanos por cortos segundos que no significaron nada para mí, pero no puedo evitar una ligera angustia por la chica. Ninguna mujer debe ser privada de sus derechos o de su voz, mucho menos ser un objeto de nadie. Somos iguales o más libres que un hombre.

La servidumbre de la casa nos interrumpe, dividiéndonos. Vlad debe acompañar a unos sirvientes para reunirse con el jeque mientras a mí me instalan en la sala con frutas, dulces de la región y una bebida dulce, la cual creo contiene algún tipo de alcohol.

No diré que soy la típica mujer a la que le ordenan sentarse y espera hasta que la vuelvan a buscar. Soy curiosa por naturaleza, un alma analítica a la cual le gusta conocer su entorno. No sé dónde ha quedado mi abrigo entre el baile de telas, pero eso no me detiene, incluso si mi vestido es tan indecente que por ello me apedrearían en la plaza.

Empiezo a curiosear las diferentes habitaciones hasta salir a un balcón, las telas en múltiples colores siguen colgando del techo, dándole un aspecto mágico a todo. Las casas se conectan, pasas de un balcón a otro sin problemas. Veo dónde crean o tinturan telas, en otras áreas hay hombres y mujeres trabajando duro con algún material moldeable. Parece que crearán artesanías. Encuentro el centro de los tigres y a estos recostados uno al lado del otro, comiéndose unos trozos de carne que quiero pensar que son animales. Son hermosos, con un pelaje blanco manchado del rojo de la sangre.

Pierdo mucho tiempo en la jaula de los tigres, observo cuando les dan de tomar agua y luego los bañan tres hombres desde lejos. Los animales parecen aliviados de obtener agua entre tanto calor, aunque no dejan de rugir. Me entretengo mirándolos, el problema está cuando quiero regresar a la sala donde debería de estar, he dado tantas vueltas que no logro ubicar el sitio. Medio perdida, elijo uno de los balcones, sin embargo, sé con seguridad que es un error. Doy vueltas y vueltas y me adentro en una especie de laberinto de paredes hasta salir a otra área, en ella hay luz del sol, pero se han perdido los colores y la limpieza del otro lugar. Aquí huele a moho, con las paredes descoloridas y la pintura agrietándose. Me tapo la boca en cuanto observo hacia abajo, es el primer nivel y hay cadenas en el piso, en las paredes, con varias mujeres atadas, sucias, sus cabellos están pegados. Están cubiertas de algo negro pegajoso. Petróleo.

—No deberías de estar aquí —musita una voz de mujer.

Me giro para enfrentarla. Es la chica de la serpiente, tiene sus pechos desnudos, con algunas mordidas, y su labio sangra. No parece que se estuviera divirtiendo tanto después de todo. Mi mamá siempre decía que el ojo humano ve lo que quiere creer. Ella no estaba haciéndolo bajo su voluntad, sino obligada, quizás esclavizada.

—No te acerques —exijo levantando mis manos.

—No estoy en posición de lastimarte, pero deberías irte de aquí y regresar al gran salón. A Ivar no le gustan las mujeres entrometidas, se molestaría mucho si sabe que estuviste con sus esclavas.

—¿Quién es Ivar?

—El jeque, el hombre que está con tu marido; el que lo matará cuando reciba algún beneficio.

—¿Quién eres tú?

—Soy Kassia, la quinta esposa.

Ay, mi buen Dios, ¿qué carajos está haciendo Vladimir?

—Yo…

—Vamos —instruye—. No hables sobre este lugar, debes irte.

Ella no me dice nada más, me agarra de la mano y me guía para salir. Pasamos el camino de regreso, pero me introduce por otro lugar. Este parece subterráneo, creado de piedra amarilla en las paredes, hasta regresar al salón de donde no debí irme. Me coloca un dedo sobre los labios indicándome que debo guardar silencio.

Las mujeres bañadas en petróleo son destinadas a morir en una tortura atroz, hasta que sus pulmones se llenen del combustible y mueran envenenadas. Había escuchado de esas prácticas, pero hasta hoy no quería creer que el ser humano fuera capaz de llevar a cabo hazañas tan crueles. «Irónico, ya que soy muestra viviente de esa maldad humana de la que me sorprendo».

Me quedo sentada en uno de los sofás, aunque inquieta, hasta que Vladimir vuelve. Él nota mi incomodidad, o eso quiero creer cuando frunce el ceño y se queda observándome cauteloso, más tiempo del usual, pero las palabras que planeaba soltarle mueren al percatarme del hombre que está a su lado.

Es realmente hermoso, una belleza cautivante. Su pelo negro, a la par de sus ojos violetas, te hace quedarte prendada de ellos; son inquietantes, a la par que bellos. Deslumbran, pero lo que más desprende es un aura de oscuridad, de maldad. La sonrisa falsamente amigable en su rostro me causa repulsión.

—Ella es bellísima, Ivanov —le dice a mi marido con un acento marcado.

Se mueve hasta colocarse frente a mí y agarrar mi mano. Siento un nudo en el estómago mientras me besa los nudillos y me observa fijamente con esos ojos del mal.

Dominic es cruel, con una fama de sus actos que lo denominan un salvaje y hambriento lobo. Es el hombre al cual deberías temer sí o sí, pero la primera vez que lo tuve frente a mí sentí paz.

Aun sabiendo que el hombre si quería me asesinaba en un suspiro. Este, Ivar, como le ha llamado la mujer, es de esos hombres ruines y malvados, de los cuales no existe un ápice de bondad en su interior.

—Quédense a cenar —demanda.

—Creí que… —empieza Vlad, pero el hombre lo silencia.

—He cambiado de opinión. Tu esposa parece iluminar mi casa. Tomemos *fenny*[5] hasta esperar la cena, ¡vengan conmigo!

Agradezco cuando me suelta y rápido me posiciono al lado de Vladimir, quien baja la cabeza para analizarme. Aprieto su camisa en mis manos y niego, pero el jeque es más rápido y empieza a hablarle de negocios, entonces Vlad cae hechizado con sus palabras. El hombre parece colocar miel en cada oración que sale de su boca. No me gusta nada.

Tomamos un licor con sabor a coco fermentado. Ellos hablan y hablan sobre lo que su unión les beneficiaría a ambos.

«Ivar lo matará». Escucho en mi mente aquellas palabras hasta que ingresan a la sala y anuncian la cena servida, entonces nos trasladamos a otra área, sentándonos en el piso a comer. No quiero ningún alimento de esta casa, ¿quién me garantiza que no son restos humanos marinados en especias? Ahora no me creo tan loca. Los tigres sí estaban comiéndose partes humanas.

No estoy loca, no lo estoy. La ansiedad me escala por los huesos mientras el hombre me observa más y más, y cuando se inclina para susurrarle algo a Vladimir creo morir.

Mi esposo se queda sin emoción una fracción de segundo y luego afirma en acuerdo, sin dejar de verme.

—Volveremos —informa. Mis miedos, todos mis temores, se incrementan a cada segundo y solo veo alegría cuando nos marchamos.

Intento hablar con Vladimir, explicarle lo que vi, pero solo consigo terminar en una pelea. Él está cegado en sus planes, no me permite advertirle lo que vi y tiene el descaro de usar el tema de Dominic de regreso entre ambos. No puedo dormir por la noche, me quedo viendo

---

5 Licor propio de Goa, La India

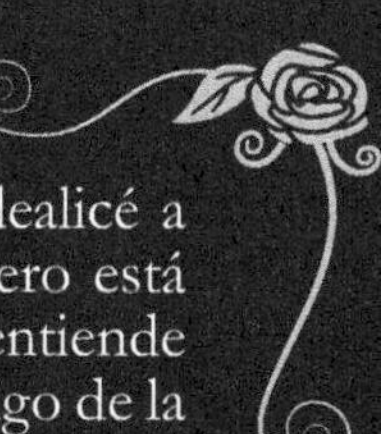

el techo dándome cuenta de cuánto me equivoqué. Quizás idealicé a Ivanov hasta el punto de creer que era una mejor persona, pero está demostrando ser un típico hombre de la mafia, que no ve ni entiende de razones si no se traducen en poder. En medio de la noche salgo de la habitación. No tengo mi celular, me lo quitó desde que se enteró de mi plan, pero su móvil está desbloqueado. No es muy afín a la tecnología, es más una persona a la antigua.

Tecleo un mensaje a la única persona que puede solucionar este problema y le cuento todo lo que sé porque, aunque estoy traicionando a Vlad una segunda vez, si Dominic logra llegar primero evitará que nos maten a ambos. Borro todas las evidencias de mis mensajes y vuelvo a la cama. Él está en su lado, de espaldas a mí, quisiera acariciarlo o simplemente abrazarlo, sin embargo, me abstengo de darle cualquier toque o muestra de intimidad.

Nunca debí meterme en esto, huir desde el principio era preferible. Ahora me encuentro lejos de mi meta y atada a un hombre por el cual empiezo a tener sentimientos demasiado intensos, mismos que nos dañarán a ambos.

Pasamos tres días más con el jeque. Almorzamos en su casa, vemos la danza del vientre que realizan las mujeres del lugar, hacemos recorridos para conocer la cultura, pero que solo son pretextos del hombre para alargar nuestra estancia. En todo momento mantiene sus ojos sobre mí, ¿realmente Vlad no lo ve o finge no hacerlo?

Hasta que llega la noche del cuarto día y nos pide quedarnos a dormir. Estoy renuente, pero poco puedo hacer cuando mi esposo acepta. Se encuentra más animado, me toca en cuanto ingresamos a nuestra habitación y empieza a besarme con esa agresividad que me hace ver estrellas. Rasga mi vestido, rompiéndolo en su prisa por desnudarme, y gruñe en cuanto su mano entra en medio de mis piernas y descubre la falta de ropa interior y cuán mojada me encuentro. Mi cuerpo es un traicionero que responde a sus caricias instantáneas. Me carga en sus brazos hasta llevarme a la cama mientras las cortinas cuelgan moviéndose con el viento. Amasa mis pechos que tanto le gustan y deja mis labios para morderme el seno izquierdo y abrir mis piernas. Me entrego a él, es inevitable no sentir esta necesidad que zumba por su toque.

—¿Qué estás dispuesta a hacer por mí, Zaria? —pregunta introduciendo dos dedos en mi sexo. Dejo caer la cabeza hacia atrás, perdida por completo.

—Vlad —suplico.

—Respóndeme —exige duro.

—Todo. Lo sabes tan bien como yo.

—Entonces es hora de que lo demuestres —pronuncia. En cuanto dice esas palabras siento una mano tocar mi pierna, un tacto desconocido que me hace alarmar. Abro los ojos para incorporarme, pero Vladimir cubre mi boca y me acorrala contra la cama. Odio que mis ojos se llenen de lágrimas viendo al hombre a nuestro lado.

—¡Shh! No pasa nada, Zaria, yo te protegeré. Es solo un juego, acabará muy pronto.

Él saca uno de mis cuchillos y pasea el filo en mi piel, subiendo por mi cintura y mis pechos. Es una advertencia, un "si no haces esto, terminarás desangrándote hasta morir". Lo que Vlad no comprende es que no me importa, no luego del dolor que acaba de causarme. Soy un pedazo de filete vendido para su beneficio.

—Deja que Ivar se divierta. Será rápido y gentil —susurra suave.

Las lágrimas se desbordan y caen a los laterales de mi rostro. El cascarón está aquí, pueden tomar lo que quieran de mí. Me suelta cuando entiende que no pienso poner resistencia, cuando solo cierro los ojos y mis puños, sintiendo cómo cambian de lugar. Ivar, el jeque, sube sobre mi cuerpo desnudo. Sus manos toquetean las líneas de mi piel y luego me llena de baba el cuello, pero cuando intenta besarme la cama se hunde con fuerza, su cuerpo se curva sobre mí y un líquido caliente me baña la piel. Me cubre por completo, parece el grifo de una llave abierta en su máxima potencia.

Abro los ojos y encuentro el cuello del jeque abierto, sangrando, y a mi esposo detrás, disfrutando este momento, cómo Ivar intenta aferrarse a la vida hasta que sus manos caen y termina de luchar contra Vladimir. Entonces empuja su cuerpo fuera de la cama y luego le escupe encima. Estoy en *shock*, sin entender qué ha pasado. Reacciono cuando tira de las telas suspendidas y empieza a limpiarme la sangre del hombre.

—Lo mataste —jadeo.

—No comparto lo que es mío —sentencia. Sorprendida, acuno su rostro. Creí que me había ofrecido sin más—. No sonrías, Zaria, aún nos queda salir con vida de esta casa.

CAPÍTULO 17

VLADIMIR

Existe algo en ella que me obliga a mirarla. Incluso estando molesto, no puedo apartar la vista de su luz, de su persona. Avery no es una chica inocente, es salvaje y alocada, tiene un poco de dulzura, pero me gusta su espontaneidad y determinación.

—Ella es inquietantemente hermosa —dice el hombre que hay a mi lado. Aprieto mis puños y me recuesto hacia atrás, abriendo mis piernas mientras vigilo a mi mujer junto a Kassia. Están comprando telas o velos, como sea que le llamen al trozo de hilos multicolor.

—Lo es —respondo con sequedad y le doy un trago a mi ron dulce.

—Quiero hablarte de negocios.

Casi quiero sonreír cuando saca mi tema central a colación. Me ha tenido días dándole largas y haciéndome perder el tiempo.

—Sería un buen comienzo, ¿no crees?

En el poco tiempo que he estado en la India, he logrado deducir que el jeque es un dictador. Su gente le sirve, no porque ellos quieran, sino porque le temen.

—El Capo planeaba tomar mi poder. No puedo permitirlo, por eso quiero que lo mates para mí —informa.

Curvo los labios, ni en un millón de años.

—No —respondo directo. Quiero la cabeza de Dominic, ¿quién no? Pero por mis propios conflictos, no por los de un tercero—. He perdido mi tiempo en este viaje.

Y también con mi mujer. Está furiosa, piensa que no veo los detalles. Sí, Avery, también soy un hombre observador, solo que elijo a qué darle importancia y a qué no. Por ejemplo, me importa que ella envíe mensajes desde mi móvil a Cavalli, que le pida su ayuda porque no me cree suficiente para protegerla, también veo cómo el jeque la mira, la desea. Los hombres en general lo hacen, pero no me gusta que nadie babee por lo que me pertenece.

—Dimak me contó de sus diferencias.

—No soy un mercenario, así que no ando asesinando personas, a menos que lo crea conveniente. Cuando asesino es por diversión, no tengo un pago, y la cabeza de Dominic me parece que tiene un precio alto. Tratar de asesinarlo es morir en el intento, y no de una buena manera, ¿por qué no me dices lo que quieres en realidad en lugar de mirar a mi mujer?

Mis palabras han salido duras y directas. Arreglaré nuestro vuelo de regreso a Chicago, he perdido el tiempo y eso me frustra. Estos son juegos de niños y mi nivel ya superó este laberinto interminable. Quiero gobernar, dirigir, formar mi propio legado.

Llenarle el coño con mi descendencia a esa mujer tomando té frente a mí, quiero que su vientre los albergue y sus brazos los alienten, deseo recuperar a mi hija, tenerla bajo mi techo y verla crecer.

No quiero seguir siendo solo un "soldado", quiero ser el jefe.

—Quiero cogérmela —murmura levantando su copa hacia mi mujer.

Mi maldita mujer. ¿Razones para querer ser el mismísimo demonio? Que ningún pedazo de imbécil se atreva a decirme semejante estupidez, que se muerdan la lengua, que sepan que morirán sin apenas terminar de formular las palabras.

—Dejaste La Orden porque odiabas a Dominic ¿o porque no te dejó follar a su mujer? —ironizo. No necesito ser matemático para comprender el motivo de su discordia. Se acaricia el cuello, parece que le está faltando el aire—. Ya —respondo para mí.

Si tiene la bendición de seguir respirando, debe ser porque alguien detuvo a Dominic.

El Capo, el jefe de La Orden, la organización criminal más poderosa en este momento a nivel mundial, lo expulsó. Es claro para mí ahora. El jeque no se marchó porque quiso, sino porque jugó con lo más sagrado del hombre: su familia.

—Te daré lo que viniste a buscar —insiste.

—De acuerdo —concuerdo sin emoción, observando mi paraíso terrenal. Jamás dejaré a ningún hombre tocarla, por la diosa Zaria, Avery es mi mujer, solo mía—. Empieza los trámites, esta noche sucederá.

El hombre es más tonto de lo que llegué a imaginar, ahora entiendo el placer de manipular y dominar a las personas a tu antojo, de moldear sus ideas hasta llevarlos al punto donde tú los quieres tener. Es tu juego, colocar o sacar las fichas siempre a tu conveniencia.

El festejo da lugar, finjo tranquilidad y entusiasmo mientras planeamos nuestros negocios, me entrega tan fácil las rutas que necesito que hasta parece broma y, al finalizar, ordena a su hermano honrar nuestro acuerdo. Para ser un hombre de tanto peso es un idiota, cree que nadie llegará a su nivel y osará traicionarlo. Lamento ser el primero que le muestre esa cara, puesto que he obtenido lo que quiero: Un tercio más de poder y controlar India occidental. Ya no seré el simple soldado ascendido a *Pakhan*, sino el ruso que se adueñará de la industria textil —camuflando droga— y del comercio de las joyas.

Celebro por horas a su lado haciendo una cortina de humo para su gente. Debo verme como el hombre leal que ha hecho negocios para ser respetado, no como el asesino que estoy en camino de convertirme. Mi papel es bien ejecutado, tanto, que el jeque me entrega a su quinta mujer para mis servicios de placer. Girando mis ojos, salgo de su oficina y camino al salón principal, donde mi diosa está intentando bailar la danza del vientre, cubierta de un vestido exquisito que me deja ver sus piernas. Mueve la cintura y ríe con Kassia, parece divertirse y olvidar lo desgraciado que soy por momentos.

Gira entre la tela colgante, soltando carcajadas. Se ve feliz, parece olvidar todo aquello que le aqueja. Entro más cerca siendo atraído por ella, por ese eclipse que nos ata.

La luz y la oscuridad, aquella bestia alcanzando a un ser sagrado y divino.

Cuando está cerca, la agarro para atraparla entre mis brazos. Deja su risa, pero no pierde el brillo. El sudor brilla en su frente y cuello, entonces aparto su cabello y bajo hasta acariciar su labio.

Es sencillo y rápido salirse de control cuando se trata de ella, pues odio y me encanta a partes iguales las emociones que despierta por todo mi cuerpo. Mi polla es muy feliz la mayoría del tiempo, al menos cuando no intenta clavarme un cuchillo porque piensa que estoy haciendo las cosas incorrectas.

La guío hasta la habitación que ocuparemos unos minutos, sin que ella se percate del hombre que nos persigue o la mirada alarmada de Kassia, quien intuye lo que ocurrirá porque ha sabido leerme en silencio, algo que Avery, en su rabia hacia mí, no se ha permitido.

Le rasgo el vestido maldiciendo que, por desgracia, no podré llevar mi polla dentro de su coño o disfrutar de sus paredes jodiéndome. La toco para malcriar a su cuerpo, que sabe reconocerme como su dueño, el único. Mi mujer se vuelve dócil, se entrega por completo al placer que le proporciono. Luego agarro el cuchillo que guardo de ella cuando le informo media parte de mi plan. Sus lágrimas me duelen, pero necesita saborear este trago amargo, aunque yo prefiera ahorrarle el disgusto.

Ivar, el jeque, ocupa mi lugar sobre su cuerpo. Nunca he saboreado una muerte de una forma tan sádica. Mi sangre burbujea, mi corazón late desbordado y las manos me pican debido a la ansiedad que experimento. Ivar no tiene tiempo de nada, lo agarro y le abro el cuello susurrándole al oído.

—Las muertes se disfrutan, no se pagan. —Es algo que no entenderá. La satisfacción aparece detrás. Algunos hemos nacido torcidos y lo disfrutamos, no tenemos ninguna intención de cambiar o reformarnos. Somos malos, destructivos y nos da gozo, placer y alegría serlo.

Mi mujer se baña en el líquido carmesí. Apago su luz y entra en mi oscuridad, porque allí es el único lugar en donde podremos ser nosotros mismos, viviremos en las sombras de la noche.

Estaba equivocado sobre la inocencia, me parece que ya no quiero pagar ese precio. Prefiero a una guerrera que un alma inocente y pura. Si pretende estar a mi lado necesita conocer en su totalidad la oscuridad que me rodea, sentirse cómoda en mi mundo, disfrutarlo tanto como yo.

Acabo de matar al jeque, así que quizás unos diez hombres quieran cobrar venganza, aunque la mayoría estarán encantados de conocer su final. Limpio con rapidez la sangre del cuerpo de Avery y le entrego mi camisa para que se cubra. Debemos salir de esta casa, llegar a salvo a la nuestra y largarnos a Chicago, es lo que el hermano de Ivar piensa que estoy haciendo. Me conviene no verme como el culpable de esta muerte, así él honrará nuestro acuerdo.

—Si algo sale mal no te quedes atrás, sigue —instruyo dándole el cuchillo. No tengo ningún arma y mis hombres están a kilómetros de distancia—. Pon atención: no te detengas hasta llegar a Chicago, Dimitri estará esperándote.

—Ambos saldremos de esta casa —garantiza.

Acuno su rostro, besándola. ¡Cómo deseo a esta maldita mujer!

—Y aprende a usar bragas, ahora debes correr con el coño al aire.

—No me gusta —se queja haciéndome un puchero, olvidando que tiene el maquillaje corrido y a un muerto en el piso, cuya sangre está sobre ella—. Es incómoda.

—No quiero a mi mujer sin ropa interior —gruño—. Protege mi coño, no quiero que todos lo vean.

—Él lo vio —canturrea señalando al difunto con un atisbo de sonrisa.

Loca.

—Y está muerto por eso.

—Yo creí que tú…

—Jamás —rectifico—. Nadie, nunca. Y si alguien te toca tendrá una cruz de muerte en la espalda. Eres solo mía, Zaria.

Ella traga saliva, asintiendo, viéndose asustada por mi declaración. No me interesa, debe tenerlo claro. No existirá nadie antes ni después de mí, primero la ato a un puto calabozo de ser necesario.

—Te mataría, Avery —gruño agarrándole la mandíbula con fuerza—. Eres mía o de nadie.

—Primero salgamos con vida de este lugar.

Estoy de acuerdo en salir, pero antes le muerdo el labio para hacerla sangrar, apoderándome de su boca, e introduzco mi lengua para reclamar lo que me pertenece. Ella responde con mayor intensidad hasta que se separa de mí debido a su falta de aire. La guío a permanecer tras mi espalda. No porto un arma, pero mis brazos tienen la fuerza de romper huesos y desmembrar de ser posible, mi chica no solo es caliente como el infierno, sino ingeniosa, agarra una espada de lujo y me la entrega. Tiene un buen filo.

Las primeras dos estancias parece que fueron abiertas para dejarnos escapar, pero en cuanto salimos a los balcones encontramos resistencia, dos hombres se lanzan sobre mí. A uno de ellos le atravieso el pecho. Me sorprende la puta espada, parece creada por los mismísimos dioses, forjada para cubrirse de sangre.

Pronto nos vemos rodeados de varios, al menos son seis. Avery parece asustada, o al menos está fingiendo, porque cuando ve que se van sobre ella noto el cambio en su cuerpo, cómo deja la postura desgarbada y afligida para tomar posición de batalla; su cabeza se mueve de un lado a otro para examinar el lugar.

Uno de los hombres me tira, haciéndome caer al suelo, pero de un salto vuelvo a mi posición. Le doy una patada al que viene de la derecha y le abro la piel del estómago a uno en mi izquierda. Sus entrañas se salen del vientre y cae de rodillas agarrándose el mondongo que le cuelga, alarmado de lo que observa.

Esta gente está acostumbrada a pelear con pistolas y puños, y yo a destripar y hacer rodar cabezas. Perplejo, busco a Avery, no doy crédito a lo que observo. Ella no es una mujer simple y normal, sabía que no era la típica chica que necesitaba ser salvada, tampoco la asustadiza que se escandaliza por la sangre, sin embargo, creí que se debía a ser hija de Igor, pues seguro que creció en una casa donde aquello era normal, pero viéndola luchar, clavar su cuchillo sin ninguna compasión o duda en su enemigo, y casi saltar sobre las paredes maniobrando sus ataques, arroja claridad sobre mí. Ella pasa del balcón al techo.

—¡Corre! —me grita con voz de mando.

Le clavo la espada al último que está a nada de joderme, haciendo que le rebane la cabeza en dos, y un pedazo cae al piso, bañando la pared de sangre. Mi mujer corre por el techo. Es más ligera, así que puede usar esa vía de escape; yo me lanzo al primer nivel, corriendo en medio de la jaula de los dos tigres y escalo hasta el otro extremo con los animales tratando de devorarme. Corremos desde puntos opuestos, pero hacia una misma salida. ¡Ella sabía! ¡Estudió la única vía de escape! ¡Planeaba esto!

—¡Avery! —grito con angustia cuando la veo lanzarse desde el techo hacia las cisternas de agua tintada para crear el color en las telas, entonces cae rodando en el piso hasta detenerse y mirar hacia atrás. Cuando lo hace acelero. No puedo lanzarme de igual forma porque tengo una pierna mala, la que me fracturé en las montañas cuando un oso me aplastó mientras intentaba sobrevivir al exilio que Nikov me obligó como medida de escape. No me lanzo, pero cuelgo del balcón hasta caer en tierra y empezar a perseguirla entre los barriles. Hemos dejado caos detrás. La jaula de los tigres estaba diseñada para que nadie cruzara sin quedar entre las garras y dientes de los animales y el techo no era opción para un hombre de músculos, pero sí para una joven delgada. Corremos zigzagueando hasta salir del otro lado de la manzana de la casa. Ivar las enlazó de tal manera que él pudiera entrar y salir sin temor a ser visto. Hay telas secándose cuando ella agarra unas negras y salta la última pared, la sigo detrás cayendo en la calle de piedra.

Corro hasta agarrarla y arrinconarla contra las paredes del callejón, Avery no huye de los hombres de Ivar, está huyendo de mí.

—¡¿Qué carajos ha sido eso?! —rujo, incluso teniendo la verdad frente a mis narices.

—Adrenalina —murmura.

Jódeme, hija de puta.

—Eres un soldado —jadeo.

Mierda. Lo que acaba de hacer lo demuestra, ella tiene entrenamiento especializado, mínimo de la Bratvá. Asesinó, analizó y sobrevivió en una situación de riesgo, incluso parece jodidamente más fresca que una lechuga y solo tiene un cuchillo para sobrevivir. Acuno su rostro, viendo el pánico en ellos ¿por qué teme? ¿A mí? ¿Porque sé lo que es?

—Esto no debió pasar —niega sollozando—. No debía…

—Avery —corto deteniéndola y sostengo su rostro para limpiar las manchas negras.

—Lo siento —solloza. No entiendo hasta que algo filoso se abre paso entre mi carne, en mi vientre. Ella lo saca y vuelve a enterrarlo, dejando caer sus lágrimas. Estoy en *shock*, sorprendido por la revelación y anonadado por su actuar—. No debiste saber —llora.

No existe camino de regreso después de esto. Gira el mango para abrir más la herida, una causada para llevar a cualquiera a la muerte.

Caigo de rodillas y ella conmigo. Me odio por no asesinarla y me maldigo por ser un estúpido y no romperle el cuello aquí, en este instante. Avery buscaba libertad porque no quería verse descubierta.

—Debes matarme —le advierto. Ambos sabemos que si sobrevivo iré a por ella.

Me pertenece. No soy un ser noble, no la perdonaré, pero tampoco la dejaré.

—No quiero…

—Has hecho tu elección, Zaria.

La hizo desde que me apuñaló. El cuchillo duele menos que la traición.

—No me busques —ordena.

Oh, como si aquello fuera posible.

—Lo haré en cada rincón, Zaria, y te traeré de regreso.

Saca el cuchillo y coloca mi mano para que presione la herida, entonces le sonrío a la puta lunática. Debería asesinarme, y no hacerlo es su mayor error.

—Corre, princesa, corre —silbo girándome en el piso y caigo sobre mi espalda.

Ella deja su cuchillo a mi lado y agarra la tela que robó, entonces giro el rostro para verla correr en el callejón mientras se cubre y se pierde en la oscuridad de la noche. Empiezo a toser, botando sangre de la boca, ahogándome, pero no quiero cerrar mis ojos, porque entonces me perderé la silueta de una guerrera.

«Había una vez, muchos años atrás, tres reyes.

Uno quería ser leyenda, el otro tener poder y el último amar. Los dioses les hablaron mientras ellos brindaban en unión…

Para ser leyenda, *debes morir.*

Para alcanzar el poder, *debes luchar.*

Para obtener el amor, *debes perseguirlo.*

Tres guerreros, tres caminos. La muerte llegará en medio de una lucha por obtener su destino».

Antes no sabía cuál rey quería ser, ahora lo sé.

CAPÍTULO 18

AVERY

—Lo siento —sollozo mientras hundo el cuchillo más profundo.

Mis ojos se anegan en lágrimas. Nunca he sido capaz de leer la mirada de alguien tan clara como estos ojos verdes que me gritan dolor.

Acabo de traicionar, por tercera vez, su confianza.

Ya no existe vuelta atrás.

—Debes matarme.

—No quiero…

«No puedo». Este es el problema de involucrar mi corazón. Quizás Igor tenía razón, las mujeres somos débiles, dejamos de lado nuestras metas cuando le abrimos las piernas a un hombre. Sus pollas nos nublan la razón y el entendimiento.

—Has hecho tu elección, Zaria.

—No me busques —ordeno tragándome la rabia que siento contra mi propio ser.

Es una orden absurda, pues no será cumplida. Vladimir me buscará en cualquier parte del mundo a menos que lo mate. Dejarlo vivir es una debilidad imperdonable, pero saber que mis manos le han causado daño es un peso mayor, una carga poderosa en mis hombros.

—Lo haré en cada rincón, Zaria, y te traeré de regreso —promete.

Reniego de mí, pero no tengo tiempo que perder. Lo dejo en el callejón mientras echo a correr, escuchando sus últimas palabras y ocultando mi dolor.

Apresuro el paso por si llega a levantarse y correr detrás de mí o enviar a sus hombres. No planeaba una huida en medio de la India, un país que condena a las mujeres por mostrar un tobillo. Mi único aliado para rescatarme es Dante, aunque, por desgracia, se encuentra demasiado lejos de mi persona. Memoricé el camino de regreso a la villa, allá tengo parte de mis pertenencias, sin embargo, al llegar me tomará al menos toda la noche corriendo entre las casas y luego parte del desierto, todo sin una gota de agua.

Empiezo mi camino sin inmutarme. Aprendí desde muy chica a sobrevivir, a ganarme el pan que debía comerme para no morir. Mi padre siempre fue rudo con nosotros, pero más conmigo, el pecado de recordarle a madre constantemente me hacía sufrir el doble, aunque al final agradecí la lección, pues de no haber crecido en medio del dolor hoy estaría muerta, no habría sobrevivido al psiquiátrico.

Me enorgullece ser un soldado de la Bratvá, pues no tengo miedo de morir, tampoco me asquea la sangre, conozco veinte mil maneras de romper un cuerpo humano y he soportado todo tipo de torturas.

Cuando les informé a mis abuelos que deseaba ser un soldado, no podían creer lo que decía, pero, poco a poco, notaron mi interés e hicieron que Igor, a la fuerza, aceptara. Desde el momento en que dijo *sí*, mi calvario empezó. Era una guerra, pero él quería que yo desistiera, que me quebrara y saliera llorando como la *niñita* que era, pero eso solo me hacía desear ser mejor, ser más.

Me fortalecí con el pasar de los años, a tal grado que empezó a temerme. Iba a cumplir mi mayoría de edad, debía casarme con aquel viejo que había designado para mí, pero ya tenía el fuego de la Bratvá corriendo en mis venas. La noche que todo explotó fue cuando quiso retenerme y doblegarme para recibir la herencia y así obtener el poder de todo. Mis abuelos habían muerto y nosotros estábamos condenados a cumplir la voluntad de Igor.

Cuando lo enfrenté mi padre supo que debía someterme, esa fue una de las razones para encerrarme en Rusia. Siempre fui su mayor vergüenza.

Al entrar en la casa debo matar a varios hombres de la seguridad, pero estoy cansada, con los pies en carne viva, una sed horrible y la piel seca por mi propio sudor corporal, pero no hay rastro de Vladimir, supongo que lo he dejado muy malherido o alguien lo levantó del callejón.

Me movilizo con rapidez, y, hurgando en mi maleta, encuentro en el bolsillo secreto mi pasaporte diplomático, cortesía de Dominic Cavalli.

Apenas me lavo el cuerpo con un poco de agua y me cambio de ropa, voy a la caja fuerte, saco algunos paquetes de billetes americanos y echo todo en una bolsa. Después me voy de la casa conduciendo en

una camioneta. Me da la sensación de que fue hace años que choqué el coche en vez de un par semanas.

Sé que luego de mis acciones no tengo vuelta atrás, que si Vladimir me encuentra no será el mismo de antes. Buscará saciar su ego de macho herido y me someterá. Por ello viajo directa a New York con el único hombre que puede ayudarme, el que me introdujo en esto.

No dejo de pensar en Vlad en el camino, en el vuelo ¡en todos lados! No paro de cuestionarme si estoy haciendo lo correcto, ¿qué otra forma tenía? ¡Ninguna!

Huir significa estar alerta, mirar sobre mi espalda más veces de las que puedo contar, tomar un taxi y otro en New York para despistar, hasta llegar a mi *penthouse* en la quinta avenida.

—Señora Cavalli, qué gusto tenerla de regreso con nosotros, ¿cómo fue su estancia en Madrid? —cuestiona el portero del residencial. Para él soy una Cavalli y no una Kozlova o, en otro caso, Ivanova.

—Muy bien, estaré de regreso muy pronto. Solo vengo por unos días a New York, la universidad me espera. —Trato de fingir emoción.

Dominic me tenía aquí protegida mientras ideaba su plan y cómo yo le sería útil. Fueron meses de estar encerrada, trabajando varias noches en su casino, entrenando con él por las mañanas y siendo un fantasma el resto del tiempo. En ese tiempo me contó todo sobre Britney Ginore, la esposa del jefe de la Bratvá en toda Rusia, Roth Nikov. Mi principal misión era que Vladimir tuviera el poder de Chicago. ¿Las razones? No las sé, tampoco se las pregunté al Capo, estaba dispuesta a dejar mi fortuna a cambio de libertad y conocía a Ivanov desde mi infancia, sabía sus intenciones. ¿Quién más era merecedor de mi fortuna? Al final yo obtendría mi libertad, así que era un trato justo, tampoco me iba a dejar sin nada. Un hombre como Cavalli sabe domar a cualquier fiera, pero me temo que yo soy solo una más de su colección. Él tiene algo que me pertenece y hasta no finalizar esta misión en la que Britney Ginore, la mujer a quien Dimak tiene secuestrada, regrese a los brazos de su esposo, yo estaré atada al Capo. Luego espero que cumpla su palabra y me entregue lo que es mío. Voy a largarme de América hacia Montreal y empezaré una vida común, monótona, la cual disfrutaré hasta mi último día. Y no tengo dudas de que seré inmensamente feliz.

Hago mi llamada de rutina para reportarme, es extraño que no se haya comunicado conmigo. Por lo regular no es una persona muy paciente, pero soy dirigida al buzón de voz en cada intento. Soporto dos días encerrada antes de salir en su búsqueda.

Quedarme entre paredes me lleva a pensar en Vladimir, a cuestionarme, a sentir que mis decisiones fueron erróneas. ¡Odio ese sentimiento! Sé lo que estoy haciendo, cuál es mi meta, y Vladimir no forma parte. Me condenó y recriminó. Cuando mis ansias de saber sobre su estado son más poderosas y termino sucumbiendo a los actos que juré no cometer, me siento en una silla de un pequeño café en Central Park y realizo la llamada que tanto he temido, asegurándome de que no sea capaz de rastrear mi ubicación.

—Señora —murmura la voz de mi amigo al móvil.

—Dante. —Decir su nombre evoca una sonrisa en mi rostro. Es mi persona de confianza, ni Vladimir podría quebrantar mi relación con este hombre. Ha sido un padre para mí desde hace muchos años—. Quería saber cómo estás.

—Fingiendo que no conozco el caos que ha desatado con su partida.

—¿Él…? —pregunto llevándome el vaso de café caliente a los labios. El pecho me late al mil, como si estuviera hablando con el mismísimo Ivanov y no con Dante.

—Está vivo. —Paso el trago del líquido caliente, sintiendo cómo se libera mi angustia y la paz me avasalla el cuerpo de inmediato—. La quinta esposa lo salvó. Está buscándola y, cuando la atrape, temo por su vida.

—No me encontrará —afirmo.

—Avery… Él tiene poder ahora. El sucesor del jeque murió misteriosamente de camino al occidente y la quinta esposa ha dicho que Ivanov es un héroe, que las ha salvado de su destino a manos de los saqueadores que asesinaron al jeque y con los cuales Vladimir *luchó*. No tiene idea de lo que ha ocurrido. No solo es dueño de Chicago, ahora controla la India y Dubái.

—¿Qué? —Me quedo estática en mi lugar. Sus viajes tenían un propósito.

Vladimir ha cambiado las reglas del juego a su favor, una por una. No ha traicionado a Dominic como creí al principio, solo aprovechó la información que tenía en su poder y la manipuló. No sé por qué carajos estoy sonriendo, no debería. Un Vladimir salvaje es malo, un Ivanov estratega y manipulador… ¡que el infierno se apiade de nosotros!

—Si hace lo que creo hará…

—Pasará a ser la tercera potencia, si no es la segunda a nivel mundial —corto maravillada.

Tendrá las drogas, las joyas… El petróleo. Puedes tener dinero, pero si no tienes el combustible crudo eres nadie. Vladimir acaba de ganarse mi maldito respeto.

Aunque sea un pensamiento incoherente, me siento orgullosa del anillo en mi dedo anular.

Está demostrando de qué está hecho. me temo que es solo el inicio de un reino de tres.

Si antes quería salir de la mafia, ahora estoy decidida, así sea arrastrándome, porque no quiero estar aquí cuando esos tres hombres se enfrenten.

La lealtad es nada cuando el poder se te escapa. Cavalli, Nikov e Ivanov apenas están empezando.

Entrar al casino me sumerge a otro mundo. Es introducirme en la noche, la seducción del pecado y estar tentada a perder el sentido del tiempo. Me gustan las luces, la música, el ambiente de dinero. Adoro sentir las miradas lascivas de los hombres sobre mí, así que por meses estuve paseándome dentro de estas máquinas mientras ellos se cuestionaban qué posición se me otorgaba entre la Joya Cavalli y su esposo. Saludo a algunos mientras camino, no puedo perder el tiempo. Debo encontrar a Dominic lo más pronto posible. Sonrío con falsedad. Fue algo que aprendí de Emilie, sabe cómo engañar al público con su sonrisa, aunque no esté en su mejor momento. La vi hacerlo muchas veces, tantas, que empecé a imitarla.

Deslizo la tarjeta metálica en la ranura para que me dé acceso a la oficina privada.

Al abrir activo las luces y corro a su escritorio para encender su *laptop*, necesito la ubicación de su GPS para encontrarlo antes de que llegue a leer mis mensajes, si es que no lo ha hecho ya. Ojalá no sea muy tarde, parece que después de todo Vladimir está de nuestro lado en el rescate de la chica Nikova.

El programa solo me permite identificar la suya. No me permitiría saber la ubicación de su esposa, incluso si yo fuera su última oportunidad de vida. Es muy protector con ella.

Me inclino en el asiento, confundida. Según la pantalla se encuentra en medio del mar, pero lo ubico en el mapa y me doy cuenta de su posible destino: Noruega, al menos sus zonas aledañas.

Estoy lista para irme cuando la puerta se abre y la rubia se paraliza un segundo, antes de pestañear y adoptar su máscara de frialdad hacia mí.

Seré honesta, no me traga, pero yo a ella tampoco.—Esto es el colmo del descaro. ¿No quieres ser la niñera de mis hijos? Solo falta que tu apellido figure en sus actas de nacimiento —ruge airada.

Giro mis ojos. Estar juntas en cualquier diminuto espacio siempre desencadena un enfrentamiento, pero esta vez no tengo humor para seguirle sus celos tontos.

—Si el Capo lo ordena, adelante.

—¡Deja tu maldito cinismo! Está claro que te revuelcas con Dominic, ¿crees que puedes ser yo? ¿De eso se trata?

—No quiero ser tú ni de coña. —Emilie no entiende mi comentario, los celos la mantienen cegada.

Si debo ser honesta una parte de mí admira a la mujer. Vamos, ha dominado al Capo, cría a sus hijos y soporta el mundo delictivo, del cual yo quiero huir. Tiene cojones, pero no significa que quiera ser ella.

—Tienes prohibida la entrada a esta área desde este instante.

—No puedes hacer eso. Dominic…

—Mírame hacerlo —desafía sonriendo. Joder. No la tocaría. Si decide darme una cachetada lo más probable es que le ponga la otra mejilla. Emilie es intocable. Esta es la parte que odio de nuestro acuerdo, no me gusta ser dócil—. Lárgate y deja de arrastrarte por atención. Estás buscando en el hombre equivocado.

Me dan ganas de reírme en su cara. «Si supieras, Emilie, si supieras».

—Claro, señora —susurro, mordiéndome la lengua para no mandarla al diablo. Así de fuerte Dominic Cavalli me tiene en su puño, pero pronto ya no más.

Seré libre, eso lo sé. No más secretos, ni pasado. Cuando acabe esta misión, al fin tendré libertad, ¿qué precio estoy dispuesta a pagar? El más alto.

CAPÍTULO 19

DOMINIC

Islas Lofoten, Noruega

La *famiglia* lo es todo. No la organización por la cual he dado mi vida, sino la familia: mi esposa, mis hijos, mis hermanos. Ver a Roth sonreír, verse medio humano al acariciar un caballo es algo que no me quiero perder por ninguna circunstancia; incluso las llamaradas de la chimenea, las cuales debería de estar avivando para mantenernos en calor.

—¡Eh, eh! —tranquiliza a la bestia que se alza sobre sus patas traseras.

—Umm, sigues herido ¿recuerdas? —Le hago notar cuando, sin miramientos, monta al animal. Su recuperación en el barco que nos trajo a Noruega no fue la mejor, la herida se infectó y sufrió fiebre y algunos delirios. Lo cuidé cada día hasta que rebasó sus peores momentos.

Me siento sobre los peldaños de paja, soplando aire en mis manos para entrar en calor. Roth maneja la bestia guiándola hacia donde desea, es un talento natural suyo.

Las islas Lofoten están rodeadas de agua, con montañas altas, llenas de vegetación. Desde esta pequeña granja logramos pasar desapercibidos entre las casitas de colores, no hemos visitado el pueblo desde que desembarcamos y Emilie se encargó de tenernos una lancha de escape, provisiones, armas y material de defensa, pero seguimos siendo dos hombres contra un ejército y seguridad de Dimak. Dejo a mi hermano divertirse y entro a la casa para encargarme del fuego, más tarde Roth entra sudado y lleno de paja.

—No digas una palabra —advierte caminando directo al baño.

Suelto una carcajada, parece que encontró a un hijo rebelde. Hemos sobrevivido con comida calentada, pues ninguno de nosotros es muy bueno en una cocina si la comida no trae instrucciones. Esta vez caliento una lasaña para mí y un estilo raro de puré de papas con una supuesta carne para el ruso. El teléfono me hace fruncir el ceño cuando empieza a sonar, es raro que Emilie se comunique, siempre intenta ser discreta. Observo la puerta por donde se ha marchado Roth y, suspirando, agarro el aparato. Nunca creí posible temer hablar con mi mujer, la madre de mis hijos.

—Hola —pronuncio, un tanto dudoso.

La línea se queda en silencio, pero escucho su respiración. Ese simple hecho me hace estremecer. Hace tanto que perdimos cualquier intimidad…—Quiero hablar con Roth.

—Está montando a caballo —miento, porque necesito tenerla, aunque sea de esta manera.

—Tu ramera llamó —anuncia haciéndome cerrar los ojos.

—Ella no es mi ramera, no es mi mujer. Te lo he explicado, Emilie.

—Y yo no te creo nada, mentiroso.

—*Mia regina* —suplico saliendo de la casa después de dejar la comida sobre la mesa—. Sigo siendo yo, tu hombre, el mismo de siempre. ¿Cómo te lo hago entender?

—Eres un ser repugnante que se acostaba con su madre, ¿qué puedo esperar de ti? —escupe las mismas palabras. Niego, aunque ella no puede verme y me tiro del pelo frustrado—. Acepta que lo nuestro acabó, que no podremos superar esto.

—Tenemos un acuerdo —le recuerdo desesperado, recurriendo a la única cosa que la hace permanecer a mi lado. Nuestros hijos, su futuro, que permanezcan sanos y seguros. Soy un idiota, no debería hacerla sentir retenida a mí, pero también soy egoísta y prefiero saber que cuando regrese a casa ella estará allí. Aunque me haya dejado de amar me recibirá.

Me conformo con cosas simples cuando se trata de ella. Tenerla en el comedor, quedarme admirando su presencia cuando está educando a nuestros hijos o verla jugar con ellos.

—¡Tengo derecho a realizar mi vida! —revira en tono acusador.

—Sobre mi puto cadáver.

¿Imaginarla con otro hombre? Carajo, nunca. Ella es mía, siempre lo será. El hombre que intente tocarla tendrá un anuncio de muerto viviente antes de imaginarlo.

—¡A veces quisiera que te murieras! ¡Te odio, Dominic!

Y corta la llamada. Esos *te odio* no son un te amo disfrazado, son realmente el sentimiento que tiene hacia mí desde que recibió la carta de mi madre y solo Dios sabe lo que decía. No existe poder humano que la haga escucharme, tampoco, y lo admito, he sido muy comunicativo. He intentado salvar nuestro matrimonio, claro que sí, pero quizás no con las herramientas adecuadas. No sé qué darle, no sé qué espera de mí. Y, para añadirle una cereza al pastel, desde que conoció a Avery —la nueva esposa de Vladimir Ivanov— está obsesionada con que es la mujer a quien me follo.

Creí que los celos causarían que quisiera retenerme, sin darme cuenta de que, en vez de acercarla, terminé alejándola mucho más.

Gruño frustrado y regreso al interior de la casa. No llamará, lo tengo más que seguro. Debe estar maldiciéndome en cada idioma posible. Para ella solo soy el verdugo que, a toda costa, la enjaula en un lugar donde ya no quiere estar. Y esa parte me quema el alma.

Porque mi único deseo es volver a ser la familia que éramos. Ya he perdido suficiente, quizás ese dicho sea real y no un mito: «El éxito de algunos momentos, es el fracaso de otros».

Soy exitoso, poderoso, tuve el placer de formar una familia, de conocer el amor, pero ahora lo he perdido. Si preguntas mi nombre, es muy probable que me conozcan. Soy una leyenda viviente. El hombre -técnicamente- más poderoso del mundo.

Guardo el teléfono y regreso a la casa, Roth ya está comiendo de su plato obviando mi mal humor, aunque gracias a Dios no conoce las razones de mi fracaso matrimonial, ha decidido no intervenir. Es por lo pronto una preocupación menos. Si bien le he mentido también a él, el pánico de cómo reaccionará es lo que me frena de decirle.

Nos dividiríamos. Sería mi enemigo, lo tengo por seguro. Traicioné su confianza mucho antes de obtenerla.

—¿Qué? —pregunta apuntándome con el tenedor.

—Emilie llamó.

—¿Dijo algo valioso?

—Que quiere verme muerto —digo burlándome de mí mismo.

—Lo dice porque está molesta…

«Lo dice porque es cierto».

—Seguro.

Ninguno dice una palabra más. Comemos cada cual sumido en su propio mundo, en su propio dolor. Al menos en esta casa tenemos habitaciones separadas, no como en el barco, compartiendo un colchón en el piso. Me aíslo en mi parte del espacio, dejándolo solo con su angustia. Estamos a horas de recuperar finalmente a su mujer, así que está que se sube por las paredes.

Me baño meditando mis pocas opciones con mi esposa, ya no queda ni siquiera la pasión de nuestro comienzo, aquella que alguna vez nos mantuvo odiándonos y deseándonos hasta hacernos arder. Entro en la cama meditando una última jugada.

Roth dice que no exteriorizo lo que siento, que me limito a intentar comprar a las personas. Quizás sea cierto, en este año la he llenado de lujos, pero no pedí perdón o murmuré un *lo siento*, más que nada por vergüenza. No me acosté con Isabella por voluntad o satisfacción, pocos comprenderán —Emilie incluida—, que la mafia es así de dura, que las cosas no son hermosas y brillantes, sino oscuras y malditas. Gabriel disfrutaba lastimarla, no medía cuánto dolor nos causaba a sus hijos, estaba empeñado en hacerle la vida imposible a la mujer que tuvo la cara de creerse superior a él.

Marco el número de mi esposa, sabiendo de antemano que cortará la llamada. Esta vez elijo dejar un mensaje en la contestadora porque no me soporto en mi propia piel.

—Probablemente no escuches el mensaje, pero quiero dejarte estas palabras: me odias, y es válido, también lo hago. Odio cada noche que no te tengo cerca, odio saber cuánto tiempo perdí lejos de ti, y, aunque no lo creas, me duele la situación en la que nos encontramos. Ya sé que no me casé amándote, que he sido un hijo de puta… —sigo hablando, una y otra vez.

Más que un audio luce como un confesionario, pero no me detengo, me entrego por completo a unas palabras que creo que son necesarias. Al final el teléfono muere por la falta de batería y lo pongo al lado de la cama, quedándome en silencio mientras miro el techo blanco.

Me despierto debido a una lucha. Alguien está peleando afuera, así que agarro el arma que tengo guardada bajo la almohada y salgo a la sala con rapidez.

Roth tiene dominado a un cuerpo pequeño, pero la chica le devuelve un golpe, saliendo de su llave, y tira al mismísimo jefe de la Bratvá al piso. Mi hermano se para, dispuesto a reducirla.

—¡Deténganse! —ordeno hacia ambos, quienes apenas me notan. Roth tiene la cara arañada, parece que la princesa Kozlova lo ha marcado y de ella pende un hilo de sangre de su cabeza—. ¿Qué carajo, Roth? ¿La golpeaste?

—No sabía que era una mujer —se defiende soltándola.

Ella se limpia la boca, luego se toca la pequeña herida.

—¿Qué haces aquí, Avery? ¿Cómo diste conmigo?

—¿Qué está pasando entre ustedes dos, Dominic? —revira mi hermano.

—Nada —responde la pelinegra—. Estoy aquí porque me necesitas.

—¿Están follando? —ruge Roth.

—¡¿Por qué todo el mundo piensa eso?! —exclamo sin entender—. No estoy follando con Avery, es un soldado de la Bratvá.

—¡¿Qué?! —jadea Roth observándola.

—Eso mismo —me burlo.

—Dime, Don, por favor, que no entrenaste a esta mujer para ser un soldado. ¿Es que has perdido la cabeza?

—Es divertido —me quejo—. Si hubieras visto tu cara al enterarte…
—¡Porque no debería de suceder…! Fue malo que la sacaras del psiquiátrico, pero ¡¿entrenarla?!

—Cálmate, perderás la cabeza. No, no la entrené yo. Ella ya era un soldado antes de conocernos, solo me he divertido enseñándole algunas cosas —informo para tranquilizarlo.

—Como encontrarte cuando no debería.

—¿Algo de eso? —reviro dudoso pasándome una mano por el pelo.

—Sigo aquí —murmura la mujer sentada sobre la mesa.

—Dominic…

—Es mejor si lo hablamos en privado —sugiero.

Avery gira los ojos.

—Saldré a verificar el perímetro —anuncia saltando de la mesa. Roth la mira caminar, parece una modelo y no un soldado, he ahí el arma más letal de la chica, no demostrar a primera vista lo peligrosa que podría llegar a ser.

—Necesitaba a alguien como tú —confieso dejando a Roth perplejo—. Nos necesitábamos mutuamente. Ella quería algo que yo tenía, y ella tenía algo que yo anhelaba.

—Tienes a Nicklaus —rebate sin comprender.

—No lo podía dejar morir. Nicklaus es el único que mantendría con vida a Emilie, no estaba dispuesto a arriesgarlo. Avery, en cambio… Era desechable.

—¿Era? —pregunta encontrando el punto perfecto.

Entonces empiezo a contarle todo, a narrarle desde el inicio lo que hemos hecho. La cara de Roth se vuelve inexpresiva, quizás sí me pasé uno que otro pueblo con la chica, pero medidas extremas eran requeridas. Si no fuera por ella gran parte de este plan no estaría funcionando ahora. No quiero cargar una línea de secretos, por ello mi meta de decirle todo. Al final se para, acariciándose la barba.

No está feliz con mis planes y seguro que no quiere otro enfrentamiento. Me deja solo en la sala para que me ocupe de mis asuntos. Le cedo mi capa a la chica y cabeceo en el sofá porque me despierta de madrugada mientras prepara el desayuno. Al menos de todo esto podemos disfrutar un desayuno decente. Luego de cepillarme lo primero que agarro es una buena taza de café, parece un manantial de agua fresca. Roth es precavido, como si Avery fuera estúpida. Ella no me va a traicionar, tiene mucho que perder si lo hace.

Y no está dispuesta a eso.

—Lo dejé vivir —me informa neutra.

La observo unos segundos sin decir nada.

—Te importa —señalo. Que no lo niegue es toda la respuesta que necesito—. Asegúrate de que esta noche salga según lo planeado, de regreso en New York serás libre. Si quieres regresar con Vladimir solo puedo decirte que debes estar preparada o si quieres irte como tenías planeado...

—Seguiré mi plan —asegura.

Roth se aclara la garganta.

—Debemos prepararnos para salir.

Atravesamos la isla de un punto a otro entre la maleza. Para cuando llegamos a la villa de Dimak ha caído la noche, pero no es lo suficientemente oscuro. Nos quedamos camuflados entre los árboles. Roth, nervioso, no deja de vigilar la propiedad y Avery supervisa el mapa que nos ha proporcionado una vista aérea extraída de Google Maps. Sí, el Internet es muy abierto y contiene oro si buscas en el lugar correcto.

—Esa es nuestra vía de escape. —La chica señala el muelle, al helicóptero que aterriza. Vladimir baja del aparato, está listo para hacer su jugada. Temía que me traicionara del todo, pero Avery tenía razón. Ha venido a salvar a Britney de las garras de Dimak, creyendo que con ello su esposa volverá a su lado. Ella lo observa como un halcón a su presa, sin perderlo de vista—. El piloto es Dante, mi hombre de confianza. Él nos va a esperar. No sé qué tan de nuestro lado se encuentre Vladimir.

—Está aquí, es lo importante.

—Es nuestra señal —dice Roth—. Tenemos diez minutos para esto. Dominic, quiero decirte…

—No hace falta, hermano, mi lealtad está contigo. Saldremos de este país y tendrás a tu *dusha* a tu lado.

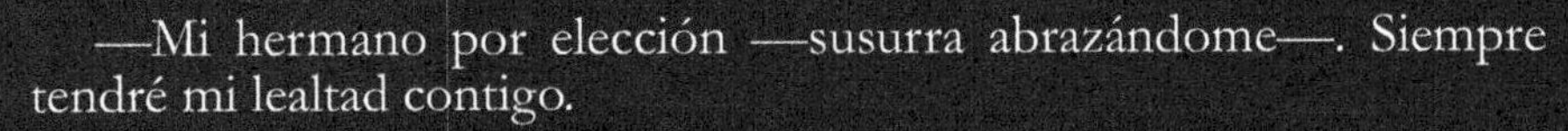

—Mi hermano por elección —susurra abrazándome—. Siempre tendré mi lealtad contigo.

—Lo sé, imbécil. Ahora vamos.

—Nueve minutos —anuncia Avery colocando el cronómetro.

Empezamos a correr agachados por el patio trasero hasta la habitación en la que suponemos que se encuentra Britney. Vladimir es el encargado de distraer a Dimak contándole sus nuevos negocios y cuán rico se ha convertido en cuestión de semanas mientras nosotros inmovilizamos a su personal de seguridad. Tenemos semiautomáticas silenciadas. Avery es la primera que derriba a dos hombres sin apenas hacer nada. Roth me mira de lado y quiero gritarle un *te lo dije,* pero me contengo con una sonrisa, aunque escucho su maldición por lo bajo. No entrenan mujeres porque no quieren perder el estatus de hombres machistas y poderosos. Yo creo en ellas, muchas tienen una inteligencia superior y cuando descubrí el poder de Avery debía utilizarlo a mi favor. Gracias a ella Britney vivirá.

Le hago señales a Roth hacia la que puede ser la habitación de su mujer. Entonces vemos una silueta femenina caminando de un lado a otro detrás de unas cortinas, él guarda su arma y escala la pared hasta entrar por el balcón. Me cuido de la cámara doblando en la esquina de la casa y sujeto a uno de los hombres hasta llevarlo al piso, le rompo el cuello y me levanto de un salto con rapidez.

—¡Cuatro! —gruñe Avery. Cuando llegue a tres el helicóptero empezará a girar y levantará sospechas.

—Algo está mal —murmuro para mí mismo. Demasiado fácil, demasiada calma.

Y parece que el infierno se pone de acuerdo. Un disparo, ese sonido sordo me hace temblar de pies a cabeza, luego cristales se rompen y el grito de una chica hace vibrar la noche. Corremos hacia donde Roth subió para encontrar a Britney, pero lo que veo es a dos cuerpos saltando desde el balcón y cayendo al vacío, luego ruedan por el césped. Levanto la mirada y encuentro a una chica que les apunta.

Corro hacia Roth y Britney, quienes parecen desorientados al caer. Un segundo disparo se escucha y recibo el impacto en mi hombro, gruñendo por el ardor instantáneo. Nos movilizo rápido aprovechando que Avery me cubre y la persona cae al recibir una bala.

—¡¿Brit?! —ruge Roth acunando a su esposa—. Reacciona, nena. Estoy aquí, vine por ti.

—¡Corran! —grita la pelinegra.

Nos rodean, son más a diferencia nuestra y hemos alertado a todos de nuestra posición. Le ayudo a levantar a la chica, que luce desubicada. No, joder, no. ¡La drogó! ¡La estuvo drogando otra vez!

El helicóptero está muy lejos ahora, se siente a millas y millas de distancia. El bosque sería una opción si Dimak no lo conociera mejor que nosotros.

—¡Avery! —llamo. Escucho las pisadas de los hombres que van aproximándose a nosotros, y, aunque no los alcanzo a ver, sé que serán muchos—. ¡Corran! —demando.

Avery agarra a Britney y emprendemos la huida corriendo mientras los disparos empiezan a llegar. Roth es herido en una pierna, cae, pero se levanta con más fuerza, pues tiene un propósito y es salvar a su mujer, devolverle una vida. Avery gruñe cuando recibe un disparo en la espalda… Estamos cerca del trasto, y a la vez tan lejos, pues este empieza a levantarse del suelo. Dante no esperará mucho más, si no todos quedaremos atrapados.

De repente, desde el bosque empiezan a salir hombres, decenas de ellos, pero no están atacándonos a nosotros, sino a los soldados de Dimak.

¡Son gente de la Bratvá! ¡Maldito Vladimir!

—¡¡Zaria!! —exclama en un grito entre la noche, desgarrando todo, pero ya estamos corriendo en el muelle.

Roth alcanza a subir a Britney y luego se sienta a su lado; Avery salta al aparato, que ya está despegado del suelo. Los soldados de Vladimir son muchos, pero no los suficientes. Dimak y él están peleando mientras los soldados empiezan a disparar hacia el helicóptero, buscando derribarlo.

—Dile que la amé como a nadie —musito hacia mi hermano, que me observa confundido, pero no tiene tiempo de reaccionar cuando Avery lo noquea.

Este siempre fue el plan. Sabía que no todos saldríamos, pero tenía certeza de que mi vida bien podría culminar en esta isla por Roth Nikov. Mi lealtad siempre será eterna. Nunca ha existido tal elección entre mi vida o la suya, porque desde hace años en aquella arena donde asesiné a Dominic, el real, supe que estaba dispuesto a morir por Nikov. Que quizás estaba destinado a ello.

La diferencia entre Avery y los demás es que ella no antepondría mi vida sobre mi orden. He ahí donde la guerrera de la Bratvá es diferente de todos ellos.

Ella cumplirá mis órdenes porque, al igual que yo, tiene sus propios intereses que ganar.

—¡Estoy aquí, hijos de puta! ¡Yo soy el hombre que quieren! ¡Un rey! ¡Un dios! ¡¡Soy el maldito Capo de capos!! —trueno en la noche.

Los hombres dejan de disparar al helicóptero que se eleva y se concentran en mí. Mi cuerpo recibe varios disparos que me hacen retroceder, son determinantes, hasta que caigo al piso. La sangre va a mi boca con rapidez, subiendo desde mi estómago hasta mi garganta. Me quedo ahí, observando la oscuridad de la noche. Nací en las penumbras, sin embargo, un ángel me ilumina, su pelo, su sonrisa, sus ojos.

Quizás mi cuerpo morirá, pero mi nombre jamás. Mis hijos y los hijos de sus hijos recordarán esta noche. Ellos buscarán venganza.

—Lo cumplí, hermano… —Toso la sangre—. Tu nombre sería leyenda.

Vale la pena morir por ti, Nikov.

«Lo siento, Em. Ya no regresaré a casa».

CAPÍTULO 20

VLADIMIR

Ella me la pone dura al instante, me excita su pelo cayendo sobre mi pecho. Alcanzo a agarrar su cintura, perdiéndome en su estrechez. Su coño me enloquece, me lleva a no pensar, solo me dejo llevar por ella, su ritmo, su intensidad. Me cabalga mientras sus manos tocan los músculos duros de mi estómago, luego sube hacia mi cuello y lo besa, jugando con su lengua. Me escucho gruñir su nombre en medio de jadeos que no son del todo comprensibles. Se prende de mi cabello, obligándome a abrir los ojos. Intento enfocarla, pero se me dificulta diferenciar su persona dentro del nublazón que tengo en la vista.

—Avery…

Infierno, tengo a la mujer grabada en cada recóndita parte de mi mente. Ella es todo lo que puedo pensar, sentir, anhelar. ¡Odio este sentimiento! No sé dónde me encuentro ni cómo he llegado aquí. Mi mente no conecta mis recuerdos y solo siento el clímax burbujeando en mí y por cada tramo de mi piel. Le agarro el culo, presionando su cuerpo más fuerte contra mi polla, puesto que no se mueve como la recuerdo. Salvaje y loca, sino contenida. Me gusta duro y desmedido, mi mujer lo sabe.

—¡¡Más!! —le suplico mojándome los labios—. Duro, Zaria… Por favor.

Ella baja la cabeza, buscando mis labios. Su beso es húmedo, sin emoción. No me gusta, no lo quiero… No siento lo que debería. Lucho contra la confusión, la habitación parece rotar y siento mi piel arder.

Me duele el vientre sin comprender qué desprende tal dolor. Inhalo una bocanada de aire queriendo tener su olor en mis fosas nasales, pero no está. No es ella, parece que vivo una ilusión.

Mi semen revienta fuera de mi polla. Parece un movimiento mecánico, mas no la sensación que mi Zaria ha despertado. La mujer se queda quieta sobre mí y segundos más tarde cae a mi lado en la cama, regulando su respiración.

La oscuridad es más poderosa, me arrastra hasta hacerme perder el sentido.

El olor de incienso y humo aromático provoca malestar en la boca de mi estómago; no soy un hombre de olores fuertes, más bien me gustan las fragancias suaves. Abro los ojos y me enderezo en la cama, encontrando frente a mí a mujeres desconocidas que limpian mi cuerpo desnudo, mientras la quinta esposa del jeque se encarga de colocarme algunas plantas en el vientre con una pasta verdosa.

Me paso la mano por el pelo y encuentro humedad. Intento moverme, pero ella coloca su mano en mi pecho.

—Estás débil.

—¿Por qué? ¿Cómo…?

La lluvia de recuerdos de Avery se aclara en mi memoria. Las intenciones del jeque, su muerte, nuestro intento de escape, descubrir quién es realmente mi esposa y su traición directa. Algo imperdonable. Atentar contra la vida de su esposo, ¡de su Pakhan!

Me pongo de pie tambaleándome. No existe ningún dolor que me mantenga atado a esta cama, no sin buscar a esa perra hasta el fin del mundo y ponerla a lamerme las malditas bolas. ¡Pudo haber hablado conmigo! Decirme lo que sucedía, pero ha elegido una y otra vez a Dominic y su trato con él. Avery le obedece como si le debiera la vida misma.

Los hombres están en la casa, mis hombres. Tenía un plan que el jeque aceleró, y sé que su sucesor está muerto. Era uno de mis propósitos, pero la quinta esposa me ha facilitado la vida al dar una versión de los hechos adulterada.

—¡Encuéntrala! —ordeno alterado por el móvil que me entregan.

—¿Crees que no lo he hecho ya? Desde que Dante me dijo tu estado movilicé todo. Ella se ha esfumado, Vlad —revira Isakov desesperado.

—Nadie desaparece sin más. Busca a Dominic, ¡tiene que saber dónde está!

—Cavalli y Nikov también desaparecieron del mapa, se los ha tragado la tierra. Emilie es quien se pasea por el casino —informa Dimitri.

Cuelgo sin obtener lo que quiero. Mi herida está abierta, solo la cubren hojas verdes. No tengo tiempo que perder, necesito irme a por una curación más radical, debo estar en condiciones para empezar a dirigir mi nuevo poder.

—Quiero a Dante aquí —gruño hacia uno de mis hombres.

El tipo corre para buscarlo mientras caliento un fierro en el fuego de la oficina del jeque. Ahora todo esto es mío, incluso sus mujeres.

—Señor... —saluda Dante al llegar.

—¿Dónde está ella?

—Quisiera saberlo —responde.

No le creo nada. Ella no haría un movimiento sin que Dante no lo supiera, es lo único que tiene.

—¿Sabías que tiene negocios con el Capo?

—Sí. No porque me lo dijera, sino porque lo descubrí por mi cuenta meses atrás.

—Meses —ironizo. Saco el hierro caliente y, sin miramientos, me sello la maldita herida visible que ella me ha provocado.

Gruño entre dientes, pues el fierro ardiendo es solo un toque de terciopelo en comparación al daño que Avery me causó por dentro, ese es el más difícil de sanar.

Ni la lava de un volcán activo sería capaz de adormecer esa agonía. Es tocar un pedazo de aquella manzana prohibida, degustar sus jugos para darte cuenta de que te será arrebatada cuando bajes la guardia.

No conseguiré nada de él, aunque sí de su celular. Nunca he sido un hombre de tecnología, soy más a la antigua, pero si quiero escalar en la cima de esta montaña de poder más me vale usar cualquier herramienta del mercado.

Ella y él hablarán en algún punto. Cometerán un fallo, lo sé. El mejor consejo que he recibido de Dominic es ser paciente, no actuar cual animal salvaje. La paciencia me ha hecho cien veces más rico en menos de una semana, así que eso me llevará a ella.

Ordeno que su teléfono sea intervenido. La recompensa es escuchar su voz, aunque su ubicación ha sido imposible de rastrear. La perra ha enviado la señal cuadriculada, lo que sea que eso signifique. Dejo pasar los días, abandonando la casa del jeque y regresando a la villa, solo para encontrar el desastre que ella dejó. Me traigo a Kassia, la quinta esposa. No hablamos ni compartimos nada, ella vive en su burbuja y yo en mi infierno, pero no quiero despegar los ojos de la mujer que me ha ayudado a escalar sobre Nikov.

Ella se va de inmediato a prepararme algo de comer y yo me marcho a la ducha para limpiar mi cuerpo y mi mente. Dejo el agua caliente al máximo de mi resistencia y luego salgo desnudo, goteando agua. Me sorprendo al encontrar a la mujer en la recámara, desnuda.

No es fea. Mentiría si llegara a pensarlo siquiera y sería un hipócrita si no confesara que mi polla reacciona al verla. Es un asunto mecánico del cuerpo, al menos en el mío. Es hermosa, joven, radiante. Está desnuda con un coño cubierto de vellos que, a simple vista, se perciben suaves; y tetas pequeñas fruncidas que me gritan que las introduzca en mi boca. Su pelo cae suelto en una cascada sobre su hombro.

—Lárgate de aquí.

—Vine a ofrecerle mis atenciones.

—Creo que ya lo hiciste mientras estaba inconsciente, ¿no?

Sus mejillas florecen del sonrojo y baja el rostro. Si yo la hubiera tocado mientras dormía sería una clara violación que escandalizaría a todo el mundo, pero parece que las mujeres tienen derecho de violar a un hombre y no recibir castigo por ello. No soy un imbécil, soñé que estaba follando a Avery cuando esta estaba sobre mí. Camino hacia el *clóset* para sacar mi ropa, ignorando que sigue en el mismo lugar.

—Llévame a América —suplica.

—No —respondo tajante.

Me pongo unos vaqueros negros, sin calzoncillos, y me guardo la polla dura. No soy un hombre fiel, pero sé dónde no buscar problemas.

—Quizás esté embarazada de ti —argumenta.

Me hace arquear una ceja mirándola. Casi quiero reírme.

—¿Por eso me follaste? ¿Para embarazarte?

—Sí.

Levanta la mandíbula en un gesto que estoy seguro de que le copió a Avery.

—No soy un hombre de familia, perdiste tu tiempo.

—Sé lavar, cocinar, bailar, puedes tener sexo conmigo cuando lo anheles, nunca te diré que no. Eres un jeque ahora, así que las esposas de Ivar son tuyas, incluida yo. Soy la más joven de todas, solo él me tuvo. Y era muy pequeño, nada como el tuyo, así que no estoy floja, ni abierta.

Está refiriéndose a ella misma como en una subasta, recalcando lo mejor que *una mujer debería tener*. ¿Es por esto por lo que Avery huye de la mafia? ¿Para no sentirse una transacción?

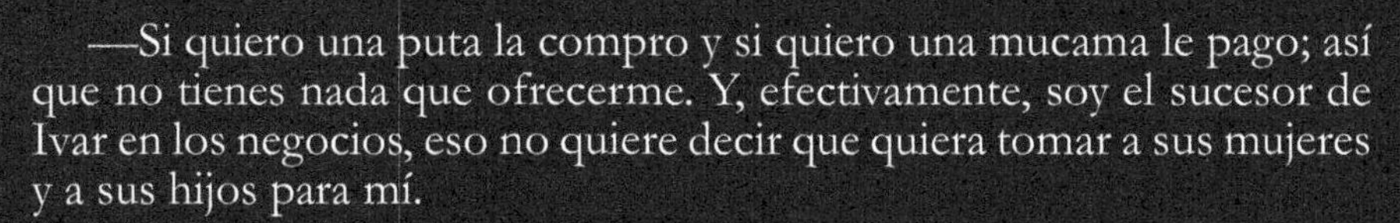

—Si quiero una puta la compro y si quiero una mucama le pago; así que no tienes nada que ofrecerme. Y, efectivamente, soy el sucesor de Ivar en los negocios, eso no quiere decir que quiera tomar a sus mujeres y a sus hijos para mí.

—Dejaste que ella te lastimara. Lo vi —confiesa.

—Es mejor tener la boca cerrada, porque cuando la abres de más puede que te quedes sin cabeza.

Traga saliva sentándose en la cama y usa su última táctica: abre sus piernas e introduce los dedos en el coño. Sus ojos se vuelven pequeñas rendijas pecaminosas buscando tentar a un hombre que no tiene alma. Agarro una playera y, antes de que se dé cuenta, salgo de la maldita habitación. Puede que ya obtuviera mi semen una vez, pero no lo tendrá dos veces. La única tentación que deseo no está dentro de estas paredes.

Traicioné a Dominic a medias, le di una información falsa a Dimak para conseguir la conexión con el jeque y guie a Don lo más cerca que pude de Dimak. Sé que hizo el resto, que, por supuesto, no se confiaría del todo en mi palabra. Mi parte secundaria es llegar a su rescate, donde estoy seguro de que Avery estará de su lado.

La mujer de Nikov es importante para ellos y no descansarán hasta tenerla de regreso.

Las cosas no salen como espero…

Preparo un pequeño batallón que espero que sea suficiente para defendernos, pero que no llame tanto la atención en Noruega. Mi herida toma tres semanas en sanar, antes de que haga mi viaje y envíe a la quinta esposa a América. Consigo ver a Avery huyendo de mí, a Dominic ser acribillado a balazos y tener una pelea directa con Dimak. Todo se va a la mierda y debo ayudar a una drogadicta, pasar tiempo con Nikov mientras le salva la vida a Cavalli para luego tener que llamar a su esposa y darle la gran noticia de que su marido está más allá de la muerte y quizá en sus últimas horas.

Por mí el maldito puede irse al infierno. No me sentaré a llorarlo, pero quiero la información que solo él puede proporcionarme, aunque dudo que lo haga.

¿Por qué Avery está haciendo todo lo que Dominic le ordena? ¿Qué tiene sobre ella?

Es molesto escuchar a Nikov tener sexo con su mujer, el llanto, las rabietas y darle malditos consejos. «¿Satanás, alguna maldita sorpresa más?».

¡Por supuesto que sí! ¡Ella! La Joya Cavalli aterriza en el patio, en medio de la nada en Noruega, donde tenemos a Dominic recuperándose mientras se evita un posible ataque de Dimak. Luego de esta noche me iré. Ella trae al médico y lo que se necesita para salvar a su esposo, mi parte del acuerdo ya está saldada.

Britney Ginore ha vuelto a las manos de su marido. Ahora ellos tienen su mundo que reparar, no soy parte de ninguno de ellos. Seguirán siendo mis enemigos hasta el final de mis días, incluso si he hecho una excepción.

Me detengo al lado de Nikov, que está esperando a la rubia.

—Qué afortunado el Capo —murmuro riéndome con cinismo—. Su mujer es la única que corre hacia él y no en vía contraria. No importa qué tan jodido sea, ella siempre va a su rescate.

«Era lo que quería para mí, lo que Nikov también quiere».

—Gracias por lo que hiciste antes —responde.

Tuerzo el gesto. No quiero que crea que soy benevolente.

—No hice una mierda.

Solo no dejé que su mujer se jodiera más. Ellos no son mi asunto y me largaré pronto.

—Quiero ofrecerte algo —propone.

—No, no quiero más acuerdos.

—Nunca has hecho un acuerdo conmigo.

—Porque con ustedes no existe forma de ganar.

—El acuerdo que quiero es bueno para ambos —dice.

Observo a los hombres de la *famiglia* ayudar a Emilie y a sus hijos a bajar del helicóptero militar.

—Mi respuesta sigue siendo no.

—¿Incluso si te dijera que sé cómo encontrar a tu mujer?

Esas son las palabras mágicas de una pregunta.

—Me parece que debo pensarlo.

—¡Tía Brit! ¡Tía Brit! —grita una pequeña criatura de pelo castaño mientras abandona el lado de su madre y corre por el patio hacia la mujer en el umbral de la casa. Ella se acuclilla para recibirlo con los brazos abiertos. Trago en seco. La chica está dañada de veinte mil formas diferentes, no creo que pueda resistir mucho sin perder la cordura en general.

—¿Dónde está él? —cuestiona Emilie.

Me atrevo a mirarla, casi quedándome sin respiración. No deja de ser una belleza exuberante en cada sentido. Brilla, ilumina incluso con sus ojos rojos, la nariz irritada y sin una gota de maquillaje. Ella es una belleza de otro mundo.

—Te llevaré con él —dice Roth atrayéndola contra su costilla. Es otro que tiene la ira sobre sí mismo y el dolor consumiéndolo por dentro. Los ojos verdes de la Joya Cavalli me observan una milésima antes de ignorarme.

Su rechazo ya no duele, que sea su mujer me da igual. Si estoy aquí es por Avery, ninguno de ellos tiene la remota importancia para mí.

Me pierdo en el bosque caminando por los alrededores. Ordenando mis ideas. Es hora de tomar mi rumbo, regresar a mis metas y abandonar a esta gente. Hablo con mis hombres; con la llegada de los italianos nosotros no somos requeridos, así que partiremos mañana hacia Chicago. Empezaré la búsqueda que me lleve hasta Avery y retomaré a mi hija bajo mi techo. Ella debe estar con su padre.

Cuando entro a la cabaña Ginore tiene al heredero Cavalli en sus piernas. No les presto atención ni a las demás niñas que hay junto a ella viendo alguna estúpida película en la pantalla. Voy directo a la habitación que estaba ocupando, pero antes de llegar veo a Emilie llorando sobre el cuerpo de su esposo mientras el médico que trajeron le dice que deben llevarlo a un hospital. Tomo una ducha, me preparo alimentos y salgo al patio donde ahora se encuentran los niños. Me siento en la cornisa observándolos jugar con la mujer de Nikov, al menos sonríe con ellos.

Alguien se sienta a mi lado y me tira una manzana. Las piernas desnudas me hacen pasar saliva, ¿quiere que me asesinen?

—Gracias —musita con suavidad.

—Parece que soy un santo, todos me andan rezando hoy en día —gruño.

—No sé cómo pagarte lo que has hecho.

—Cerrando la boca y alejándote de mí sería increíble, porque si el Capo sabe que estás a mi lado, probablemente salga como un zombi a joderme la vida.

Ella suelta una pequeña sonrisa. No buscaba que fuera un chiste, pero el sonido de su risa es recibido en mi pecho. Me alejo un poco para mirarla. Dios, estoy seguro de que en algún punto de mi vida amé a esta criatura, me obsesioné con todo lo que tenía que ver con su existencia. Hubiera muerto por ella, pero no fui valiente y por ello ahora es la mujer y madre de los hijos del Capo.

—¡Mami! —exclama la voz del varón.

Viene como un tornado sobre ella, parece querer reclamar su lugar. Giro mis ojos, hasta que el maldito aliento se me atora en la garganta cuando lo veo. Lo detallé un poco cuando hizo su llegada más temprano, pero ahora de cerca es difícil de digerir.

Toda la forma de su cara es idéntica a Kain cuando tenía su misma edad. Tengo una foto de nosotros más chicos, es lo único que me queda de mi gemelo no idéntico.

Una foto y aquellos momentos donde no intentábamos asesinarnos entre nosotros. Este niño es mi hermano de pequeño. Tiene los mismos ojos, el pelo es más parecido al chocolate de Dominic.

En *shock*, me pongo de pie, alejándome dentro de la casa, negando. Estoy jodido de la cabeza, eso es, toda esta situación me tiene mal. Ese niño no es hijo de Kain, ¡claro que no! ¡Se parece a Dominic! Pero también a mi hermano. Choco con Nikov, que me agarra de los hombros.

Me observa analizándome, como si supiera o hubiera visto algo que yo no. Trato de recomponerme, no puedo andar por la vida doblándome ante nadie ni perdiendo la compostura.

—Cuando la violó ya estaba embarazada —dice, leyendo perfectamente mis pensamientos. Estaba encinta, ¿entonces cómo?

—No entiendo de qué hablas —gruño.

Una guerra en medio de Noruega no es lo que quiero, y ahora mismo nuestras fuerzas están igualadas.

—Damon es hijo de Dominic.

¡Pero se parece a mi hermano!

—Mañana me iré —aviso, ocultando mis pensamientos. Estar al lado de Nikov cuando se vuelve un analítico es desquiciante, sus ojos negros parecen leerte hasta tus órganos internos.

—Vamos dentro —pide.

Asiento, y en cuanto se gira observo a mi espalda a las mujeres con los niños. Estoy loco, ¡estoy enloqueciendo! Lo sigo dentro hacia la cocina. Busca una botella de vodka y sirve dos vasos. Me entrega uno, pero yo necesito la puta botella, así que me tomo un trago bastante largo.

¿Cómo es posible?

—Necesito acabar con Dimak y tú encontrar a tu esposa… —empieza. Mi cabeza es un lío. Me tomo otro trago, sintiendo el ardor en mi garganta y estómago, pero sigo atento a sus palabras—. Ella tiene un GPS integrado a su espalda.

—¿Qué…?

—Un rastreador.

—¡Sé lo que es! —gruño—. ¡¿Quién carajos la tocó?! ¡Voy a matar a Dominic!

—Cálmate. Lo hizo para mantenerla segura, créeme.

—¿Segura? Está herida de bala, quién sabe dónde ¿y quién la involucró? Oh, sí, tu Don. No me jodas, Nikov.

—Te daré el canal para llegar a ella —dice.

Eso me hace callarme.

—¿A cambio de qué?

Con ellos siempre tienes algo que perder o dar a cambio.

—Una tregua entre ambos. Si te necesito vienes a mí, si me necesitas voy a ti. Nuestras mujeres estarán seguras en ambos lugares, no serán expuestas. Y que me dejes tener a Dimak. Con tus hombres y los míos se convertirá en cenizas.

—No seré tu soldado.

—No quiero que lo seas. Solo quiero que cerremos nuestras fronteras, que nuestros países no le den bienvenida a Dimak.

—¿Esto incluye a Sicilia?

—Sí —responde la rubia detrás, quien llega y me quita la botella para tomarse un trago.

—No tienes ese poder. Dominic está vivo.

—Ella lo tiene —garantiza Nikov—. Dominic estipuló que Emilie es la única encargada de dirigir cualquier orden, siempre y cuando él esté muerto o fuera de condiciones.

—Así que eres la reina de la mafia italiana. Irónico, ¿no?

—Damon es el heredero de La Orden, yo solo soy quien puede dirigir hasta su mayoría de edad, pero eso no será necesario. Dominic despertará en cualquier momento —susurra guardando algunos mechones de su pelo tras la oreja.

—Tienen que estar jodiéndome.

—Formaremos una organización perfecta, La Trinidad. Si aceptas cada uno de nosotros será un pilar…

«Me tienen miedo». Me percato de ello. Ya no soy la cucaracha bajo sus pies, ahora estoy por igual en la cima. No confío, incluso si Emilie está usando su belleza sobre mí.

—Nuestras tres familias permanecerían unidas —comenta Nikov.

—¿Qué me garantiza esta unión? La experiencia me ha enseñado que son volubles, siempre mirando entre ustedes. ¿Por qué debo confiar de nuevo en algo que venga de Dominic o Nikov?

Roth saca un dispositivo de su pantalón y lo empuja en la mesa hasta que se detiene en mi brazo.

—Nuestra primera ofrenda: Esa es la localización de Avery —anuncia. Miro sus ojos inyectados en sangre. Está carcomiéndose por dentro—. Entonces, ¿estás dentro o fuera?

CAPÍTULO 21

AVERY

«No puedo dejarlo».

Venir a Noruega era una misión de rescate casi imposible. Sabía que entraba, pero no si podría salir. El disparo en mi cadera arde mientras, velozmente, dejo inconsciente a Nikov. Veo desde el helicóptero cómo llenan de balazos al Capo. No es su persona en sí lo que me hace reaccionar, sino la mujer que lo espera en casa. Ella estará devastada si lo dejo atrás, si no llevo su cuerpo.

—¡Protégelos! —grito hacia Dante.

No me giro, solo me lanzo al vacío desde el helicóptero, que queda suspendido sobre el agua. El impacto me golpea con fuerza y no puedo evitar abrir la boca en un grito silencioso. El agua se me mete en la boca y, por un segundo, el pánico me ataca.

Subo a la superficie tosiendo. El hombre está en el piso, así que nado hacia el muelle, me impulso fuera y corro hacia él. Nikov llega a mi lado. Me sorprendo de verlo, creí haberlo noqueado lo suficientemente fuerte, pero quizás, en medio de la impotencia, solo le he pegado sin verificar que de verdad perdiera la conciencia. ¡Maldito estúpido! Está perdiendo la oportunidad de ser feliz, ¡¿no se da cuenta de que toda esta guerra es para que su mujer regrese a él?! Si ella o Nikov mueren mi misión será en vano.

—¡Maldito bastardo! —sisea molesto—. ¿Cómo pensaste que te dejaría?

—No debiste v-volver —se queja Dominic mirándome. Niego mientras rompo la tela de su pecho. Maldita sea, está herido grave.

—Te necesito con vida, no muerto —miento. Sé que si planeaba morir esta noche dejó todo en orden para entregarme lo que me pertenece. Observo de reojo en medio del caos hacia mi vikingo. Lucha cuerpo a cuerpo con Dimak. Algo se estruja en mi pecho. Sobre cualquier pronóstico, vino a salvar a la chica—. Nikov, debo huir de Vladimir, no puedo quedarme a ayudarte. Tendrán que sobrevivir solos, pero necesito que él viva. Tiene algo que me pertenece y que debo recuperar.

Varias ráfagas de balas pasan sobre nuestras cabezas.

—Nicklaus — susurra Don agarrándome la mano. Le cuesta hablar y parece estar teniendo alguna hemorragia interna. «New York».

Mis ojos se humedecen debido al llanto. Este hombre me ha dado una oportunidad de vivir, no la desperdiciaré.

—Gracias, por tanto —lloro.

Beso su mano y le acaricio el rostro. Después de todo, él me liberó. Espero que Vlad no tenga piedad, porque es quien va en la cima de esta guerra. Espero que el odio no lo ciegue y se dé cuenta de que ellos unidos son más poderosos que divididos. Mi alma y mi corazón se astillan, porque ese «Nicklaus» significa la llave de mi libertad.

Echo a correr hacia el helicóptero, el cual se encuentra vacío, escuchando mi nombre detrás. No me giro porque tengo estas increíbles ganas de correr hacia él y no a mi destino en New York. Quiero decirle que no tenemos un futuro, que antes de que llegara a mi vida ya estaba decidida a tomar mi camino, que ahora, por mucho que quiera, no puedo cambiar mis decisiones; que arriesgarme y fallar es un acto doloroso que no tengo el lujo de darme. Salto al aparato y Dante se moviliza a levantarnos en el aire. Veo a mi vikingo venir hacia mí, corre desesperado y furioso. Le he traicionado como todos, jugando a ser lo único que tenía. Dejo salir una lágrima presionándome la herida.

—¡Avery! —grita. Me asusto cuando salta, por un segundo creo que podrá llegar, pero Dante se eleva. Vocalizo un *lo siento*, aunque no alivie lo que he causado—. ¡Regresa! ¡Maldita sea, Avery!

Me muerdo el labio cuando mi corazón quiere adueñarse de todo. Me dejo caer hacia atrás en el asiento y el aire me pega fuerte. No puedo regresar, no soy una mujer que pueda adaptarse a vivir cautiva detrás de un hombre. Por mucho que mis sentimientos quieran dominarme y hacerme volver a los brazos del ruso… yo no nací para vivir cautiva. Las jaulas, aunque brillen, no dejan de mantenerte en la esclavitud.

Le indico a Dante rodear la isla y aterrizar en la cabaña de Dominic, necesito ropa limpia y cuidar la herida. Hago todo rápido y en mecánico. Venir aquí es peligroso, ellos quizás están en camino. Es una parada rápida antes de dirigirnos al centro de Noruega. Tengo la avioneta que me sacará del radar.

—Tienes que irte.

—¡No la dejaré así!

—¡Nos matarán a ambos! —grito.

Ejerzo fuerza en mi herida. No tengo tiempo de detenerme y coserla, solo desinfecté el área. Me haré cargo en la avioneta. Recibí entrenamiento de dolor para ser un soldado de la Bratvá, entrenamiento que me sirvió cuando estuve en el psiquiátrico recibiendo terapias de electrochoques. El dolor es minimizado por mi sistema, pero eso no evita una infección.

—Iré con usted…

—Seguirme te llevará a la muerte —gruño sabiendo que es una batalla perdida.

—Entonces habré cumplido mi servicio.

—Malditos hombres tercos.

—¿Usted hablando de tercos? ¡Ja!

—Si vienes guardas silencio, me duele la cabeza.

—Yo diría el corazón —revira sin guardarse lo que piensa.

Me ayuda a subir mientras los dos hombres de Dominic que me esperaban incendian el helicóptero para no dejar rastro. Avery Kozlova debe morir entre esas llamas. Dante se encarga de mi herida mientras volamos. Mi mente y corazón se dividen entre dos caminos opuestos. Lo que deseo y lo que debo hacer. Mis abuelos eran muy sabios, siempre se encargaron de decirme lo difícil que llegaría a ser enamorarme de alguien en este mundo, pues se arrepentían cada segundo de haber dejado a mi madre entrar a la Mafia Roja. Me tocó ver cómo aquello los fue consumiendo hasta volverlos nada.

Conozco toda la historia de Vladimir Ivanov, desde sus días de batallas en el *ring* de la Bratvá hasta cuando se pensó que la gloria había tocado su puerta al convertirse en el *Pakhan* de toda Rusia. Pocos sabíamos la verdad sobre Dominic Cavalli y su reinado en las sombras. Fui estudiando desde dónde podría huir, hasta que mi padre comprendió el tipo de amenaza que representaba para él. Igor Kozlov no solo perdería el dinero de mis abuelos, sino que ya no contaba con el poder de la Bratvá. Ese fue el golpe que le hizo enviarme al psiquiátrico. Era rebelde, no obedecía y tenía mis propios pensamientos, donde casarme y ser obediente no encajaban en mi lista de prioridades.

Para ser perfecta en la mafia debes ser bonita, fértil, dócil y muda.

Sonreír, aunque el maquillaje esté cubriendo la tanda de golpes que tu marido te propició porque no serviste la cena a tiempo o no le diste la mamada como esperaba.

Me crié observando a las mujeres esconder el abuso de sus hombres, solo porque ellos son quienes mandan. No quiero ser parte de ese mundo.

De Noruega aterrizamos en Londres, estoy hambrienta y cansada.

Dante baja primero de la aeronave, cuando yo lo hago encuentro a un hombre con lentes y gabardina. Me resulta inevitable no sonreír. Ambos somos la prueba viviente de que el Capo de la mafia italiana tiene corazón. Olvidando mi herida, salto a su cuerpo, abrazándolo. Dejo de ser un soldado y querer sobrevivir, simplemente saboreo el estar a su lado.

—Bienvenida a Londres, Bellota.

—¡No sabía que me recibirías! —chillo.

—Don dijo que necesitarías a una cara conocida.

Me aparto para tocarle el pelo, le encanta traerlo despeinado. Tiene esa frialdad en los huesos que espanta a todo mundo porque no lo conocen, no saben cuánto ha tenido que luchar para ser quien es hoy.

¿Mi decisión de no dejar el cuerpo de Dominic atrás para llevárselo a la Joya Cavalli? Aquí está, frente a mí. Ella participó en cambiarle la vida a Gael Rossini, el magnate más joven de Londres. GR Holding.in es la compañía millonaria que empezó como un juego, y hoy en día, cuatro años más tarde, es una multinacional.

—No se equivocó —susurro.

Conocí a Gael cuando salí de mi encierro. Duré dos meses con él aquí en Londres, adaptándome a mi nueva vida y escondiéndome de Igor. En ese tiempo desarrollamos una conexión y vivimos cosas bonitas; aprendí a ser normal, a pasear por la ciudad sin miedo, a tener un amigo. Disfrutar con las chicas.

—Usualmente nunca lo hace —revira. Sube la mano para acariciarme la mejilla y levanto la mía para acercarme más a su contacto. El anillo de matrimonio brilla entre ambos y los ojos grises de Gael observan impasibles—. Vamos a casa.

—No me quedaré…

—Sí, algo de eso me informaron.

Se inclina hasta dejar un beso sobre mi frente.

—Ya no tienes que huir. Quédate, tendrás todo lo que necesitas.

Antes ese era mi plan, cuando no tenía a Vladimir detrás. Ahora no quiero que nadie salga lastimado. Gael es un ojo público, está en las noticias, en las revistas de sociales. Su vida no le pertenece y yo no puedo verme involucrada, Vladimir ya es lo suficientemente poderoso como para alcanzarme en Londres.

—Gael…

—No he dejado de quererte —pronuncia. No quiero escuchar esas palabras porque no es correspondido.

—Yo no… —niego sin saber qué decir. El nudo en mi garganta se incrementa—. Es peligroso para ti.

—Sabes que no lo es, solo estás tomando esa excusa. Sé honesta, Avery.

—Creo que me enamoré —sollozo. Se aleja, sin embargo, no me atrevo a mirarlo a la cara. Soy la misma mujer que dispara, golpea y asesina sin parpadear, pero que en cuestiones del amor se vuelve una niña que no tiene control de nada—. No era el plan. No tengo idea…

—¿Te enamoraste de Vladimir Ivanov?

—No lo digas así —suplico.

—¿Así cómo?

—Como si fuera malo.

—¿Y no lo es? ¿Tengo que recordarte quién es?

Un asesino, mafioso y peligroso a rabiar. Un hombre sin escrúpulos, sin alma.

Me muerdo el labio, sin poder decir nada. Suelta una maldición antes de girarse y abrir la puerta de la camioneta en la pista de aterrizaje. Dante ya está sentado de copiloto y Gael sube a mi lado en cuanto me acomodo. Nadie dice nada, pero puedo sentir la decepción que destila de su cuerpo. Conocía mi misión, pero nos convencí a ambos de que nunca podría sentir nada por Vladimir, que conocer su historia y tener una idea de quién era él realmente no me afectaba, que solo era una misión, la última antes de tener mi boleto de felicidad.

No le debo nada, si debo ser sincera, pero eso no evita que me duela decepcionarlo.

Clairie se encuentra esperándonos en la entrada, es su hermana pequeña. La chica por quien se desvive está en ropa de dormir. No duda en correr hacia mí cuando me ve. Me trago la punzada de dolor cuando me abraza, pero la ropa se me mancha de sangre. Es motivo suficiente para preocupar al magnate.

Entramos en su casa, donde se está sirviendo el desayuno. Conozco cada pared y tengo bastantes recuerdos aquí: nosotros jugando con las chicas y disfrutando de ser jóvenes, aunque Gael tuviera la carga de dirigir un emporio[6]. Su fortuna empezó con un cheque en París, el cual convirtió en una fortuna legítima.

—¿Podría…?

---

6 Ciudad de gran riqueza comercial

—Tu habitación está lista —me corta caminando hacia su oficina.

—Pero ¿qué le pasa a este? Parece que se atragantó el culo con un puercoespín.

Sonrío hacia Clairie. Es una chica alegre, divertida, llena de mucho entusiasmo.

—Deja de molestar a tu hermano. Iré por una ducha y a dormir.

—¡Pero tenemos mucho de qué hablar!

—Cuando despierte.

Me alejo de ella escuchando su grito.

—¡Despierta antes de que me vaya a Milán! ¡Tengo un desfile!

Le enseño mi pulgar hacia arriba y subo al segundo nivel, buscando mi antigua habitación. Antes me detengo frente a la de Gael. Hace meses estuve aquí, en una madrugada, a punto de entrar y buscar su cariño, su afecto, pero regresé a la mía, porque dentro de mi ser comprendía que nunca sería suficiente para él, que merecía más que ser el hombre de paso. Y algo me decía que no tenía lo que se requería para ser la mujer que esperaba y necesitaba tener. Quiere un mundo limpio de la mafia y yo cargo con recuerdos. A diferencia suya, los míos están adheridos, demasiado profundos.

Incluso estar en esta casa los pone en peligro a él y Clairie.

Todo sigue intacto: parte de mi ropa, los pocos adornos. Cada detalle que me devolvía las ganas de vivir. Una fotografía de nosotros al lado de la cama. Acaricio los cuatro rostros sonrientes. Es un vistazo de cuán feliz podría ser si la vida fuera de otra manera. Dejo los sentimientos de lado, me baño y entro a la cama. Mi estómago protesta por comida, pero el cansancio es mayor.

Alguien me acaricia la mejilla y me aparta el pelo de la frente. Siento un cosquilleo con su toque porque es delicado, gentil. Sonrío en medio de la oscuridad.

—Traje un poco de comida —susurra con suavidad.

—Gracias por no molestarte.

—Es demasiado pronto para agradecérmelo, pero entiendo que debía pasar así. —Abro los ojos y me incorporo. Él enciende la luz de la mesita. No me da temor mostrarme ante él solo en una blusa de tirantes y unas bragas pequeñas. Gael es un hombre de respeto, jamás cruzaría ninguna línea conmigo si estoy en contra, además de que rompería sus huesos, es demasiado correcto.

—No entiendo cuándo pasó.

Se mueve colocando una bandeja a mi lado y me acomodo sentándome. Entonces enciende la televisión y busca *Discovery Chanel.* Le fascina mirar documentales.

—Tal vez no estás enamorada, sino que has desarrollado sentimientos por un hombre mafioso dada la falta de cariño por parte de Igor.

—No me psicoanalices —regaño y llevo un pedazo de pollo frito a la boca—. Vlad es todo lo opuesto a Igor.

—Son mafiosos, Avery. Ambos.

—Asesinó a Igor —confieso.

—¿Y le debemos dar una medalla a mejor asesino o algo así?

—No, solo digo…

—Estás hablándome de que un hombre asesinó a otro sin tener consecuencia por ello. Eso no es normal, no es sana tu emoción al decirlo.

Guardo silencio. Si bien Gael procede de la mafia italiana se ha dedicado a mantenerse alejado. Tiene un pacto con Dominic, y le agradece, pero odia todo lo que eso representa. Está en su derecho, como yo estoy en el mío. Quizás mi vida está más adentrada en la mafia, y por ello hablar de muerte no remueve nada. Yo misma he asesinado. Las manos que él ansía que le toquen han quitado vidas, siendo juez de quién vive o muere.

Degusto los alimentos con rapidez y luego me pongo de pie. Su mirada me persigue hasta que abro las ventanas y encuentro la noche, parece que dormí todo el día. Me quedo prendada del cielo antes de atreverme a abrir la boca.

—Hace diez meses me fui creyendo que podría volver, que quizás en algún punto existiría un futuro. Te quiero, Gael, siempre lo haré, sin embargo, nuestros caminos deben estar separados… Si me quedo traeré la desgracia que tanto has luchado por abandonar. Me obligué a no pensarte, a olvidar cualquier momento a tu lado, porque incluso temía decir tu nombre y ponerte en algún peligro, por mínimo que fuera. Lucho cada minuto con dejar la mafia atrás, pero sé que puede alcanzarme, y cuando lo haga no será de forma bonita.

Percibo su cuerpo a mi espalda, luego sus brazos me rodean para llevarme contra su pecho. Ese calor de hogar me envuelve. Es más alto que yo, así que su cabeza reposa en mi coronilla.

—Debo volver a New York. Luego de eso, mi plan es desaparecer. No tengo nada que ofrecerte… Ni siquiera mi corazón, porque un maldito mafioso se lo ha quedado en Noruega. Y duele saber que me enamoré de lo que más odio, pero no lo pude evitar. Solo tengo el consuelo de saber que Vladimir Ivanov, dentro de todo lo sanguinario, también tiene una parte humana —finalizo.

Vlad lo demostró al ir a por Britney Ginore, arriesgó su posición frente a Dimak por salvarla. Es un mafioso y no espero que haga buenos actos, ni sea un monje, pero dentro de su maldad existe justicia.

—Estuve esperando tanto a que volvieras… Ahora te irás y no volverás.

Sé el daño que estoy causándole, pero a largo plazo será un bien mayor.

—Encontrarás a una chica…

—No lo digas —suplica—. Entra a la cama conmigo, veamos ese documental de mujeres asesinas y volvamos al pasado. Luego, a medianoche, subirás al *jet* que te llevará a New York. —Carraspea cuando sus palabras le fallan—. Envía postales, o algo así.

—Puedo hacer eso —garantizo. Me giro en sus brazos, sin poder evitar mirarlo a los ojos—. Mereces ser feliz.

—Tú igual.

—Y lo seré, muy pronto seré feliz.

Hago lo que me pide, vemos el documental enredados uno en el otro. Me acaricia el hombro y, aunque siento dolor en mi herida, me lo aguanto para darle este poco de felicidad, una partida digna. A medianoche volvemos a estar despidiéndonos, esta vez quizás sea la definitiva. Por más que quiera evitarlo, no lo hago. Termino dándole un beso en medio de la pista de despegue. Gael me acorrala contra el deportivo y su boca dominante me toma por sorpresa, así como el apretón rudo de pelo y la presencia imponente de su cuerpo. ¡Jesús! Hace que suba a las nubes con solo un beso desesperado. Por un segundo parece fundirme el cerebro. Nunca intenté nada porque le imaginaba siendo cuidadoso o tierno, pero esto está cerca de ser un ocho en la escala que Vladimir mostró un super diez de diez. No sé por qué, pero cuando nos alejamos tengo una sonrisa.

—¿Qué? —pregunta, también sonriendo.

—No sabía…

—Jamás lo intentaste. Quizás ahora quieras quedarte —bromea tocándome los labios.

—Umm.

—Debía intentarlo, Bellota. —Odio que me llame así. Soy la chica poderosa gruñona.

—Te quiero.

—Yo mucho más… No olvides las postales.

—Lo prometo. —Beso su mejilla antes de separarme y caminar al *jet*. Dante se encuentra en la escalera listo para ayudarme a subir, y justo

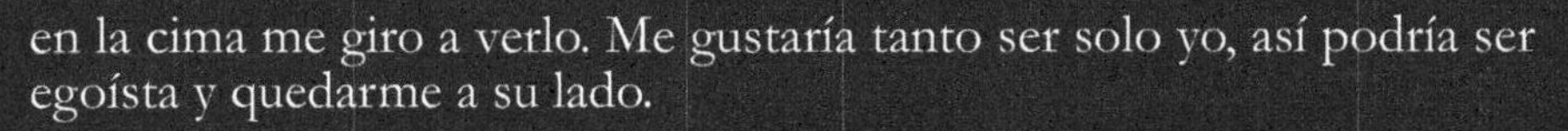

en la cima me giro a verlo. Me gustaría tanto ser solo yo, así podría ser egoísta y quedarme a su lado.

—Está haciendo lo correcto, señorita Avery —dice Dante. Incluso él lo sabe.

Sin más, entro al aparato, y me siento junto a la ventana contraria, donde dejo caer mi cabeza. Gael Rossini no es un hombre para mí. Recibo un coctel de medicina que me hace dormir la mayor parte del vuelo, no sé si Dante lo ha hecho con la intención de que permanezca sedada para así no sufrir la despedida de alguien que fue muy importante para mí.

No aterrizamos en New York, sino en Jersey, y nos movilizamos en tren hasta Manhattan tratando de pasar desapercibidos lo máximo posible. En este momento seguro que mi cabeza está siendo buscada entre cada miembro de la Bratvá como una fugitiva, seguramente incluso Dante se encuentra en la lista. Solo espero que la búsqueda de Vladimir sea corta. Mujeres que caigan a sus pies existirán, en una semana ya no seré de su interés.

O ese es el engaño que quiero creerme.

Me siento un poco mareada en pleno sol del Times Square y me agarro de una pared. Dante se para a mi lado con rapidez.—Necesita más medicamento y limpiar esa herida.

—Ahora no —gruño—. Necesito llegar a Nicklaus.

—Puedo ir yo…

—¡No! —grito.

Debo ser yo, necesito ser yo. No voy a caer, no cuando ya estoy tan cerca. Tomamos un taxi hacia su lujoso ático. Entro por la puerta de servicio porque no puedo ingresar por la principal y arriesgar a que algún soldado esté cerca. Subir las escaleras es lo peor de todo, pero la determinación va más allá y el empuje de mi hombre de confianza me da seguridad para seguir. En el décimo piso alguien sale del ascensor y aprovechamos para subir y presionar el último piso.

—Dame un arma.

La seguridad de Nicklaus estará lista para volarme la cabeza.

Dante hace lo que pido y el sudor dificulta mi agarre. Me mira negando, pero no tiene más remedio que seguir mis órdenes. Caeré cuando tenga mi mundo ya centrado. Es extraño que cuando se abren las puertas todo esté vacío, es un maldito desastre que nadie se encuentre protegiendo su puerta. Mis alarmas se encienden y cada escenario fatalista pasa detrás de mis párpados. Asustada, camino hacia la puerta y disparo a la cerradura. Sé que debo parecer una loca cuando pateo la puerta y entro a su departamento.

El italiano aparece saliendo de lo que parece ser su sala, activa su arma y me apunta. Por un momento parece aliviado de que sea yo.

—¿Por qué carajos…?

—¡¿Dónde está?! —lo corto. No me interesa nada que pueda decir.

—¡Hey, cálmate!

—¡¿Dónde está…?! —insisto. Entonces, justo en ese momento, dejo de respirar cuando su pequeño cuerpo sale de dónde venía Nicklaus. Su cabello castaño rizado, sus enormes ojos azules iluminados. Está arreglándose el vestido con sus mejillas encendidas—. Alaska.

La adrenalina sale de mi cuerpo, la energía se me drena del sistema y la fiebre intensa que traigo desde el vuelo se multiplica en milésimas de segundo, ya que he guardado todo eso, tragándome el dolor y el agotamiento, porque no veía la hora de llegar a ella. Caigo en el piso de rodillas, dejando el arma de lado. Ella corre hacia mí para abrazarme fuerte, sollozando en mi hombro. Es mi única luz verdadera, por quien juré volver. «Y aquí estoy, Alaska. Regresé por ti, hermana».

—¡Volviste! —llora.

Asiento uniendo nuestras frentes. Nunca la dejaría sola, Alaska es más importante que cualquier hombre en el mundo. Es parte de mí. Lo único puro en mi vida, a quien siempre protegeré. No dejaré que nadie la lastime, por ella soy capaz de ir y volver del mismísimo infierno.

CAPÍTULO 22

VLADIMIR

La Trinidad… Una unión a la cual temo. Es una línea muy delgada que puede fracturarse en cualquier instante, pero que he aceptado. No solo por la ubicación de mi esposa, sino por el futuro de nuestras familias. Ha quedado claro que no somos amigos y que no confiamos entre nosotros, pero también este encuentro fue revelador. Unidos en contra de nuestros enemigos somos mejores, no existe oponente a nuestra altura.

El aire de New York me sienta de maravilla cuando salgo del *jet*. Me quedo un momento apreciando estar de regreso en la gran ciudad, esta vez con una determinación férrea de encontrar a mi mujer y llevarla a mi lado, donde pertenece.

Los días de libertad para mi Zaria han llegado a su fin. Estoy aquí, dispuesto a mover la ciudad de cabeza para obtenerla. No existe nadie que pueda interponerse en mi camino. Ella regresará a mi rebaño, bajo mi protección.

Avery no entiende que puedo provocar fuego en el mundo y simplemente llamarlo lluvia, porque soy hijo del caos mismo. Aprendí que una mentira es capaz de alzarme alto y llevarme a lo más bajo.

Avery es irresistible, indispensable e intoxicante. Todo lo que he podido pensar en mi estadía en Noruega es en ella. Fuego, oscuridad y sangre.

El problema de mi reciente esposa es creer que tiene la opción de decirme no, de negarme algo. Creo que confundió esta unión al creer que tenía escapatoria. Le di oportunidades de hablar, pero parece que la comunicación no es lo mío.

—¿Tienes mi encargo?

Dimitri, que se encuentra pegado a su *laptop,* me da un simple sí. No deja de teclear, ya que está metido de lleno en el tema del petróleo y al parecer va teniendo muy buenos resultados. ¿Quién lo diría? La trata de personas, después de todo, no es un gran negocio. Esta mañana amanecí dos veces más rico y ninguna mujer resultó herida. El chofer conduce al destino que mi mano derecha le ha dado. Antes de ir por Avery tengo una pequeña parada que me resulta bastante fascinante.

—¿Mantendrás el nombre original o prefieres una marca distintiva?

—Original —respondo. No me interesan los temas legales para ponerle un nuevo nombre a la industria—. ¿Cómo está Becca?

Hacer esa pregunta antes dolía, me recordaba que no era merecedor de ella, pero ahora siento que el día de que vuelva conmigo se acerca más y más, que está completamente a salvo, más aún bajo la protección de esta nueva alianza.

—Está enorme. Ahora intenta caminar y dice algunas palabras… No la traje.

—Hiciste bien, pero me gustaría verla al regresar a Chicago.

—Es nuestra hija, no debes pedir permiso para verla.

—¿Y tu esposa?

—Está en Los Ángeles ¿o era Jamaica? No lo sé. Salió hace unos días con sus amigas.

No entiendo cómo no le molesta en lo más mínimo y finge que es un matrimonio *normal.*

—Si tu esposa no está, ¿quién está cuidando a Becca?

—La… niñera.

Umm, el tono cauteloso que emplea me hace acariciar la barbilla.

—¿Y esta niñera es joven?

—Algo… Sí.

—Bien —claudico con una sonrisa ladeada.

Parece que está jodiéndose a la niñera más que a la mujer. Su esposa es una perra, y no en el buen sentido. No me la trago de ninguna manera, no sé, algo en ella me hace desconfiar. Si bien sé que es un matrimonio de formalidades y apariencias, de igual modo no viviría así, compartiendo mi lugar con una insufrible.

—Bien, ¿qué?

—Nada.

—Dime lo que estás pensando.

—No pienso nada.

—Te conozco, Vladimir.

—No he dicho nada…

—¡Me gusta! ¿Está bien? La mujer me trae loco, ¿feliz? —gruñe. Le golpeo el hombro. Desde que actúa a la defensiva sé que algo le atormenta—. Estoy follándome a la niñera, la salgo a buscar en la madrugada y le armo escenas de celos. ¿Desde cuándo soy así? Marie anda de país en país y guardo silencio, pero la niñera sale de fiesta en su noche libre y la persigo, ¡¿qué carajos está mal conmigo?!

—Que sigues casado con la arpía, eso es lo único malo.

—No puedo dejarla.

—Puedes matarla —reviro.

—Por Dios, Vlad.

—Es cierto. La matas, haces desaparecer el cuerpo y listo.

—No todo se resuelve matando gente.

—¿Cómo que no? Es más fácil y menos papeleo.

—Contigo no se puede hablar —lamenta refunfuñando y vuelve a su *laptop*.

—Divórciate de la arpía si no quieres matarla. No eres un buen esposo, estás follando a otra, no la amas. Dale dinero y escapa de ese problema.

—Lo pensé, pero ambos sabemos que Marie deberá volver con su familia, que pierde la oportunidad de casarse de nuevo.—Estás repitiendo el mismo patrón que tuve con Dalila y mira cómo terminó todo. Reflexiona —expongo con sinceridad.

Cuando veo el pasado logro entender por qué Avery lucha por ser diferente, no quiere acabar en las garras de la mafia por siempre. Un claro ejemplo es Britney Ginore, metida en las drogas para soportar toda la mierda que ha caído sobre ella. Dalila se refugió en el alcohol y el sexo para llenar las otras áreas que estaban vacías. Las mujeres son demasiado vulnerables en nuestro mundo, un blanco fácil de atacar.

Llegamos al muelle, donde tengo un regalo esperando. La chica se encuentra encadenada a la silla, con su rostro cubierto por una bolsa de tela negra.

Es mi primer acuerdo de paz dentro de la Trinidad, un obsequio para Roth Nikov.

—¿Estás seguro de enviársela? Es un *hacker*, sería de gran ayuda.

—Ella no es fiel a nadie, solo a sí misma.

La chica mueve el rostro cuando intento apartarle la tela.

—Bueno, Nikov se divertirá con ella —dice.

—Creo que Britney lo hará más —afirmo. La chica tiembla con la mención de dicho nombre—. No pudiste joderla y está loca por vengarse, ¿sabes? La vi entrenar con Nikov y es un espectáculo. Disfruta tus últimos momentos de vida, niña. Cuando terminen contigo desearás la muerte… Ah, lo olvidaba, ese agente tuyo de la CIA ¿adivina? Fue crucificado en plena plaza, todo un escándalo. Imagino a Dimak corriendo. Si Nikov lo atrapa… Mmm, no terminará bien.

Trata de fingir que no está llorando, pero reconozco los sollozos bajos que se le escapan. Empiezo a retirarme del vagón de carga en el que viajará hacia Rusia.

—P-Puedo serte útil —dice, casi suplicando.

—No me gustan los traidores.

Cierro la puerta, dejándola encerrada en el calor excesivo del metal. Serán unos buenos días de tortura dentro de la caja antes de llegar a su destino. No le tengo lástima, ella, junto a Dimak, han dañado a mucha gente, niños inocentes drogados para ser soldados perfectos. Sí, tengo hombres que mueren por mí, pero eligen esta vida. Esa es la diferencia.

Volvemos a mi *suite*, pues tengo que encontrarme con mi esposa esta noche, aunque no tengo prisa ahora que conozco su paradero. Ha pasado una semana desde aquella noche en Noruega. Tuve que detenerme en Dubái y controlar mi nuevo imperio luego de abandonar a Nikov y Emilie. Me baño, como algo y entreno, el ejercicio me ayuda a pensar. Necesito concentrar mi mente y ser neutro, no dejar que las emociones e impulsividad me dominen o terminaré rompiendo esta puta alianza débil, ya que lo único que tengo en mente es a mi mujer, quien ha permanecido tres días en el apartamento de Nicklaus Romano. Me he imaginado miles de escenarios entre ellos dos.

¿Me abandonó por él o por la mafia? ¿Tienen alguna relación? Lo único que me ha dejado medianamente en paz es reconocer que fue mía primero, eso no fue fingido. Ella era virgen, yo fui su primer hombre y, por los clavos de Cristo, espero seguir siendo el único. No le perdonaría que deje a nadie más tocarla.

—¡Tengo lo que necesitas! —exclama Dimitri mientras estoy haciendo pesas. El sudor me cubre por completo—. Una, el barbero ya llegó y dos, no creerás toda la información que tengo.

—¿Necesitaré vodka?

—La puta botella. —Alza la bebida que trae.

—Entonces empieza, hermano —demando agarrando la botella. Está oscuro afuera, la noche se ha adueñado de New York y temo que también de la oscuridad de mi alma.

—Avery se reunió con un niño rico en Londres, su nombre es Gael Rossini. No tiene pasado, la prensa lo acosa porque no entienden de dónde ha salido su fortuna, la cual es legal —informa mientras caminamos por la *suite* del hotel hasta el recibidor, donde un hombre mayor está instalando todo para cortarme el pelo y arreglar mi barba.

—¿Algún familiar de Avery?

—No —niega y me muestra varias fotos difusas en una *tablet*—. Encontré esto en la *deep web*, son Dominic Cavalli y Gael Rossini en una caminata en Londres; y esto… —Me pasa el aparato. Las imágenes no son claras, pero no soy un maldito ciego. Es el mismo tipo, alto, millonario y guapo con las manos sobre mi mujer—. ¡No mates al mensajero! —advierte al ver mi postura.

No puedo apartar la vista de ellos. Ella besándolo, cerca de alguien más que no soy yo. ¡¿A cuántos malditos hombres tengo que matar?!

—Tiene muchas explicaciones que dar la muy zorra, ¡sabía que no debía confiar en ella!

—Espera —me pide Dimitri quitándome la *tablet*. El barbero está asustado por mi mal genio. Al instante agarro la botella de vodka y doy un trago largo—. Vlad, no pierdas la cabeza y escúchame.

—No puedo matar a Nicklaus, pero sí al *fuck boy* de Londres. Lo quiero muerto, ¡¿entiendes?!

—Mira esto, Avery tenía una vida en Londres. Estas son fotografías de ellos, y mira estas chicas ¿ves algo extraño en ellas? Esta se llama Clairie, es hermana de Gael, pero esta se llama Alaska. Y aquí es donde todo se vuelve realmente extraño.

—¡No me importan unas chiquillas! ¡Te dije que quiero saber por qué ella se empeña en huir! ¡No fotos de un cuarteto feliz! ¡No fotos de mi mujer besándose con otro!

—Su nombre es Alaska Kozlova —corta. Me siento en la silla respirando agitado y confundido. Igor no tenía una segunda hija, de lo contrario me hubiera enterado—. Hace tres años que aparecen registros de ella, antes estuvo recluida en un instituto nada *normal* toda su vida, Vlad, y lo peor recién empieza, en este instituto su nombre era Alaska Schiavone.

—¿Schiavone?

El apellido me hace ruido, pero la furia no me deja procesar lo que mi mente grita.

—Dominic Cavalli Schiavone…

—Es un apellido, puede ser coincidencia.

—Esto no… —sentencia. En su *tablet* aparece una partida de nacimiento. La niña es italiana, con el nombre de Isabella Schiavone como madre legítima y Gabriel Cavalli como padre—. El dueño del instituto era Igor, se desmanteló este lugar cuando Avery tenía apenas su mayoría de edad. ¿Adivinas quién lo descubrió? Ajá, ella. Estoy hablando de cosas turbias, violaciones, venta de niñas, una especie de secta religiosa. Los cuidadores eran hombres, todos, y las estudiantes chicas. Parece que Avery intentó volverlo público, luego de eso ella desapareció. Mira.

La foto que me muestra me corta cualquier tipo de furia. Es mi guerrera, pero solo puedo reconocerla por sus ojos, de otra manera los moretones y la inflamación en su rostro lo harían difícil. «Mata a Igor». Ella no me lo pidió para que fuera *Pakhan*, sino para acabar con su verdugo, el hombre que la destruyó.

—Esta es la chica. ¿No se parece a alguien? Por favor, dime que no estoy loco.

—Kain —susurro.

Ella es idéntica a mi hermano, solo que en versión de mujer. Recuerdo a Damon, el hijo de Dominic ¿por qué se parece a mi hermano? Según las fechas, no existe manera de que sea biológicamente hijo de Kain, pero su parecido es alarmante, incluso tiene sus ojos grises, como esa chica, Alaska.

Mi cabeza empieza a palpitarme al mil, tratando de hilar toda la información.

—Padre nunca hablaba de madre, solo teníamos un recuerdo de ella. Ahora que estuve en Noruega me sorprendió conocer a uno de los hijos de Cavalli, es un retrato de Kain; y ahora esta chica… No sé qué pensar.

«Está en nuestro ADN…».

Esas fueron las palabras de Dominic.

—Kain hizo muchas estupideces antes de que Dominic perdiera por completo la cabeza —digo tocándome el rostro, las cicatrices que me provocó. Estaba furioso, pensé que moriría esa noche. Kain había abusado de su poder y me eché la culpa tratando de encubrir su error. Dominic, aunque demostró su poderío, me dejó vivir. Hizo que muchos hombres le perdieran el respeto por ese acto y me pregunté por qué era tan valioso para él.

—La chica no puede ser hija de Igor, eso la deja como posible hermana de Dominic, pero no creo que él lo sepa. Avery la ha cubierto demasiado bien. Para encontrar esta información he pagado casi cuatro millones, ¿quién iba a querer esconder a una simple jovencita?

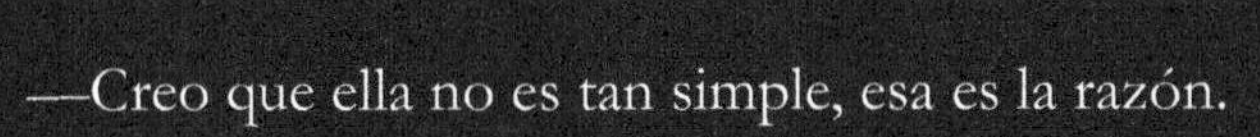

—Creo que ella no es tan simple, esa es la razón.

—Sé que no te gustará esto, pero Kain visitaba ese instituto y un psiquiátrico en Rusia donde estaba Isabella Schiavone. Él se reportaba como su hijo y tú te pareces a ella, Vlad.

Es demasiado, ¿será que entre Cavalli y yo existe algo más que solo este odio?

—Tal vez somos primos o sobrinos, qué sé yo. Gabriel odiaba a los rusos.

—Corrección: odiaba al padre de los Nikov porque era su máximo enemigo, pero tenía a Akie Ivanov de su lado. Ellos eran buenos amigos, según mi madre. Y ustedes llegaron de la nada, Vlad. Un par de mellizos, nadie hizo preguntas, pero ahora es fácil saber las suposiciones…

—Que soy medio hermano de Dominic Cavalli.

—Y que esta chica, Alaska, puede que sea tu media hermana también. Además, descubrí que todo este tiempo se ha encontrado en el departamento del *consigliere* del Capo, a donde llegó tu mujer. La única que tiene respuestas de todo esto es Avery.

—Ella no hablará conmigo, al menos no por las buenas. Necesito a esa chica, Alaska. Debo tenerla en mi poder, así Avery vendrá por su voluntad hacia mí.

—Tenemos suerte, está en el departamento, pero Alaska no. Está en unas carreras clandestinas de coches, donde mágicamente Nicklaus Romano participará esta noche, en Queens. ¿Cancelo el corte de pelo?

—Bueno, debo ir a por mi hermanita desprotegida. Iré con los hombres, tú trata de buscar cualquier información que me relacione genéticamente con Dominic o esta chica.

—Una prueba de ADN con ella es una solución rápida.

—Entonces busca un jodido laboratorio.

Dejo el vodka de lado, ni el trago más fuerte podrá quitarme el amargor en la boca de mi estómago. Avery tiene mucho que explicar y yo mucho más por descubrir. Antes de que salga el sol esa chica estará en mi poder y mi mujer vendrá a mí.

CAPÍTULO 23

AVERY

Descubrí la existencia de Alaska cuando era apenas una adolescente y todavía creía que existía algo rescatable en mi padre, pero percatarme de las cosas que sucedían en varios de sus negocios me hizo ver la verdad. Hay monstruos que nunca cambian, que no existe amor ni redención para ellos, y el dinero y poder los convierten día a día en las pesadillas vivientes de otras personas.Nunca tuvimos una relación real como padre e hija, de hecho, me odiaba porque tenía una vagina y no el pene que hubiera preferido.

—Cicatrizó bien —informa Dante.

Me bajo la playera complacida. No podemos quedarnos un día más en New York. Ya todo está listo para partir.

—¿Dónde está Alaska?

He desarrollado un vínculo extraño con ella, necesito verla para poder, de alguna manera, tener paz. Alaska es la única sobreviviente de una serie de fatídicos actos. Ver cómo tu padre ordena la muerte de decenas de chicas no es un recuerdo que quieres tener. Aunque entrené para ser un soldado, en ese momento aún partes mías eran buenas e ingenuas. Cuando me enteré de que estaba manejando un instituto como prostíbulo creí que podía ir con las autoridades y mostrar lo que sucedía en aquel lugar, sin prever que era un acto erróneo de mi parte. Fue solo el comienzo de un calvario. Igor las encerró, las vendió cada noche a hombres diferentes y luego, cuando la verdad estaba sobre su cuello, incendió el lugar con ellas dentro. Las únicas en sobrevivir esa noche fuimos Alaska y yo, no entendía por qué ella era especial entre las decenas y decenas de chicas.

—En la piscina común. No deja de nadar.

—Está inquieta.

—Eso parece —susurra Dante—. ¿Cuál es el siguiente paso?

—Nos vamos mañana —determino saliendo de la habitación para buscar a mi pequeña consentida.

Le he dado todo lo que he podido pensando que eso puede cubrir el daño que ha sufrido desde pequeña. Me siento culpable de su destino sabiendo que mi padre fue nuestro verdugo. Tampoco miento, Alaska es una garantía para mi futuro. La amo como si tuviera mi misma sangre en sus venas, sin embargo, muchas veces pensé en usarla de trampolín para alejarme de esta vida. No pude confesarle la verdad a Cavalli, aunque lo intenté. Tampoco le he dicho la verdad a ella. Soy una mentirosa y traicionera de lo peor. He mirado durante todo este tiempo por mi propio bienestar, ¿eso me hace mejor que Igor?

Si le confesara al Capo que la chica a quien salvó aquella noche junto a mí es su hermana, ¿qué pensaría? ¿La protegería? Es el tipo de hombre que se sacrificó por su amigo, por supuesto que le daría protección, y quizás, a su manera, cariño. Soy egoísta porque en el fondo sé que oculto la verdad para no quedarme sola, sabiendo que ella de igual manera quiere apartarse de todo. Me digo que lo hago por ambas, que elijo callar por su propio bien, incluso cuando sé que es una vil mentira. Elijo callar por el mío, porque necesito a alguien a mi lado, algo por lo cual luchar y aferrarme, porque si no fuera por Alaska volaría a Chicago y me arrastraría pidiéndole perdón a cierto vikingo. Niego saliendo al techo del lujoso *penthouse*. Ella se encuentra sentada en la orilla de la piscina, testeando en su móvil.

—Cero dispositivos digitales —regaño.

—Estaba hablando con Clairie —dice sonriendo, gesto que no alcanza sus bellos ojos grises. Parece mi hermana de verdad, es fácil hacerla pasar por mi pariente real. Hasta ella lo cree.

Tiene puesto un biquini rosa de dos piezas, con su pelo húmedo secándose al sol. Es hermosa, tiene ese gen de los Cavalli que la hace resaltar y ser un foco. Es brillante, entra a cualquier lugar y su presencia te hace notarla.

—No puedes usarlo, podrían…

—Nicklaus hizo que no sea rastreable —anuncia.

Sus mejillas se encienden en cuanto pronuncia el nombre. Ladeo la cabeza observándola confundida.

—¿Sucedió algo mientras no estuve?

—Nada. —Gira sus ojos en un acto que demuestra estar incómoda con mi pregunta. Me siento a su lado, sumergiendo mis piernas en el agua—. Él cree que soy menor, fue divertido molestarlo.

—Alaska.

—No pasó nada, solo estaba jugando. Lo prometo.

—Mañana nos iremos, así como querías —informo apartando varios mechones de pelo fuera de su rostro—. Haremos una nueva vida, podrás conocer a un lindo chico y tener una relación normal. Nadie sabrá…

—Fingiremos que es normal, ¿pero lo es? Ya no sé qué pensar —confiesa en media voz—. Podemos escapar de una ciudad, pero los recuerdos nos van a perseguir. No dejaremos de ser las hijas de Igor y las cosas que nos hicieron continuarán con nosotras. Es contradictorio, Avery, pero estas semanas con Nick… Me sentía protegida.

—Ahora yo voy a protegerte. Lo haremos juntas —aseguro. Guarda silencio mordiéndose el labio—. Irás a la universidad.

—New York es enorme, quizás…

—Pertenece a Don y él siempre busca la manera de estar enterado de todo. Quedarnos no es una opción.

Si lo hago tomaría el riesgo de que descubra la verdad. Además, New York no está lejos de Chicago. Vlad puede encontrar una manera de llegar aquí, sé que odia a Dominic y eso me brinda un poco de protección extra, pero es mínima. Y estar observando sobre nuestros hombros cada tanto no es la vida que queremos.

—¿No sientes nada por Ivanov?

—Era una misión. Terminó, ya no es un problema —miento tragándome el dolor que siento con la mención de su nombre.

—A veces quisiera ser igual de fuerte que tú.

Y a mí ser más libre, no sentir esta atadura hacia un hombre que es malo, que llegado el momento puede ser cruel, que lucha por lo que quiere. Por mucho que mienta en voz alta en mi interior la verdad siempre late de forma continua. Ese hombre se robó una parte de mí, dominó mi esencia y ahora siento que solo soy un caparazón a medio vestir. Que parte de mi coraza se ha ido desprendiendo mientras finjo que mi corazón no lo extraña con cada latido.

—Bueno, mejor vamos a bañarnos.

—Ve tú, yo no puedo. —La empujo escuchando su risa y parte del agua me salpica toda, pero me alejo de la piscina. No estoy en condiciones de tomar un chapuzón.

Regreso para empacar algunas de nuestras pertenencias, ubico la nueva casa en Montreal y las identidades que conseguí para nosotras. Dante piensa que vendrá, pero no puedo llevarlo. Solo estaremos nosotras intentando adaptarnos al nuevo mundo, con Dante sería complicado. Tiene la pinta de ser algún militar y no pasaríamos desapercibidas.

Mientras el sol se va escondiendo en el firmamento llega esa melancolía que ahora es mi compañera por las noches. En la oscuridad los momentos que compartí con él regresan con fuerza y uno en particular me duele: cuando enterré mi cuchillo en su vientre, ese dolor que me dejó observar en su semblante. Fue una carta abierta para mí de sus emociones.

Las horas pasan y me extraña que Alaska no venga a darme las buenas noches. Cuando salgo de la ducha no la encuentro en mi habitación, pero no quiero estar sobre ella incomodándola, así que me trago la inquietud de correr a su recámara. Me hidrato la piel con un poco de crema y enciendo la televisión para mirar algo y así distraerme.

Todo estará bien… Mañana tendremos una vida mejor.

VLADIMIR

Habrá personas que no confiarán en ti, que mirarán tu pasado y te juzgarán toda la vida por ese mínimo error. Deberás aprender a tomar cada caída como una oportunidad y las críticas de quien vengan, pues no todos tendrán la razón. Pocos llegarán a conocer quien eres realmente y es allí donde debes ser cuidadoso. Mostrar tu interior al público les da una ventaja, un punto donde ser atacado. Avery Kozlova me ha mentido a la cara, ocultado información y traicionado. La admiro, caramba. Ella me ha demostrado su coraje, el valor que puede tener dentro de la organización, puesto que mi esposa no deja que nadie vea sus cicatrices, oculta sus planes para sí misma y no mezcla su pasado y presente, al menos no fue así de abierta conmigo.

—Avery sigue en el departamento —me avisa Dimitri en la línea.

—Perfecto, atento a cuando tenga a la chica.

—Listo.

Estaciono mi vehículo frente al antiguo club de la Bratvá. La camioneta de seguridad frena detrás, dos de mis hombres bajan y se posicionan a mi lado. Me encanta sentir esta maldita autoridad. Hay una línea esperando, pero voy directo a la puerta.

—Vlad Ivanov.

—Señor —murmura un gordo moreno. Con rapidez, mueve la cinta roja, abriéndome paso.

No es difícil enamorarse de Emilie Cavalli. Es sorprendente, la reina

se ha encargado de dejar establecido que soy bienvenido a cualquier establecimiento de "el Capo durmiente".

Entramos mientras la gente se queja a mi espalda y muevo la cabeza para pedir que me traigan una bebida. La necesitaré para enfrentar a Nicklaus Romano sin asesinarlo en el acto. Lo busco entre la multitud. El lugar ha cambiado de forma radical, tiene tubos con varias bailarinas sin *top* mostrando sus pechos mientras el dinero les llueve. El italiano está sentado al fondo, soltando el humo de su puro. Camino hacia él, trepo en el mini escenario ridículo y me siento a su lado. Su propia seguridad se alarma y sacan sus armas, pero mi hombre hace lo mismo.

—Hola, Nick, ¿por qué tan solo? —me burlo sonriendo. Me siento despreocupado, así que le pido a mi hombre con los dedos que baje el arma. Los pendejos de Nicklaus hacen lo mismo—. Así que ¿has estado follándote a mi cuñada?

Se endereza observándome impasible. Una cosa que me gusta de un *made man* es su capacidad para analizar a su adversario en fracciones de segundos, lo imagino en su mente cuestionándose qué tanto puedo o no saber.

—Es una menor. No follo menores.

Primer error. Ya me ha garantizado la existencia de la chica en solo una oración.

—Cierto, qué estúpido soy. —Mi hombre me pasa una botella de *whisky* y le doy un trago—. La regla de La Orden, no menores. ¿Qué pensaría Dominic si le entrego información donde una está diciéndote que necesita verte en el circuito? La tecnología es mala si cae en las manos equivocadas.

—No respondí su mensaje.

—No fue necesario. Mi esposa me llamó pidiendo que viniera por ella. Creo que la pequeña Alaska se ha enamorado de ti —miento. Los mensajes que analicé de ellos mientras recibía un corte de pelo nuevo son muy comprometedores. Si bien no existe ninguna relación como tal, la chica parecía desesperada al querer verlo una última vez—. No me malinterpretes, eso ha hecho que mi esposa vuelva a donde debe, así que te estoy agradecido, pero necesito encontrar a la chica, ya que no está con Avery…

—¿Qué? ¿Cómo que no está con Avery?

Mis palabras parecen alarmarlo. Bebo un trago más de mi alcohol y niego.

—No, hace una hora dejó el *penthouse*. —También es una mentira, no tengo dicha información porque ella no tiene un dispositivo de rastreo, al menos que yo tenga en mi poder—. Mi esposa quería venir.

Está muy molesta contigo por las conversaciones que han mantenido, sin embargo, hablé con ella para venir en su lugar.

Entrecierra sus ojos mientras yo sigo actuando natural. Sé que debe estar enterado de todo, Emilie es la nueva cabeza en la mafia italiana hasta que Dominic se levante y debe darle cada mínima información a Nicklaus como posible sucesor si llega a ocurrir una fatalidad para el Capo. Da una calada a su puro y se mueve para sacar su móvil, presiona el botón de llamar y espera en la línea. Sonrío dando otro trago, necesito distraer las ganas que tengo de ir a buscar a Avery y darle con mi puto cinturón hasta que empiece a decirme toda la puta verdad sobre lo que está sucediendo.

—Laska, ¿dónde estás? —pregunta en cuanto la chica le responde. No la escucho, pero el hombre a mi lado se endereza—. No puedes andar por la ciudad sin seguridad… No, no estoy en el circuito, ¿por qué no me dices dónde estás y voy por ti? ¿Con quién?

Se alarma con cada segundo que pasa y yo me pongo un alerta al ver su inquietud.

—Ven a la Mazmorra. No le diré nada a Avery, aunque tienes que venir… ¡¿Alaska?!

Se quita el teléfono al ver que la llamada ha sido cortada.

—¿Qué sucede?

—Está en el circuito. Debo buscarla, ¡maldita mocosa!

—Iré contigo —anuncio poniéndome de pie—. Y evita maldecirla a mi lado.

Bufa y lo ignoro. Solo Avery es capaz de hacerme entrar en alianzas con los italianos, compartir un mismo auto mientras vamos hacia Queens a buscar a una chica que está bebiéndose su peso en alcohol y adentrarme en una multitud de jóvenes gritando y saltando con una música estridente que pronostica dejarme sordo.

—Tenemos que dividirnos para encontrarla. Vive cerca de los coches y los problemas —se queja Nicklaus.

—Ve con él —indico a uno de mis hombres.

Nos separamos para intentar dar con ella. Mi dolor de cabeza solo consigue aumentar, al igual que mi mal genio. Las mujeres son un cúmulo de problemas, son peores que el calentamiento global. Podría tener a la que quisiera en mi cama y olvidar esta mierda, seguir adelante con mi vida. Ahora tengo lo que siempre esperé, el poder y el respeto, ¡pero no es suficiente! Tengo que llenar mi vida de problemas con una esposa traidora y una supuesta hermana mía, quien quizás joda por completo mi mundo, porque no es solo Alaska, sino la posibilidad de ser hermano de Dominic Cavalli, el hombre que más odio, quien me

jodió la vida de maneras increíbles ¿y qué hago yo? Firmar alianzas con su mujer —la cual me quitó—, y su hermano de honor. Sí, jódeme, Avery.

—La tenemos: dirección sur —anuncia mi hombre en el intercomunicador en mi oído.

Busco mi teléfono para enviarle el mensaje a Dimitri de que lo reproduzca para mí en cualquier dispositivo electrónico en la casa de Avery. Ella tendrá una linda alarma esta noche. Me pongo duro solo de pensar que estoy a horas o minutos de volver a tenerla en mi poder, de las cosas jodidas que pienso hacerle por traidora.

Atropello a la gente al pasar, abriéndome camino a la fuerza. Mi estabilidad se ha ido a la mierda y quiero acabar este jueguito sin sentido ¡ya!

Los ubico discutiendo al otro lado de una pista improvisada, al parecer la chica tiene un genio del demonio. Ninguno de ellos se percata de mi presencia y yo me paralizo un segundo cuando Nicklaus la agarra y la besa con desesperación, como si estuviera cansado de luchar contra sí mismo durante demasiado tiempo y este fuera su detonante.

Ella es rápida para treparse sobre su cuerpo. El italiano le agarra las piernas y la sube contra el capó de un vehículo. ¡Por Cristo! parecen dos adolescentes hormonales follándose en la vía pública. Estoy acostumbrado a ver gente besándose, incluso cogiendo, pero no me gustan ver a *ellos besándose*… Tengo esa incomodidad. Sé que Alaska no es menor, pero en sus mensajes Nicklaus le recalcó la edad como un factor a estar lejos. ¿Mi molestia se deberá a que esta chica quizás sea mi hermana?

Siempre me sentí con el compromiso de cuidar de Kain, ¿es eso lo que estoy desarrollando? ¿Deseos de cuidar a esta chica?

—¡Hey! ¡Apártate! —exclama Alaska empujándolo del pecho. Nicklaus retrocede confundido—. ¡¿Crees que puedes echarme en cara que te follas a la mujer que quieras y luego besarme?! ¡Estás jodido, cabrón!, ¿no?

—¡Deja de tocarme los huevos, Laska! ¡Tú buscaste esto! ¡Yo quería…!

—No le grites —intervengo.

La chica ni me mira.

—¡Quería despedirme de ti! ¡No que te burlaras de mí! ¡Eres un pedazo de idiota!

—¡¡Y tú una ofrecida!!

Ella no necesita a nadie que la defienda, pues alza su puño y le rompe la nariz. *¡Wow!* Si ella no es mi hermana, seguro que después de esto la adopto. Estoy a punto de aplaudirle cuando el imbécil de la seguridad del italiano la apunta. ¡Saca una maldita arma y se la pone en la cabeza!

—¡Baja esa arma! —demanda Nicklaus, pero no me quedaré a ver cómo están apuntándole. Sea mi sangre o no, es importante para Avery.

Saco mi cuchillo y se lo clavo en el hombro, entre el hueso de la clavícula. El hombre cae de rodillas y le doblo el brazo, haciendo que deje caer el arma. Creo que Nicklaus va a atacarme y que La Trinidad se va a joder antes de empezar, pero es todo lo contrario; sin un ápice de misericordia, le dobla el cuello y lo conduce a la muerte instantánea. Después deja que el cuerpo caiga al piso como basura. Sostiene el arma y dispara al aire, claro, como típicamente sucedería en una multitud: escucharán disparos y correrán en todas direcciones. Es justo lo que pasa. Agarro a la chica del codo, se encuentra lívida.

—Tenías razón —dice alzando el mentón hacia Nicklaus—. Ibas a romperme el corazón.

—Laska, yo…

—¡Púdrete!

No sé lo que sucede, pero tampoco me quedaré a averiguarlo. Arrastro a la chica, que no opone resistencia, y empiezo la huida dejando al italiano detrás. Nos mezclamos entre la gente hasta llegar a mis vehículos, la meto en la parte trasera de la camioneta y dejo a uno de los chicos manejar el deportivo. Alaska está ida, como si su vida acabara de perder todo el sentido.

—Avery se va a molestar —susurra sin ninguna emoción. Tengo que verle el rostro, así que le agarro la cara y se la giro para observarla. Una lágrima baja por su mejilla—. Ella me lo advirtió, pero me lancé sin un paracaídas. Y ahora por mi culpa hemos sido atrapadas.

—¿Sabes quién soy?

—Vladimir Ivanov —confirma con seguridad—. Soy la carnada, ¿no? Después de todo parece ser mi destino en la vida.

Esta vez ella es mucho más que eso, pero el dolor que percibo me impide vocalizar nada. Parece que estoy condenado a rodearme de mujeres rotas.

—Estamos listos para el aterrizaje en Chicago, señor Ivanov.

Me informa la azafata y me entrega el vaso de agua que solicité. Muevo la cabeza sin dejar de observar a mi acompañante al otro lado de los asientos, abraza sus piernas cubierta con un abrigo de Dimitri,

que está frente a mí. Tomamos un vuelo de inmediato a Chicago. No pretendía quedarme en New York luego de obtener lo que deseaba. Nos hicieron una prueba en cuanto ingresamos en la *suite* anoche y ahora solo debo esperar tres días para confirmar si tengo algún parentesco con ella. Me perturba su colaboración en todo, no opone resistencia, parece vivir acostumbrada a estar sometida a los deseos de terceros y no a los suyos propios. Nicklaus llamó una vez, pero no le respondí, tampoco mostró más interés y todo murió allí. Avery, por otro lado…, ya sabe que la chica está en mi poder y no dudo que esté en un vuelo hacia Chicago también.

—Debe ponerse el cinturón, señorita.

—¿Si el avión se estrella el cinturón me protegerá de morir? —gruñe hacia la chica—. ¿Por qué no te esfumas? Está claro que ellos no quieren follarte, deja de llamar la atención.

Dimitri escupe el jugo que se está tomando y yo disimulo una sonrisa.

—Es protocolo…

—Déjala —corto. Lo que ella quiere, lo tendrá.

—Sí, señor —revira y desaparece por el pasillo.

La chica me observa ladeando su cabeza, pero, a pesar de que quiere decirme algo, no lo hace.

Llegamos a mi casa. Por mucho que la antigua mansión de Igor sea más lujosa y ahora me pertenezca no me gusta, así que opto por mi antigua morada. Lucifer y Lilith están en el recibidor en posición de alerta cuando piso el lugar. Ellos no son perros de tirarse sobre mí, saben que tendrán sus minutos de atención. Alaska se queda en la puerta mirándolos con cautela.

—Ellos no hacen nada. Son Lilith y Lucifer, solo ignóralos y ellos harán lo mismo —instruyo.

La chica entra mirando todo.

—¿Me vas a tener aquí? No tienes mucha seguridad, Avery cruzará esa reja en diez minutos.

—Es lo que espero que haga. La seguridad es mínima, no quiero perder a mis hombres.

—Así que ya sabes quién es…

—Un soldado de la Bratvá. Sí. Toda una joyita, ¿eh?

—Y aun así me trajiste aquí, ¿te gusta tentar a la muerte?

—Me gusta dormir con ella —ironizo.

Entrecierra sus ojos dándome una mirada, esa que Kain solía tener.

—¿Cuál será mi habitación?

—Te irás conmigo —indica Dimitri.

No puedo tenerla aquí cuando Avery atraviese esa puerta. Las cosas no serán amistosas.

—Claro, me envías con el hombre que está criando a tu hija. Típico de ti, ¿no?

—Sabes demasiado para tu propio bien.

—Estudié tu archivo, es bastante pesado. Uno en el que siempre se recalcaban tus errores, una y otra vez. Me temo que soy otro más en tu lista. Ella destruirá esta casa y te lo estoy advirtiendo porque me agradas; si yo fuera tú le tendría miedo a Avery Kozlova.

Ella es un peligro.

—Correré el riesgo —respondo y llamo a mis perros. Luego acaricio la cabeza de Lucifer—. Lo hermoso del poder es que las personas se doblegan. En este instante tengo una ventaja sobre Avery: tú, pequeña Laska.

Dimitri cumple su parte del plan llevándose a la chiquilla. Este asunto es entre mi esposa y yo, no quiero testigos, y tampoco pretendo dejarle las cosas fáciles. Baño a los animales en el patio, ganándome tiempo. Deduzco que no tenía un *jet* a su disposición y ha tomado un vuelo comercial. El único que hay llegará en dos horas, sin embargo, no debo confiarme, Avery tiene poder en distintos espacios, me lo ha demostrado en más de un nivel. Como algo de comida calentada mientras maldigo a mis ancestros por tener a una mujer que me empezó a acostumbrar a sus atenciones, ¿sería eso parte de su actuación?

Subo a la habitación que compartimos y entro a la ducha, necesito un baño de agua caliente. Estoy bajo el agua, dejando que esta calme mis músculos, cuando escucho el clic del seguro de un arma y luego el metal contra mi nuca.

No sé por qué carajos sonrío.

—¿Dónde está ella? —demanda en un siseo.

—Hola, Zaria. Yo también te extrañé.

CAPÍTULO 24

VLADIMIR

—Hola, Zaria. Yo también te extrañé.

—Creí que habías aprendido la lección, Vlad. No te metas conmigo.

Sin perder mi sonrisa, me giro. El agua la tiene empapada, igual que a mí, y el cañón de su pistola se posiciona en mi frente. Subo mis manos hasta las suyas, haciendo que se acerque a mi cuerpo. Mi polla se endurece de forma instantánea. Su pecho sube y baja, su respiración está alterada y su pelo mojado, goteando a ambos lados de su rostro. El vestido de cuero negro se adapta a cada curva y tiene sangre que se filtra por el piso.

—Asesinaste a mis hombres.

—Tres de ellos, me dispararon —explica—. ¿Dónde está?

—Quien debería hacer las preguntas soy yo, Zaria. No estás en condiciones de exigir nada.

—¿Te das cuenta de que esperé a tenerte en la ducha porque estás desarmado? Me parece que yo tengo la ventaja.

—¿Querías verme desnudo? Para eso no debes esperar, Zaria.

—¿Dónde está ella? No estoy… ¡Ah! —grita en cuanto doblo su brazo, haciendo que el arma caiga al piso; pero mi guerrera no viene con un manual de dominación, me ataca. Con el comienzo de su palma me golpea en la nariz. ¡Hija de p…!

Suelto su mano para evitar un nuevo golpe, sin embargo, aprovecha y me da una patada. Mi cuerpo impacta contra la pared. Evito sus tres siguientes puños, pero me voy contra ella agarrándola de la cintura y la alzo sobre mi hombro.

—¡¿Estás loca?!

Claro que lo está, otra mujer en su posición solo me golpearía o movería las piernas para que la bajara. Avery es todo menos una mujer común. Entonces clava los dientes en la piel de mi espalda. Aprieto mis dientes e introduzco un dedo cerca de sus costillas, consiguiendo que su boca me libere. La tiro sobre la cama en cuanto entro a la habitación, rebota y eso logra desubicarla unos segundos, tiempo que tomo de ventaja para subir sobre su cuerpo.

El cinturón que me había quitado está sobre la cama junto a mi pantalón. Agarro sus manos y me estiro para tomar el cinturón, entonces me muerde un pezón. Toma todo de mí no noquearla y mandarla a dormir por largo rato. Sintiendo que se llevará el trozo de carne entre sus dientes si no procedo rápido, me muevo para atar sus manos y la aseguro a la cabecera de la cama, luego rodeo su cuello y le corto el aire hasta que me suelta.

—¡Eres una desquiciada! —exclamo, viendo el líquido carmesí en sus labios, el cual escurre en su barbilla. Tiene mi sangre en su boca y debería tener deseos de asesinarla, pero sucede todo lo contrario, solo quiero follarla. La giro, dejando su cuerpo boca abajo en la cama, y empiezo a bajar el cierre de su traje—. Si quieres ser *catwoman* te hubieras ahorrado la *glock*, nena. Solo tenías que invitarme a tu fantasía.

Le arranco el vestido del cuerpo, logrando ver esa piel que me vuelve loco, pero dejo las botas negras hasta las rodillas en su lugar. La preocupación me gana terreno cuando ella no se inmuta ni pronuncia palabra alguna… Quizás fui muy lejos.

Así que suelto sus pies para verificarla, es entonces cuando se gira y brinca fuera de la cama.

—¿Qué carajos…?

¿Acaba de dislocarse la muñeca solo para liberarse del cinturón? Intenta correr a la puerta, sin embargo, la detengo presionando su cuerpo contra un mueble cercano.

—¡Suéltame! —grita.

Agarro sus manos a su espalda, presionando su pecho desnudo contra la madera. Entonces le golpeo la nalga con la palma de mi mano abierta.

Odio que esté usando ropa interior justo esta noche, cuando le encanta andar con el coño al aire. Estoy enloquecido, furioso con ella y todo lo que ha ocasionado por no ser sincera y hablarme de frente… Avery es una puta traidora, me engañó para que ejecutara su plan y, cuando ya no era de ayuda, me apuñaló.

—¡No te atrevas! —ordena a punta de gritos.

Le aparto la braga y encuentro un hilo blanco entre sus nalgas, luego tiro de él y descubro lo que parece una especie de tapón vaginal cubierto de sangre, ¿por esto no quiere que la toque?

—Solo es un poco de sangre, Zaria —siseo ubicando la cabeza de mi polla entre sus nalgas.

—¡Vlad! —grita. Suplica sin saber que su negativa está encendiendo el placer en mí.

—Perdiste el derecho de decirme qué hacer cuando enterraste ese cuchillo.

—¡Para! ¡No quiero! ¡Maldito bastardo! ¡suéltame!

Su boca puede estar gritando mil negativas, pero lo cierto es que su cuerpo me desea, arde por y para mí en completo éxtasis.

—¿Realmente no me deseas? ¿No recuerdas lo que te he hecho sentir? ¿Hum?

—No puedo hacerlo —gimotea, sin embargo, mueve la cadera, empujando su trasero hacia mí.

—¿No puedes o no quieres? Un poco de sangre no me intimida.

—Pero…

—Solo déjate ir, Avery —gruño.

Ella solloza cuando rompo su coño de una sola estocada y su cuerpo se arquea, como si quisiera salir huyendo y quedarse a la vez. No me detengo, no soy delicado, ella tomó desde el día uno mi mierda más grande, la soportó como una guerrera, así que ahora no será la excepción.

—Eres mi zorra, Avery, y será así mientras me dé la puta gana. —Enardecido, suelto todo lo que pasa por mi mente mientras, de fondo, ella trata de callar sus gemidos—. Mi esclava, solo estás aquí para saciar mi deseo y ser mi placer. Tú no me interesas. ¿No querías ser un trozo de carne en la mafia? Bueno, Zaria, pudiste ser mi mujer, pero elegiste la traición y, con ella, ser mi puta personal. No más, no menos.

—Te odio, no te perdonaré —atina a decir entre suspiros, a la par que, sin darse cuenta, mueve su cadera al compás de mis embestidas.

—El perdón es para los santos, nena. Yo soy el ángel de la muerte, puedes lanzar tu resentimiento hacia mí y solo lo convertiré en el combustible para conseguir mis propósitos. ¿No era eso lo que querías, Zaria? ¿O también fue una mentira? ¿Acaso algo en ti es real? *¿Umh?*

Golpeo en su interior, perdido y sin control alguno. Observo mi polla salir y entrar, manchada de su sangre… Irónico, como si estuviera follándola por primera vez, quitándole la virginidad. En mi mente se cuelan esos momentos que viví con ella, a ese sentimiento que despertaba en mí. Hacerme sentir vivo y poderoso.

Retrocedo y la giro en mis brazos. Tiene lágrimas cubriendo sus mejillas, las cuales me enferman, porque en lugar de tenerle lástima, quiero follarla más perverso que nunca. Le levanto el rostro. Sus ojos muestran derrota, no intenta huir ni golpearme, parece cansada y hastiada consigo misma. La entiendo, es la mirada que tienes cuando quieres huir de alguien con desesperación, pero a la vez sabes que no existe escapatoria alguna. Sumado a eso la frustración al resistirse a mí, su cuerpo la traiciona y Avery lo odia.

—¿Dónde está? —insiste sollozando.

Sonrío de lado, burlándome en su cara.

—Fóllame primero y quizás consigas la información.

—Debes de tener a un millón queriendo cogerte ahora mismo…

—Ninguna que sea tan puta como tú.

Recibo una fuerte cachetada de su mano, la cual me hace girar el rostro. Siento el sabor metálico de la sangre al instante, así que me saboreo el labio y vuelvo a observarla.

Entonces ella es quien salta sobre mí. La atrapo en el aire, aferrándome a sus piernas, las cuales rodean de inmediato mi cadera. Su boca impacta con la mía, feroz. La acorralo contra la puerta, sus uñas abren la piel de mis hombros y tengo que separarme para poder conseguir una bocanada de aire. Como puedo, me introduzco en su interior de nuevo, sintiendo el mar de humedad que me empapa. Ya no sé si está deseándome o furiosa de que su cuerpo la condene. Ella arde y yo también… El mundo, sencillamente, se va al carajo.

—Soy una droga, Avery, ya no podrás vivir sin mí. Soy la adicción más peligrosa que vas a experimentar —pronuncio mordisqueando su cuello—. Sin importar qué, volverás siempre a por una dosis más, porque estás siendo atraída hacia tu verdugo, nena.

—Tú no eres mi dueño, maldito.

—Soy algo mucho peor…

No le permito una palabra más, la beso. Con ese acto cierro esa boca pecadora que me hechiza. Ella se siente como un coctel de narcóticos. Adictivo, único, que te envía fuera de la puta estratosfera.

Camino con ella hacia la cama, la tiro en medio y gateo hasta tenerla debajo de mí. Luego me inclino y me bebo sus lágrimas, apreciando el sabor dulce en mi paladar.

«Quiero lastimarla…» Ella me ha utilizado, me ha visto la cara de idiota y jugado el maldito tablero de Dominic. La odio y la anhelo. Sé que es una debilidad.

Lamo su barbilla, donde mi sangre empieza a secarse. Sus pezones están duros y sensibles, ya que ella gime en cuanto amaso sus tetas. No quiero ni pensar en el pendejo de Londres, porque si lo hago la haré sufrir aún más por su culpa.

Me sumerjo en su intimidad de nuevo, pero esta vez a una velocidad distinta; demasiado suave, sintiendo cómo mi polla se adentra en su coño, el cual me engulle y absorbe. Mojado y codicioso. Presiono mi mano en su vientre, ejerciendo presión en *ese* punto. Ella se arquea y grita en ruso, desata a la bestia en mí. Entro violento, golpeando sin piedad. Sus lágrimas de frustración se desbordan, caen sin que pueda controlarlas. Se tira del cabello y luego se muerde, no quiere que escuche sus gritos y gemidos causados por mí. Se miente a sí misma diciéndose que no disfruta esto, recordándole a su mente que me odia y bloqueando su anhelo por mi cuerpo mientras sus paredes atrapan mi miembro, sin querer dejarlo ir.

Agarro su clítoris entre mis dedos y lo pellizco. Ella empieza a convulsionar y su orgasmo la golpea con violencia, los espasmos de su cuerpo me conducen a la perdición. Me muerdo los labios para no soltar su nombre mientras los chorros de semen llenan su coño de forma desmesurada. Salgo de su interior y empiezo a tocarme, haciendo que los últimos latigazos caigan en su vientre y tetas, las cuales debí devorar hasta dejárselas rojas.

Bajo de la cama y ella gatea hasta la cabecera, abrazando sus piernas y mirándome con odio. «Sí, ódiame si quieres, pero tu coraje es contigo, Zaria. Disfrutaste, aunque querías demostrar lo contrario». La cama es un lío de sangre y semen, parece que acabo de asesinar a alguien y luego follarme su cadáver. No miro a Avery, solo camino al baño para lavarme y tomar el arma de la ducha, también cierro la puta llave, pues se quedó abierta. Me lavo el rostro y desarmo la glock, entonces me doy cuenta de que estaba cargada.

—Claro que sí, ¿por qué creí que ella no tendría los cojones de matarme?

Acabo de follarme a mi peor enemigo. Eso es Avery. La hija de Igor, quien se alió con Dominic y solo Dios sabe qué mierda más ha hecho. Esa no es la persona que yo creía conocer, por quien llegué a sentir respeto y orgullo. Estaba ciego.

Salgo del baño. La encuentro cubierta con las sábanas y rehusándose a mirarme. Sigo de largo a la puerta, pero me detengo cuando escucho su voz.

—¿Dónde está? Solo dime si se encuentra bien.

—Ella está donde debe, cada uno tiene su lugar.

Abro la puerta y cierro, escuchando el seguro, no tiene escapatoria de salir de esa habitación. Bajo al primer nivel desnudo y entro a la recámara que solía ocupar para buscar un pantalón corto y dirigirme al gimnasio, es el único lugar donde podré descargar toda la mierda que tengo sobre mis hombros. Mientras me ejercito arreglo unas cuantas tareas, quiero a Kassia aquí, en esta casa. Al menos consigo una buena noticia dentro del caos que es mi mente, pues tendré los resultados mañana, el laboratorio quiere deshacerse de los hombres que acosan a la familia del doctor. Dará esos resultados en un segundo con tal de que mis hombres les dejen en paz. Digamos que debí usar un poco de intimidación, además de que se encuentra separado de su familia hasta que garantice una respuesta para mí. Si quieres que la gente trabaje rápido dales un incentivo.

No la verifico en toda la noche y solo me dirijo a su habitación al amanecer, cuando abro la encuentro acurrucada. Aparto las sábanas, haciendo que se despierte asustada.

—Tienes media hora para vestirte. Vendrás conmigo.

—No iré a ningún lugar —ladra en respuesta.

Giro mis ojos, exasperado. No he dormido un carajo pensando en si ella hizo todo esto para irse con ese imbécil de Londres.

—No estaba preguntando —siseo—. Vendrás. Desnuda o arreglada, no me importa.

—¿Qué? ¿Ahora me mostrarás como un pedazo de carne?

—Oh. No, querida, serás mi seguridad. Levántate, ahora. Los soldados desayunan a las siete. Si no estás lista tendrás que esperar hasta las dos, tu hora de receso; pero eso ya lo sabes. Muévete.

No entiende de lo que hablo, pero no estoy para dar explicaciones, no cuando quiero abrirle la piel a punta de azotes. Gruño y me largo. Al menos en el comedor me siento más a gusto. Kassia está sentada y hay servidumbre ocupándose del desayuno para ambos. Ella se ve hermosa, vestida como una americana elegante.

—Gracias por desear mi compañía. —Levanto mi mano, callándola en rotundo.

—No me gusta que me hablen, prefiero el silencio.

—De acuerdo, mi señor.

—Saldré y quiero tu compañía, pero prefiero que te mantengas en silencio todo el tiempo.

—Así será —susurra sumisa bajando la cabeza.

Mi comida es servida. Es decente, me termino todo el plato para el momento en que Avery aparece. Se ha cambiado como antes, regia, altanera. Una falda roja entubada, blusa blanca de seda con varios botones abiertos, su pelo en una cola alta y con un maquillaje sutil. Es hermosa y cautivante, como siempre. Odio el simple pensamiento. Se detiene confundida, haciendo que se le marquen varias líneas en la frente cuando trata de entender qué sucede.

—Hora de irnos —anuncio levantándome. Para sorpresa de ambas mujeres, ayudo a Kassia a pararse de su silla.

—Debo ir a por mi bolso —responde temblorosa.

Le agarro la mano, besando sus nudillos.

—Que lo haga tu nueva escolta. Avery, busca el bolso de la señora.

No mueve ni un músculo, se queda pasmada en su lugar.

—Estás bromeando, ¿cierto?

—Ni un poco —respondo—. Como mi *esclava* que eres, quiero que atiendas los caprichos de Kassia, mi nueva mujer.

—Ni en mil años.

Intenta irse, pero la retengo chocando su cuerpo contra la pared y me inclino sobre ella. Sé la clase de demonio que soy cuando me lo propongo. La crueldad tiende a desfigurar mi rostro y las cicatrices se acentúan cuando el diablo que habita en mí explota e impacta sin control alguno, directo a su presa. En el pasado fui débil, más de uno tomó esa ventaja sobre mí. Ahora planeo dominar a los demás, reducirlos a parásitos insignificantes que me necesiten incluso para respirar. Ya conseguí parte de dicho propósito. Usé mi ventaja en Nivalli, fingiré todo lo necesario para que crean que ese dichoso plan de La Trinidad soportará el odio que fui acumulando. No planeo atacarlos, pero tampoco estar de su lado porque aprendí a establecerme en cada puesto de mi vida como el cabecilla de todo. Mis ideales son proteger a mi hija y a mi familia, y parece que con la traición de Avery esta se ha reducido a dos, posiblemente a tres integrantes.

—Te diré lo que haces y lo que no: harás todo lo que yo te diga y no harás nada que yo no ordene, porque si no…

—¡¿Qué?! —me desafía alzando el mentón.

—Joderé a tu querida hermanita, más de lo que ya está. Me divertiré con ella. Será a quien torture y le recordaré que lo hago porque tú no supiste protegerla. Cada maldita vez.

Abre la boca asombrada y su rostro se desfigura con preocupación. Y ahí está, el impacto de una traición. El dolor. Me sentía culpable con Dalila, en el fondo sé que la impulsé a cometer muchos de los actos que la condujeron a terminar muerta en mis brazos, pero no tengo la culpa con Avery, porque a su lado me abrí en totalidad, fui honesto, mientras ella estaba jugando a engañarme. Y si se tiene que elegir un culpable aquí, entonces la mujer que está frente a mí es la única. Seguiré siendo la bestia que soy con ella, porque fue quien me clavó el cuchillo primero.

Eso no me hace inocente, al infierno que no, pero me hace libre. Porque la mujer con quien me casé no existe.

Retrocedo acomodando las mangas de mi camisa. Ella parpadea, sin embargo, se mueve en busca de lo que pedí. Cuando regresa y se lo entrega a Kassia veo la furia en sus ojos, pero es sabia y decide cerrar la boca. Al partir, Kassia viene conmigo en el deportivo y Avery detrás con los chicos. Después de esta salida aprenderá a usar ropa acorde con su nuevo trabajo.

¿Estoy siendo un lunático irracional? No lo sé, y para este momento tampoco me importa. Conduzco por Chicago, donde tengo una reunión con un nuevo socio para las armas; es un buen acuerdo si lo llevo a cabo. Necesito dominar el negocio y así no depender de Raze Nikov en New York como principal proveedor.

La pantalla de mi celular se ilumina con una llamada y lo pongo en altavoz. Es muy temprano para que Dimitri me llame y demasiado tarde para Nikov. Kassia juega en el asiento del copiloto con la emisora a un nivel bajo, parece no querer incomodarme. Respondo al mismo instante en que paro en la intersección con una luz roja, la camioneta de seguridad hace lo mismo.—Ivanov —gruño en la línea, justo cuando un dron blanco sobrevuela encima de la luz. Esta no cambia, permanece igual.

—Esperaba esa traición de todos menos de ti.

—Dimak —digo en el móvil—. Un hombre tiene que hacer lo que debe hacer.

—Sí, lo entiendo. También estoy en esa posición ahora, preguntándome si debo volar en pedazos el deportivo o la camioneta donde está la zorra Kozlova, o quizás la casa que resguarda a tu hija.

Es imposible que tenga a Becca en ningún puto radio de ninguna mira, pero sí me tiene a mí y a Avery. Y, traidora o no, ella es mía.

Escucho el pitido de una bocina porque la luz cambió a verde. Debería avanzar, pero solo estoy mirando por el espejo retrovisor.

—Tic, tac, querido Vlad.

—Dime una cifra, la tendrás.

—No necesito dinero —se burla—. Quiero a Hayden. Regrésamela.

—No está en mi poder.

—Qué mal. —Silba sin entender un carajo lo que estoy haciendo.

—Pídeme algo más, te lo daré.

—Quiero a Britney Ginore. Si no, volaré a la sexi rusa en tu espalda.

Agarro el arma de mi cintura y muevo la otra mano al seguro de la puerta. Detallo a Kassia, dándome cuenta de que está escuchando todo y se ha quedado lívida en su lugar.

—Britney Ginore… Esa obsesión te llevará a la muerte.

Antes de escuchar algo más abro la puerta y apunto al aparato, entonces descargo mi arma contra este. Aun así, veo cuando suelta el explosivo, cae por el aire y se activa, dirigiéndose a su objetivo.

—¡Vladimir! —grita Avery saliendo de la camioneta. Está bastante cerca.

—¡Al suelo! —advierto, pero es demasiado tarde.

La camioneta estalla a su espalda y su cuerpo sale volando en el aire contra mi coche. La onda expansiva hace lo mismo conmigo, tirándome más allá, haciendo que mi cabeza rebote en la calle y mis sentidos se encuentren aturdidos. Los cristales revientan junto al grito femenino de varias personas. El pitido en mi cabeza es horrible y me encorvo, tratando de ubicarme. Me muevo, sigo desorientado, pero con un solo propósito.

Ella…

Necesito saber dónde carajos está.

CAPÍTULO 25

VLADIMIR

Un hombre como yo no debería temer, no fuimos programados para ello. Somos crueles y letales, asesinos en serie que matan a cualquiera por un gramo de poder. Oh, el poder es dulce, una vez que lo pruebas no tienes escapatoria, harás todo por conservarlo, sin importarte mucho las consecuencias, porque cuando llega viene de la mano de sentirte invencible, es una mezcla potente y letal. Sin embargo, ¿qué sucede cuando te demuestran que la muerte de alguien a quien consideras importante puede hacerte ver que el poder es una migaja de nada?

Desorientado con ese pitido estridente martilleando en mi cabeza, me arrastro por el asfalto hacia el fuego. Es entonces cuando veo a Kassia mover el cuerpo de Avery, salvándola de terminar quemada. La camioneta está girada, las llantas hacia arriba y el coche que estaba detrás se encuentra en la misma circunstancia.

Me levanto sin estar del todo ubicado y camino hacia ellas. Las llamas queman y el calor se siente en el rostro. Kassia tiene sangre en la frente y un cristal incrustado en su mano. No tengo tiempo de revisar a mi esposa, la introduzco en la parte trasera del coche y le ordeno a Kassia subir, debemos movernos con rapidez. Dimak no es un hombre paciente, estoy seguro de que tiene intenciones de seguir jodiendo más, y esta vez su blanco somos nosotros. Los cristales de mi deportivo han reventado. Manejo varias cuadras hasta orillar en un estacionamiento subterráneo, luego salgo del vehículo para ver a Avery.

—Respira —explica la mujer ejerciendo una RCP[7] en mi esposa. Supongo que en su estilo de vida debió de aprender todo lo que se

7 Reanimación cardiopulmonar

pudiera para sobrevivir. Sin embargo, yo no me atrevo a tocarla, siento que donde ponga mis manos terminaré causándole daño—. Eso es. Vamos, respira —instruye cuando Avery empieza a toser y reacciona abriendo sus ojos, alarmada. Es entonces cuando la toco rodeando sus hombros, pero ella grita de dolor.

—Mi brazo.

—Lo tiene dislocado…

Sin pensarlo, la agarro de la muñeca y la muevo con rapidez, ubicando el hueso y centrándolo en un cuarto de giro. Ella maldice en ruso y se muerde el labio hasta tal magnitud de hacerse sangrar.

—Ahora está bien —murmuro angustiado.

Kassia nos observa impactada. Para ella es demasiado doloroso, pero Avery es un soldado, esto no es nada en comparación con el entrenamiento que estoy seguro de que debió superar para sobrevivir.

En la Bratvá la muerte no significa nada, pero sí tu valentía al atravesar cualquier tortura, por ello nos hacen atrocidades para fortalecernos.

—¿Qué sucedió? —pregunta confundida.

—Dimak nos atacó. Debo ir con Becca, dijo que la tenía en la mira. Es imposible, pero no puedo quedarme quieto. Debes irte con Kassia a la fortaleza…

—Iré contigo —corta alzando el mentón.

—No es momento de ser terca, estás herida.

—Iremos todos. No te alejaré de mi vista hasta no saber dónde o cómo está Alaska.

No es momento de estar en discusiones absurdas, necesito llegar con mi hija. Robo un coche sedán para pasar desapercibidos y las sirenas de los vehículos del gobierno se escuchan en todo el lugar. Avery camina sosteniéndose bajo la costilla, parece que recibió un duro golpe. Le quito a Kassia —que está temblando— el cristal y le hago un torniquete en el brazo para detener el sangrado. Llamo a Dimitri, pero este no responde, lo cual aumenta mi ansiedad. Manejo a alta velocidad, salgo de la ciudad y me dirijo a los suburbios. Cuando acordamos que Dimitri tendría a Becca creamos este refugio para ellos, donde estarían protegidos de cualquier amenaza.

Me alegra comprobar, cuando llego, que todo está en orden. Ingreso los códigos de acceso y las puertas se abren, pero más de diez hombres apuntan al coche en cuanto avanzo en la propiedad. Bajo los cristales, dejando que el grupo de mi lado me identifique.

—Señor Ivanov.

—¿Dimitri se encuentra?

—Sí, señor, está en la fortaleza.

—Necesito un doctor —aviso acelerando.

Subo la colina hasta la casa principal, pues tiene medidas de seguridad extrema, además de diferentes puntos para abandonar la misma: un Bunker, medidas para escapar vía marítima por la costa a la espalda de la casa. Sabía que era imposible que Dimak estuviera cerca de esta ubicación, es el único lugar que no existe ni en el mapa.

Salgo del coche e intento ayudar a mi esposa, pero me aparta. Girando mis ojos, le abro la puerta a Kassia. Cuando veo a Avery a punto de caer me muevo para sostenerla.

—Estoy bien —gruñe.

—Cierra la maldita boca.

Me agacho y la cargo en mis brazos. Está sangrando en un costado y tiene sus dedos empapados del líquido carmesí.

—Mi herida se abrió.

¿Su herida? Entonces recuerdo que en Noruega recibió un disparo, o varios, que la hirieron. Anoche me encontraba cegado, poseído como un animal salvaje. Carajo.

Dimitri se encuentra abriendo la puerta cuando le paso por el lado. La deposito en el mueble de la sala con cuidado, a lo que ella intenta apartarme.

—Si no te tranquilizas te voy a atar y amordazar delante de todos —amenazo rugiendo.

Mi advertencia es tan clara y concisa que, para mi sorpresa, solo bufa y se recuesta tranquila. Abro su falda bajándola de la cintura y subo su blusa, que ahora está húmeda de sangre.

—Vlad…

—Dimak nos atacó en plena avenida —respondo revisando su herida. No es grave, solo se abrieron dos centímetros, pero quedará una marca—. Debo quemarte la piel, es la solución mejor y más rápida de cauterizar[8] todo.

—Está bien.

—Buscaré un hierro caliente —anuncia Dimitri corriendo.

Intento acariciarle la mejilla, pero se aparta.

—Señor —jadea Kassia a mi espalda.

Cuando la miro esta pálida, ha perdido demasiada sangre. Me hago

---

[8] Curar una herida aplicando calor elevado para quemar o destruir un tejido orgánico

cargo de ella, ya que mi esposa me detesta. Dimitri le quema la herida y el doctor llega para hacer unas suturas en Kassia. Le dan un sedante para que logre soportar el dolor. Todo es un desastre.

—¡Avery! —grita una voz femenina desde lo alto de la escalera.

La chica baja deprisa en ropa de dormir decente. Observo a Dimitri extrañado, se supone que no tendría tantas libertades.

—Susana insistió.

—¿Susana?

—La niñera —responde pasándose la mano por la cabeza.

—Alaska —susurra Avery abrazando a su *hermana*. Luego la revisa, verificando que no se encuentre maltratada—. ¿Te han tratado bien?

—Perfectamente. El mafioso tuyo ordenó que me tuvieran como una reina. Y el rubio… —dice señalando a Dimitri—, envió a sus hombres a por todo lo que yo pedía. ¡Y solo ha sido un día! ¿Le pateaste el culo a Ivanov? Se lo advertí, pero no me hizo caso.

—Estoy feliz de verte.

Estoy a nada de decir un par de palabras, como que fui yo quien se jodió de lo lindo a la rusa, pero el ruido de una persona bajando por la escalera, la misma que Alaska acaba de descender, me hace enmudecer. Es una mujer hermosa. Entiendo la locura de Dimitri, pero ella no es la causa de que mi corazón se detenga, se agite y empiece a latir fuera de control.

El impacto me hace caminar hacia ella por inercia, sin pensarlo. Cuando tengo a Avery cerca de mí algo se activa, es una pequeña chispa que enciende una explosión, pero nada se compara con el cuerpo pequeño que tiene la cabeza escondida en el cuello de la chica. Todo lo que quiero hacer es caer de rodillas porque me siento una miseria delante de su persona.

Cuando llegan hasta mí levanto la mano para tocarla, pero veo que tengo sangre secándose. Becca es lo único que no quiero contaminar con mi mierda.

Es hermosa, un claro retrato de su madre. Tiene su pelo, su color de piel, incluso la sonrisa de cuando aún tenía sueños y esperanzas en mí. Me recuerda a Dalila tratando de atenderme cuando no la miraba.

Pude haberme enamorado de su madre si no hubiera estado cegado y obsesionado. La niñera abre la boca, impactada porque existen cosas que no se pueden ocultar, aquellas que se encuentran a simple vista, como los ojos de mi hija y los míos.

Ella es mía… No tengo la mínima duda de ello.

—Susana, lleva a la niña a por su desayuno —ordena Dimitri a mi lado. No lo he sentido llegar, coloca una mano en mi hombro—. Vamos para que te limpies —me pide.

Nos trasladamos al segundo nivel con el nudo que me ahoga en la garganta. Me duele que no sea suya, me lastima estar causándole dolor a mi hermano. Entro con la cabeza baja a su baño, limpiándome las manos. Él se coloca a mi lado.

—No lo digas —suplica.

Cuando se enteró del estado de Dalila sabía que me pediría que continuara con el embarazo, creo que fue lo que más me impulsó a ignorar que la niña quizás no sería mía, a obviar la vergüenza dentro de la mafia por tener una bastarda con mi apellido.

—Es nuestra —respondo.

Puede que tenga mi sangre corriendo por sus venas, pero él ha sido su padre en cada sentido.

—¿Cómo puedo ser el hombre que mata a decenas, pero que también vivía temiendo que la vieras y te dieras cuenta de que es tuya? ¿Que me la quitaras?

—No pasará —garantizo observándolo finalmente—. Ella será la chica más afortunada del mundo. Tendrá dos padres que la van a defender. No importa la sangre, sino lo que estamos dispuestos a hacer para que viva feliz. Vas a seguir matando a decenas, yo lo haré también, y, aun así, ella seguirá siendo lo más importante.

—¿Lo prometes?

Sonrío. Justo ahora lo abrazaría.

—Lo juro.

Dimitri me conoce, sabe que mi palabra tiene peso, que no la doy solo por decirla al viento.

—Iré al estudio a ver las cámaras de seguridad y llamaré a un par de hombres para borrar la evidencia del ataque. No nos conviene tener a la CIA encima de nosotros. Aunque compramos a la policía local y el sistema federal está controlado por Dominic, eso aún está fuera de nuestros límites.

—Sí, también debo avisar a Nikov de lo ocurrido. Conociendo a Dimak, irá tras de él ahora.

—Lo mejor es que te quedes aquí.

—Eso los pone en riesgo a ustedes —digo antes de secarme los brazos y el rostro.

—Tu dominio es joven, no sabemos quién puede decidir traicionarte. Los hombres de esta casa son de confianza, investigamos a todos. Sabes que tengo razón.

Sé que la tiene, pero no quiero darle un lugar a Dimak donde doblegarme. Tener juntas a las personas que me importan es un peligroso error.

Prometo pensarlo y se marcha a eliminar cualquier rastro que pueda guiar a la policía hacia nosotros. Yo me cambio la camisa sucia por una suya y me siento un rato a respirar en calma.

«No ser impulsivo, no ser impulsivo».

Debo pensar controlado. Sé que me ha atacado a mí primero, no porque esté dolido con la traición, sino porque en el pasado iría tras él sin detenerme a pensar un segundo. Es lo que todos esperan de mí, que sea el soldado sanguinario, el animal que no razona, la bestia que pierde el control. Y me cuesta sentarme, tratar de aclarar mi mente y meditar en las cosas correctas que debo hacer, porque el instinto de un monstruo siempre será destruir primero y razonar —si es capaz— después.

Alguien toca la puerta. Ordeno que entre y veo, para mi sorpresa, que es Avery quien pasa. Tiene un vestido de flores puesto, con el que se ve extraña, no es para nada su estilo. Me pongo de pie, esperando que abra la boca para contarme su motivo para venir a verme.

—Tengo algo que decirte.

Esa llama de esperanza florece.

—Adelante, estoy a tu disposición.

¿Me dirá la verdad? ¿Será honesta conmigo en todo?

—Hace meses estaba con Dominic. Viví en New York bajo su poder. Me solicitó investigar a Dimitri y saber la relación de Becca contigo. Yo le mentí, falsifiqué documentos donde se asegura que Becca es hija de Dimitri, la desvinculé como tu descendencia.

—¿Qué…?

—Lo hice porque no quería que una inocente estuviera involucrada en los planes de la mafia, me pareció lo ideal en su momento. Te lo estoy diciendo por si decides mantener esa versión.

Camino hacia ella y la acorralo contra la pared, ¿será posible…?

—¿Algo más que quieras compartir? Tipo, ¿por qué estabas con Dominic?

—No tengo nada que decir —afirma enfrentándome. Parece que se pondrá a temblar en cualquier segundo, no sé si de miedo o placer.

—¿Sientes algo por mí, Avery? ¿o es parte de tu plan?

—Nada —responde sin titubear—. Soy un soldado, lo sabes ya. Usaré cualquier arma disponible, en mi caso es ser hermosa. Lo usé a mi favor.

—Eras virgen.

Estoy tratando de aferrarme a la última gota de agua en pleno desierto.

—Lo era, ¿y eso qué? ¿Ahora follar es una promesa de amor eterno o qué? No me hagas reír, Vladimir. Tú más que nadie sabe que follar es eso, follar. ¿O crees que no conozco tu historial? Tus clubes, las orgías, te jodías a las prostitutas junto a tu hermano. No eres un santo y follar no significa nada.

CAPÍTULO 26

VLADIMIR

—Follar —susurro la palabra cerca de su oído—. Entonces... nuestro matrimonio no tiene validez. Si se me antoja follarme a otra todo estaría bien.

—La quinta esposa te espera, ¿no?

—Sí —confirmo—. Hablando de ella, ve a atenderla. Quiero que la consientas en todo, que sea feliz de estar a mi lado.

Retrocedo para alejarme y camino hacia la puerta, pero antes de salir la observo sobre mi hombro.

—Uno, Avery —digo antes de marcharme.

No lo entenderá. Fue su primera oportunidad para decirme la verdad, no le daré más de tres y si decide desperdiciarlas, allá ella. Mañana tendrá una segunda, cuando esos resultados se encuentren en mis manos.

Bajo al primer nivel y encuentro a Alaska desayunando un cereal con leche. Ladea la cabeza tratando de intimidarme, pero solo me hace mirarla más a fondo, porque el gesto me recuerda demasiado a Cavalli. ¿Quizás estuvieron cerca y llegó a conocerlo?

Maldita sea, ¿estoy siendo demasiado iluso?

—No seas duro con ella, es difícil abrirse. Si te importa ten un poco de paciencia.

—No te involucres. Mi consejo para ti, niña —reviro pasándola, pero tiene la valentía de agarrarme del brazo y hacerme detener.

—Es mi hermana y la amo. No quiero que sufra.

—¿Cómo estás tan segura de que es tu hermana? Tengo un archivo que me narra tu vida, un *instituto* de donde te liberaron. ¿No te parece extraño que no te parezcas a ella en ningún rasgo? Sin embargo, te pareces a alguien…

—Soy hija de Igor Kozlov —murmura insegura.

—¿Y cómo se llama tu madre?

—No es tu problema —sisea.

—Después de todo, quizás sí se parecen en algo, las dos no dejan que las ayuden.

Me alejo. Estoy perdiendo la puta cabeza con estas dos mujeres, principalmente con la que se supone que es mi esposa.

En la cocina la niñera está dándole una especie de papilla a Becca. Se sorprende un poco de verme, pero sabe camuflar bien sus emociones. Se hace a un lado cuando tomo mi lugar en la silla, observando a mi hija. Levanto la mano y le acaricio la mejilla con mis dedos callosos. Me avergüenzo de estar tocándola, siento que no merezco tener este pedacito de carne con sangre mía corriendo por sus venas.

—Yo me encargo —le digo a la niñera, agarrando el recipiente color rosa y la cuchara en miniatura blanca. Becca mueve su boca. Parece querer hablar, pero solo obtengo un hilo de baba—. Hola, princesa, ¿te gusta comer esto? Luce un poco asqueroso, pero seguro que tu papá Dimitri está obligándote a ser vegetariana, ¿no? Tranquila, yo te daré carne cuando vengas a casa.

Le doy una porción. Ella muerde la cuchara para que no se la saque de la boca. Debería de estar investigando cómo terminar con Dimak o informándole a Nikov de lo ocurrido, pero aquí estoy, en una cocina dándole de comer a mi hija. No sé en qué momento la mujer se va, el tiempo transcurre diferente mientras estoy con ella. Tiene diminutas manchas en sus mejillas y encima de la nariz, su pelo es fino, pero abundante, y el moño verde en su cabeza es chistoso. Sus brazos y piernas son gorditos, forman anillos que la hacen ver más preciosa.

—Tu madre estaría muy feliz al verte. Ella te amaba, Becca. Fue quien eligió tu nombre y fue valiente para darte vida. Te amó de una forma que muy pocos logran hacer en estos días —musito con suavidad. Dejo de lado el contenedor rosa y le limpio la cara con su babero—. No llores, porque, aunque me veas grande, voy a asustarme.

Le quito el seguro a su silla alta de bebé y luego, con mucha preocupación, la agarro de los laterales. He visto esto, no debería ser difícil, pero parece que es la tarea más complicada a la cual he sido enviado. Tengo temor de presionar muy fuerte o de hacerlo demasiado suave y que se me pueda caer de las manos. Ella es quien me guía, lo hago despacio, como si fuera una granada. Cuando por fin lo consigo la alzo y la llevo a mi pecho. Mi bebé se ríe, parece que acabo de encontrar un punto donde tiene cosquillas.

—Así que esto te gusta, pecosa.

Esconde la cabeza en mi cuello, su respiración es baja. Me empapa de baba, pero no me importa, pues está sobre mi corazón, ese que está latiendo fuera de control por ella. Me siento con mi hija en mi pecho, le cuento los dedos, veo sus uñas. Es una buena niña, tranquila. Me recuerda a Dalila en nuestros primeros días de matrimonio, encerrada, pero dulce, sin levantar su voz. Era calma y tranquilidad.

No sé qué hora es hasta que la servidumbre ingresa a la cocina para cumplir con sus deberes.

—Es hora de su baño —informa la niñera desde el umbral. No quiero separarla de mi lado, el miedo de que algo tan perfecto se me pueda ir es mucho más grande—. El señor lo está esperando en el despacho. Yo la cuidaré, le prometo y garantizo que estoy aquí para servirle a ella.

—¿Le gusta que la bañen? —cuestiono genuinamente interesado. Quiero aprender todo lo que pueda de ella.

—Sí, detesta estar pegajosa. También le gusta que le lean por las noches y ama el sol. Es muy tranquila si ha comido, pero cuando tiene hambre o no le gusta algún alimento se pone de mal humor —comenta con ese acento romántico español detrás del inglés.—Me gustaría leerle esta noche o estar cuando le lea algo.

—Por supuesto, le avisaré.

Le entrego a mi hija, alborotándole el pelo. Acto que la hace sonreír otra vez. Las veo marcharse y decido ir a mi encuentro con Dimitri, que está frente a la *laptop* en su despacho. Ha hecho una limpieza de daños borrando las grabaciones de las cámaras locales donde salíamos siendo atacados. Me informa que Avery y Alaska están juntas, mientras Kassia continúa durmiendo. Llamo a Nikov para darle la noticia de nuestro amigo en común.

—Buscará la manera de atacarte —le advierto.

—Estoy esperando que lo haga.

—Bien, solo quería hacértelo saber.

—Te enviaré parte de mis hombres, los de absoluta confianza —propone.

—No es necesario —ladro.

Mientras menos les deba a ellos o a este acuerdo de *La Trinidad,* mejor.

—Nuestro acuerdo funciona para todas las partes, Vlad. ¿Necesitas ayuda? te la facilito; ¿necesito ayuda? me la otorgas. Sé que asumiste hace poco el poder en Chicago, seguro estás dudoso de quiénes son verdaderamente confiables. —Odio que tenga razón, que sea demasiado bueno en lo que hace—. Necesitas proteger a tu familia, mis hombres lo harán. ¿Sesenta te parecen bien?

—Cincuenta estarán bien —claudico.

Debo dejar el orgullo de lado, tragármelo.

—Gracias por informarme de Dimak —revira.

No sé qué sentir o hacer con su agradecimiento, es algo inesperado.

—Sí, eso… Adiós.

Corto la llamada observando el aparato.

—No logré rastrearlo —se lamenta el rubio—. ¿Qué equipo tendrá? Mira esto, su señal estaba saltando en el mapa: Tokio, Alaska, Medio Oriente, Cuba… Joder, son buenos.

—¿Él puede rastrearnos a nosotros?

—Naah, yo soy más bueno —responde encogiendo sus hombros—. Solo quería saber si podía entrar a su seguridad, pero está triangulada.

—No entiendo nada cuando hablas así.

—Y tampoco entenderás si te lo explico.

—Exacto —confirmo sentándome frente a él—. Tu niñera es guapa.

—No es *mía,* es de nuestra hija.

—¿La follaste? Parecías muy feliz esta mañana.

—Vlad…

—¡Follaste a la niñera!

—¡Guarda silencio! —regaña. Se levanta y corre a la puerta para cerrarla—. Podría escucharte.

—¿Y qué?

—¡Es grosero que sepa que estamos hablando de ella!

—Las mujeres lo hacen todo el tiempo, se cuentan esas cosas.

—¿Cómo lo sabes? —se burla girando sus ojos.

—Dalila siempre me contaba todos los elogios que Emilie y Hannah levantaban de sus maridos y lo buenos que eran en la cama. Creo que ya conozco la polla de Cavalli —ironizo.

Aunque para Dimitri quizás sea una broma, es real. Dalila siempre llegaba narrando sus conversaciones, en la mayoría no prestaba atención, hasta que el nombre de Emilie salía a relucir. La escuchaba con la esperanza de que algo me diera indicaciones de que la Joya Cavalli no era feliz, pero Dalila nunca incluía peleas, solo lo mejor: los regalos, las folladas.

Es curioso cómo hace días tuve a Emilie de frente en Noruega y no sentí… nada. No hubo eso que antes estaba ahí. Sigue siendo una mujer hermosa. ¡Carajo! es un puto querubín, no tengo, ni nunca tendré duda, pero mientras estaba junto a ella no sentí nada, solo quería volver en búsqueda de Zaria.

—Susana es divertida…

—¿Eh?

—Estoy hablando contigo. ¿Dónde carajos está tu mente?

—En todo y nada al mismo tiempo.

—¡Vlad! —Escucho mi nombre en gritos, seguido de pasos apresurados—. ¡Vladimir!

La puerta se abre y la mujer que parece atormentarme aparece detrás. Me pongo de pie de inmediato. Su cara está roja, luce como si hubiera corrido por toda la casa.

¿Qué carajos…?

—Atacó la empresa —jadea—. Está en las noticias. Destruyó todo.

—¿De qué estás hablando?

Dimitri empieza a buscar mientras ella habla apresurada. La empresa de su familia, aquella que pasó a mi poder cuando nos casamos. Las imágenes aparecen en la pantalla del despacho de Dimitri en grande. El edificio está en llamas, las personas no saben cómo escapar. Se tiran por las ventanas, algunas caen muertas al vacío. Tiene una gran parte destruida. El imperio Kozlova cae a pedazos llevándose a decenas de inocentes entre el fuego. No tengo palabras mientras veo las noticias. Avery se tapa la boca, las lágrimas nublan sus ojos.

—Lo ha destruido todo. Esas personas no tenían culpa —llora. Alaska llega y la abraza—. No eran parte de la mafia, son personas normales.

—Quiere hacernos salir —digo—. La prensa empezará a hablar de esto. ¿Cómo pasó? ¿Por qué?

—Debo ir y tratar de ayudar.

—No irás a ninguna parte —siseo.

—¡Mira a las personas! ¡Debemos ayudar!

—¡¿A qué?! —le grito—. ¡¿Recolectar cadáveres?! Porque si alguno de nosotros va, así terminaremos. Seremos cadáveres en el maldito asfalto.

—Eran inocentes —llora desesperada.

Me muevo para tomarla en mis brazos. No opone resistencia. Poco a poco la voy conociendo. Tiene ganas de salvar a todo el mundo, pero es una tarea muy complicada para una sola persona.

—No puedes hacer nada —le digo abrazándola fuerte. ¿Por qué, incluso cuando quiero odiarla, solo consigo tener ganas de protegerla?—. Estas cosas pasan, Avery, y no tiene que ver con la mafia, sino con el mundo. Vivimos en uno bastante jodido.

—No creo que fuera Dimak —interviene el rubio buscando en sus aparatos.

—Es el único que me quiere aniquilar.

—Te equivocas —me corrige—. El segundo al mando de Igor también, y mira... —Gira su *laptop* para mostrarme las imágenes, son de algunos muertos.

Tienen una playera negra, explosivos pegados en su torso y espalda y un símbolo que conozco bastante bien: La estrella de la muerte.

La estrella de la Bratvá. Sangre por sangre.

Se usa para enviar un mensaje de monarquía. Mi poder, mis hombres… ellos pueden ponerse en mi contra si deciden que mis acciones en el trono de la Bratvá no son las mejores, si mi corona no ha sido ganada de forma limpia.

CAPÍTULO 27

AVERY

—Ya cálmate, Avery. No puedes hacer nada —intenta tranquilizarme Alaska.

—¡Es que no puedo cruzar mis brazos como si nada!—Caminar de un lado para otro no soluciona los problemas —revira pintándose las uñas. A veces quisiera ser como ella, sin ninguna preocupación—. Vladimir tendrá alguna idea, ya lo verás.

—Confías demasiado en ese.

Cierra el esmalte y enciende la televisión en un canal de música. No puedo dejar de repetir las imágenes de las personas muriendo, en parte por mi culpa.

—Pensé que lo odiaría, pero resultó ser amable conmigo. ¿Por qué quieres huir de él? Está buenísimo con ese aire de malote y su actitud imponente…

—Es un mafioso —gruño—. No tiene *aire,* es malo.

—¿Y no lo eres tú? ¿No lo soy yo?

—Es diferente.

—Explícame las diferencias.

—Yo he hecho cosas malas, pero para sobrevivir.

—¿Y él lo ha hecho por diversión? —corta.

Odio que sea una sabelotodo como su hermano. Maldita sea.

—¿Por qué te fuiste, Alaska? —contraataco, porque no tengo una respuesta que darle.

—Quería despedirme de Nick —responde tensa.

—Si no te hubieras ido estarías libre, lejos de esta vida. ¿Para qué despedirte de *Nick*? No le debías nada.

—¡¡Basta!! —grita molesta y se gira apartándose el pelo del rostro, parece otra persona—. Solo hablas de irte, ¡irnos! ¡Pero nunca preguntaste si yo también quiero! Lo deduces y me empujas en esta vida fantasiosa que tienes. ¡¿Realmente crees que se puede huir de la mafia?! ¡Somos la mafia, Avery! Nuestro padre era un mafioso, tu marido lo es, yo me crie entre ellos ¡¡Despierta, por Dios!!

—Laska…

—Estuve con Nick en sus brazos y me hizo sentir protegida, ¡eso es lo que quiero, Avery! Alguien que me cuide, que le importe. No aspiro a las mismas cosas que tú. Yo sí quiero ser dependiente de un hombre, no quiero hijos y quiero ponerme ropa linda para que todas las mujeres me envidien. Tú quieres creer que eres correcta, que no necesitas a nadie salvo a ti misma, que eres invencible, pero en el fondo todos buscamos sentirnos amados y protegidos. ¿Huir? Estás perdiendo el tiempo. Vi a ese hombre, no te dejará marchar.

»Creo que estás siendo estúpida por primera vez. ¿Cómo dio con nosotras en New York? Sí, no dudo que tengas un rastreador, incluso estoy segura de que yo tengo uno.

Se gira y se levanta la camisa, mostrándome una pequeña protuberancia, parece un dispositivo de esos anticonceptivos en los brazos. Me hace subirme mi vestido y observarme en el espejo, entonces busco en mi memoria alguna noche donde pude haberlo conseguido. ¿Gael? Es el único con quien tuve confianza antes. Vladimir queda descartado porque, de habérmelo colocado él, cuando escapé me hubiera encontrado, incluso sabría cuándo visité a Dominic, pero no fue de esa manera.

Así que solo tengo un hombre en la lista… Cavalli, pero ¿cuándo?

Alaska se aísla de mí. Mantiene la distancia y me duele, mucho más que crea que necesita de un hombre para ser feliz cuando no es así. ¿Qué sucedió entre ella y Romano en New York? ¡Fueron unas pocas semanas! ¿Qué iba a ocurrir? ¿Un amor de verano? Además, ella dijo que le hizo creer que era menor.

¡Cristo! Mi cabeza va a explotar. Sobre todo sabiendo que debo compartir la cena con Kassia e Ivanov. Sé que está haciendo esto a propósito para burlarse en mi cara, humillarme.

No puedo odiar a la mujer, ella está tratando de sobrevivir a su manera, buscando una atadura a como dé lugar con cualquiera. Me arreglo para

bajar al primer nivel, esta vez usando mi propia ropa. Por lo menos no se ha olvidado de que existo y mandó a la servidumbre a por algunas de mis pertenencias. Me visto de rojo porque, independientemente de todo, sé lo que causo en el hombre.

Soy ignorada. Podría ser el elefante en la habitación, pero, aunque no está prestándome atención, me siento feliz, porque en quien está sumido es en su pequeña hija Becca. Dándole de comer, omitiendo a todas las personas en la mesa. Ella disfruta la atención, ¿y quién no? Tener a semejante hombre babeando por ti.

«Podríamos ser nosotros». Nuestra familia unida.

Eso si viviera en un sueño, pero la realidad es cruda. La herida en mi cadera lo asegura, esta mañana todo iba bien y en un segundo el mundo explota para todos. Hombres murieron, familias están llorado ahora mismo gracias a las vidas que la mafia arrebata a cada instante. Cuando veo mis manos eso es lo que veo, la sangre de aquellos quienes sufrieron por mi culpa, de aquellos a quienes les fallé.

Se marcha con su hija para leerle y Dimitri no pierde el tiempo para llevarse a la niñera a follar al despacho. Parece que está en algún romance prohibido, ya que no son nada discretos.

Alaska se sumerge en mirar vídeos de YouTube mientras yo me recuesto a su lado luego de tomarme varios sedantes, porque no sé qué me duele más, si el cuerpo, el corazón o el espíritu.

Se la llevó a ella para leerle a su hija, se la llevó a ella a dormir a su cuarto. No debería quejarme, ¡por favor! Cualquiera estaría feliz. Encontró una nueva mujer a quien hincarle el diente.

Sin embargo, eso no me hace sentir menos humillada.

La noche es un asco. No logro cerrar mis ojos sin imaginarlos follando, a él tocándola, siendo mi vikingo con alguien más. Me baño con imágenes suyas poseyéndome en todos los sentidos posibles, enloqueciéndome, empujando su polla entre mi carne, abriéndome y dilatándome.

Y soy una hija de puta morbosa, porque nuestro último encuentro es el que más caliente me pone. La fuerza sobre mi cuerpo, follarme con algo prohibido dentro de mi mente, pero, joder… Lo disfruté. Me toco pensando en ese acto, en su fuerza, sus arremetidas; termino viniéndome en la ducha como una puerca.

Jesucristo, soy una cerda ninfómana. Dispuesta a no dar mi brazo a torcer, me maquillo para cubrir las ojeras. Agradezco que mi periodo se fuera o cortara por tener relaciones, no lo sé. Cambio el vendaje de mi herida, me visto elegante y peino mi pelo.

—Pareces la Avery que conozco. ¿Vas a darle una lección?

—Oh, sí. Tendrá una.

—Parece que tuvo sexo con ella, ¿escuchaste la madera golpear las paredes?

Me cuesta no dejar caer mi máscara y recomponerme para que ella no note que es la razón por la cual no dormí. Quizás no fue Vlad, al fin y al cabo, Dimitri está aquí también, pero mi mente no dejó de pensar en mi marido. Es ardiente y está necesitado, si quiere algo lo tomará, y más si la persona está dispuesta a dárselo. ¿Duele verlos en el comedor muy amistosos? Joder, es un maldito palo caliente en mi esófago.

—Buenos días —saludo mordiéndome la lengua.

—Buenos días, Avery. ¿Cómo está tu herida? —pregunta sonriendo Kassia.

—Sanando —respondo dándole una rápida mirada al ruso, pero está comiendo de su plato, tiene la mano de ella cerca de la suya.

—Alaska, comparte la mesa con nosotros —le pide Vlad. Estoy haciendo el amago de sentarme cuando continúa—: Avery, los soldados ya desayunaron más temprano. Fui muy específico ayer ¿no?

¡Hijo de su… purísima virgen!

—¿De qué está hablando? —cuestiona Alaska. Me paro recta. El orgullo machacado, pero el mentón en alto siempre. Puede romperme, pero no le daré la satisfacción de saberlo.

—Soy un soldado, mi deber es estar con ellos.

—Sí y tu deber es estar entrenando, no vistiendo de Prada —sisea—. Demuestra tu valía, gánate la comida que llevarás a tu estómago.

—Sí, señor.

—No le hables así —desafía Alaska.

Me sorprende que Vlad solo la observe y la deje ser altanera. Nos tiene en su poder, ya no es solo mi vida, sino la de ella. Si soy un estorbo, Alaska también.

—Tengo que trabajar. Está bien, cariño.

Intenta agarrarme de mi mano izquierda, consiguiendo hacer que el anillo se resbale fuera de mi dedo. El metal cae sobre la madera pulida del piso y todo se vuelve silencio por unos segundos.

El diamante rojo grita cómo se siente mi pecho. Trago grueso agachándome por el objeto y luego lo dejo en la mesa. Ya no me

pertenece, quizás nunca fue mío. Me acerqué a Vladimir con un propósito; fui la primera mentirosa, solo que en algún punto la línea fue disuelta y, aunque seguí con mi plan original, el cariño por ese hombre creció en gran escala, se convirtió en la bola que hoy en día me ahoga y hace doler el pecho, recordándome que no soy tan fría como creí.

Paso horas entre hombres, sufriendo sus comentarios estúpidos y teniendo que entrenar soportando el dolor de mi herida. No sé si hace esto para demostrarme las dos caras de la moneda o para castigarme por abandonarlo, traicionarlo o causarle una herida.

Estoy embarrada de lodo cuando entro en la casa al atardecer, famélica porque, a pesar de que comí algo en el almuerzo, la verdad no fue mucho. Tengo los músculos doloridos, la cabeza a nada de estallarme y los pies a fuego. Quiero un baño y un lavado de pelo. Soy un soldado, sé de adiestramiento, pero tener a veinte hombres sobre ti reventándote durante horas no es un entrenamiento justo.

—Quiero que vengas conmigo —le dice Vladimir a Alaska en la sala.

—¿Ir a dónde? —interrumpo.

Ella no puede andar en público, así como así.

—Vladimir hará una celebración mañana para recaudar fondos.

—¿Fondos para qué? —cuestiono a Dimitri, quien me ha respondido.

—Se hizo un anuncio público para la prensa y detener las acusaciones a las que la empresa y su nuevo dueño fueron sujetos. No se puede anunciar que Vladimir tiene el dinero para cubrir todos los gastos, así que se hará una gala para mostrarse ante todos en Chicago.

Claro, eso tiene lógica. El seguro pagará los daños en la infraestructura de la empresa, pero no les dará dinero a las familias afectadas.

—Tengo contacto de algunas personas…

—Tú no vendrás —dice Vladimir arreglándose la chaqueta. Viste de negro, se ha recortado el pelo de nuevo y limpiado la barba. Está más exquisito de lo normal, consigue hacer que mi sexo lata con solo verlo. Huelo su gel de baño en el ambiente, yo estoy del asco—. Kassia será mi acompañante y quiero que la sociedad conozca a Alaska.

—Es mi empresa —gruño.

—*Era* tu empresa. Hasta donde tengo entendido me la otorgaste por tu libre voluntad a cambio de que asesinara a tu padre, cosa que hice.

—Yo tengo que estar ahí, conocía a esa gente.

—Al despacho, ¡ahora! —me ordena encaminándose primero sin esperar mi respuesta.

Odio tener que hacerlo y estar por debajo de sus malditas órdenes que bien puede pasarse por el culo. Cierro la puerta a mi espalda y espero a que empiece a hablar, pero se sienta y medita unos segundos antes de mirarme. Juro por Dios que parece volverse más oscuro y temible con el pasar de las horas, su semblante es del mismísimo diablo.

—Vlad, sé que…

—¿Quién es Alaska? ¿Qué significa para ti? —pregunta recostándose en la silla y golpea sus dedos en la superficie del escritorio con una sonrisa satánica.

—Es mi hermana, ya lo sabes.

—Tu hermana —repite pasándose la lengua por los labios—. ¿Eso es todo lo que vas a decir?

—¿Qué se supone que deba decir?

—Zaria, Zaria —canturrea—. La diosa de la belleza y el engaño.

—Es mi hermana. La protegeré y daré mi vida por ella, ¿feliz? —rujo y me sobo la sien porque empieza a palpitarme de coraje—. Tienes tu derecho a estar molesto conmigo, soy yo quien mintió y te traicionó, pero no metas a Alaska en esto, su vida ya ha sido lo suficientemente dura como para que la uses para vengarte de mí.

No tengo tiempo para estas batallas verbales del tira y afloja, no es lo mío, así que abro la puerta para largarme lejos de su presencia cuando me llama. Lo observo sobre mi hombro cuando prosigue.

—Dos —musita lanzándome dagas con la mirada.

—Las pollas que debes meterte por el culo —siseo y salgo azotando la puerta.

Me quito el lodo del cuerpo, pero la humillación no se va y sé que tengo que hacer algo para cortar este maldito rollo de Vladimir, demostrarle que no me importa una mierda nada, que no tengo sentimientos. Sé que me humilla para conseguir una emoción en mí, algo como cortarle la cabeza a Kassia con mis dientes y follármelo sobre la sangre de dicha mujer. No me costaría nada, pero esa sería la mujer loca, la desquiciada actuando. Debo tener un plan más sutil, pero efectivo. ¡Ya ni sé lo que quiero!

Quería dejar la mafia, ser feliz y normal, hacer cosas comunes que se sientan extraordinarias.

¿Ahora? Quiero demostrarle a ese hombre quién soy cuando me desafían.

La familia feliz cena en el comedor mientras yo lo hago en la cocina, lo bueno de ello es que puedo disfrutar dos cervezas hasta que necesito aire y salgo por la puerta trasera para sentarme en la escalera, disfrutando del aire de la noche. Tengo un vestido rojo hasta las rodillas con una abertura en mi pierna derecha y el pelo recogido hacia un lado. Me inclino para dejar que la brisa acaricie mi piel y cierro los ojos, hasta que percibo a alguien a mi lado. Es uno de los soldados, muy apuesto, rubio, con el rostro cuadrado.

—¿Algo para refrescarte? —pregunta dándome una botella de cerveza.

—Gracias —acepto tomando su oferta—. ¿No tienes guardia?

—No, mi compañero vigila. Hoy es mi noche libre, ¿tampoco tienes?

—¿Trabajas para Dimitri?

Niega con un movimiento y eso explica por qué se ha sentado a mi lado. Si supiera quién soy o a quién *pertenezco* estaría en la otra punta del continente.

—Mi nombre es Aldrik y soy el futuro líder de St. Petersburgo. Roth Nikov me ha enviado.

—Oh —susurro. Eso tiene más sentido aún—. ¿Qué hace un futuro líder aquí?

—Ahora mismo disfrutando la vista de una soldado muy bonita, algo muy extraño en nuestras costumbres. ¿Dónde naciste?

—Moscú —respondo con la verdad, alarmada de lo cómoda que me siento al lado de este extraño.

—¿Puedo saber tu nombre?

Doy un sorbo a la cerveza, refrescándome la garganta.

—Es más misterioso si me lo reservo. —Por el rabillo del ojo veo la figura que está abriéndose paso entre la noche, así que coloco mi mano en el muslo de mi acompañante, quien sonríe, seguro que imagina una noche muy salvaje—. Mi amo viene a domesticarme —susurro muy cerca de sus labios antes de recibir un jalón en mi antebrazo que me separa del hombre en cuestión de segundos.

—¿Qué carajo haces, Avery? —ruge enfrentando mi cara de burla.

—Ligarme a un buen semental, ¿algún problema?

—Entra en la casa en este mismo instante si no quieres que te dé varios azotes por zorra.

—Quizás esta vez quien necesita los putos azotes sea otro.

—¡A la casa maldita sea! ¡Con un demonio!

—*Bye*, Aldrik —burlo guiñándole un ojo.

—No sabía quién era. —Escucho cómo se excusa.

—Mantente alejado de mi esposa —gruñe el jefe, el poderosísimo Vladimir Ivanov.

Acelero el paso porque sé que viene detrás de mí y aprovecho para pasarle corriendo a Dimitri en la puerta principal. Me río subiendo los escalones apresurada, agradeciendo que mi verdugo es detenido y que perderá tiempo antes de venir a domesticarme. ¿Quiero que me azote? ¡Sí! Pero más quiero darle un poco de su amargo. En vez de ir a mi habitación junto a Alaska sigo hasta el final del pasillo a la que está ocupando con ella. Abro la puerta si pedir permiso. Kassia está bailando esa música árabe, moviendo la cintura como hizo en La India. Se mueve entre unas telas de color crema con su pelo suelto, embrujando con su danza, haciendo que cualquiera pierda la cabeza. Sé que Vlad la está usando para hacerme sentir menos, pero no espera esto. Dejo la puerta abierta, quiero que la música lo guíe a este preciso lugar.

Ella tropieza conmigo cuando estoy demasiado cerca, ríe creyendo que es alguien más y se asusta al percatarse de que soy yo. El miedo está claro en su expresión, quizás crea que me decidí a matarla, pero tengo mejores planes, esos que le gritarán a Vladimir Ivanov que nunca sentí nada por él, que todo no es nada más que una vil mentira.

—Hola, Kassia —musito con suavidad, dejando que la música se vuelva incluso parte de mí—. Te ves muy bonita cuando bailas, ¿me enseñas?

Traga saliva asintiendo.

—Claro, tienes que quitarte lo zapatos.

—¿Estos? Pero soy muy sexis, me gusta tenerlos puestos, sobre todo cuando follo. ¿Te han cogido con tacones altos?

Niega respirando alterada. Le toco el pecho con la punta de mi dedo y luego la hago caminar hacia atrás, hasta que cae sentada en la cama.

—Te prestaré los míos.

Me quito los zapatos de tacón fino y suela roja, entonces me arrodillo a sus pies, subo el derecho y me llevo el dedo gordo a la boca. En cuanto lo chupo deja caer su cabeza hacia atrás con un jadeo.

—Vladimir dijo que debo cuidarte, cualquier cosa que necesites… —digo colocándole mi zapato, el cual le queda casi perfecto. Repito lo mismo con el segundo pie y luego subo, trepándome por su cuerpo. La tela que le cubre los senos se desliza, dejándome admirar un pequeño pezón oscuro—. A Vlad le gusta jugar y me ha enviado a entrenarte.

—¿Qué? —gime frunciendo el entrecejo.

—Sí, él quiere tenernos a ambas esta noche. ¿Estás dispuesta a eso?

—Yo… —titubea. Le agarro el mentón con fuerza.

—Solo imagínalo prendado de ti, con su gruesa polla en tu coño. Los jugos que vas a desbordar, los lametazos que le dará a tus pechos… le encanta lamerlos. Los míos siempre quedan rojos y sensibles. Apuesto que ya empezaste a mojarte, ¿no es así?

Bajo mi cabeza a su cuello y saco mi lengua para lamer. Para ser un soldado lo primero que te quitan es la humanidad, te programan a apagar tus emociones, abrir tu mente a un objetivo y no sentir más que eso: la victoria al final.

Me paro sobre mis pies y llevo mis manos sobre mi cuello, abro mi vestido y dejo que la tela baje en una cascada por mi cuerpo. Kassia se admira porque tengo el cuerpo de una ninfa. Soy el deseo de los hombres y la pasión prohibida de cualquier mujer. Me suelto el pelo, moviéndolo para que ella sea tentada con esa fruta prohibida.

Esta noche cualquier esperanza de Vladimir Ivanov quedará en el olvido. No soy la piedra que espera los golpes sin actuar y tampoco el prototipo de mujer obediente que espera las decisiones de su esposo sin cuestionar, es por ello que no sirvo para ser una mujer dentro de la mafia. Yo no quiero ser dominada, yo quiero ser quien domine; porque si me quedo sé que seré la primera mujer que consiga hacerse con el poder.

La sed de sangre en mi interior es más potente que la paz, y si le doy una chispa de esperanza a esa mujer ella consumirá todo.

CAPÍTULO 28

AVERY

El cuerpo posee una sinfonía que pocos saben tocar, te conecta a otro ser por medio de ese latido, de esa caricia o ese toque específico. Mi cuerpo es adicto a una melodía, la que él sabe tocar para elevarme, aquella que me obliga a anhelar más, a caer en sus brazos y no querer irme de ellos, a desgarrarme el pecho y entregarle mi corazón. «Odio sentirme así y lo amo al mismo tiempo».

Su toque es suave, una caricia delicada; sus dedos van por mi cintura y suben a mis pechos. Cierro los ojos, dejándome ir con la música envolvente. Siento que soy la serpiente a quien ella hechiza, me he convertido en el animal que hipnotizó en La India. Caigo en la cama y le abro mis piernas, dejando que se posicione sobre mí. Empieza a besarme el vientre mientras me mira con esos ojos grandes que tiene. Es coqueta, seductora. Está en su sangre. El pelo oscuro la hace aún más llamativa y vibrante. Bajo la mano hasta mi sexo, que se siente caliente, y abro mis pliegues húmedos.

Kassia se pasa la lengua por los labios antes de bajar hacia mi sexo y lamer. Quiero cerrar los ojos y dejar caer la cabeza hacia atrás, pero la vista del hombre en la puerta enfocando la escena con aquel porte imponente, altanero y poderoso no me lo permite. Vladimir Ivanov nació para ser un dominante nato, está en todo él; quizás antes no experimentó su potencial, pero sé que desde ahora en adelante lo explotará.

—Hola, vikingo… Te estábamos esperando. —Levanto mi mano invitándolo a la cama.

Kassia retrocede con mis jugos en toda la cara. Me paro en la cama y empiezo a caminar saltando al piso como una felina y me acerco al mafioso. Permanece de pie, estoico. Me estiro para llegar hasta su boca, saco mi lengua y lamo sus labios. Antes de registrarlo su mano se posiciona en mi cuello y presiona fuerte. ¿Soy una hija de puta por excitarme a mil con este acto descontrolado? ¿Es por esto por lo que me encanta molestarlo?

—¿Te querías follar a ese pedazo de excremento?

—Es en tu habitación donde estoy, no en la suya.

—¿Por qué tientas a este diablo, Avery?

Agarro su mano libre, moviéndola al centro de mis piernas. Quiero que sienta la humedad que se desborda por su causa.

—Me fascina quemarme en sus llamas —respondo. Se me altera la respiración cuando me penetra con uno de sus dedos—. ¡Bésame! —demando.

Deja mi cuello libre para apretujar mi pelo y devorarme la boca como un poseso cruel. Abro su ropa desesperada, reventando algunos botones, y le abro el pantalón igual o peor. Solo me alejo por la falta de aire. Y es en ese preciso momento que recuerdo por qué estoy aquí, viene a mi mente la tercera persona en esta habitación.

—Kassia —la llamo.

Vlad parpadea recobrándose igual del momento, parece que no soy la única que se ha olvidado de que el mundo siguió su curso incluso cuando nos besábamos.

—¿Puedo tocarlo? —me pregunta a mí, no a él. Amo que ella entienda quién tiene el verdadero poder. Una mujer es intuitiva para esas cosas.

—Chúpalo —ordeno retrocediendo.

Kassia se arrodilla frente a mi esposo, le toma la polla en la mano y se la introduce en su boca. Vlad no deja de mirarme en ningún momento. Va a castigarme, lo sé. Ahora estará quemándose por dentro, entendiendo lo que este acto significa entre ambos.

Porque, en el fondo, esperaba que hirviera de celos por Kassia. Quería que actuara como una mujer enamorada, herida; que le gritara mi amor a la cara.

Empiezo a masturbarme con la agradable vista. No seré una mentirosa, estoy encantada con lo que está sucediendo aquí. No siento celos porque estoy llena de morbo. Cristo, verlo recibir placer no tiene nada de malo, aunque sí es muy jodido sentir que ardo cuando es otra quien lo saborea, pero sus facciones, su mirada… todo está tan concentrado en mí que al final Kassia es solo una muñeca sexual entre dos amantes.

Sus movimientos son violentos al follarle la boca, la saliva le resbala por el mentón y el cuello, cayendo en sus pechos. Vlad no tiene ningún tipo de contemplaciones, me doy cuenta de que conmigo, incluso siendo un animal, se ha contenido. Froto más fuerte, dejando que el placer sea mi único propósito. La boca se me hace agua, el anhelo de tenerlo en mi boca va aumentando. Vlad levanta a Kassia, apartándola. Sale de su pantalón y zapatos antes de agarrarla de la mano y tirarla a mi lado. Ella se prepara para recibirlo cuando me siento sobre su rostro, sus manos me abren las nalgas y con su lengua tortura mi pequeño botón. Entonces me inclino para chuparle la verga a mi esposo.

Sisea en cuanto lamo la cabeza y le escupo mi saliva, bañándolo de mí antes de sonreír observándole y cerrar mis labios a su alrededor, introduciéndome más de la mitad. Dios, es tan grande y grueso. Me ayudo con la mano para sobar sus testículos y deja salir mi nombre en un jadeo. Yo muevo mi boca en su polla, mi mano en sus bolas y mi culo sobre Kassia; mi saliva resbala sobre su pubis. Es erótico, loco, incorrecto, fuera completamente de lugar, pero… Es lo que yo quiero ahora mismo y mientras lo hago solo soy capaz de saber que, aunque para el mundo no sea normal, a mí me está dando placer. Es la mejor terapia para mis músculos.

Entiendo el morbo de compartir este acto con alguien más, es un amplificador de todo lo que está jodido. Tu cuerpo se enciende el doble, la mente está en *shock*, el corazón late cuatro veces su capacidad por segundo, la piel es más sensible y los sentidos se han triplicado.

Le agarro el tronco y lo libero de mi interior. Entonces alzo la vista hacia sus ojos mientras con mis dedos abro los labios vaginales de mi amante femenina para colocar el glande de mi hombre en su entrada.

—No quiero arrepentimientos ni culpas —advierte.

—Me gusta —admito.

Y, mierda, es lo más sincero que he dicho en mucho tiempo.

—Maldita loca —revira.

Me agarra de la cintura y me alza. Mis pies se prenden de su cintura, mi pecho contra el suyo y mis manos en su cuello. En mis nalgas siento el vientre de Kassia, en mis labios cómo él se desliza dentro de ella y mi boca tiene a su lengua castigadora.

Estoy a punto de explotar y ni siquiera me está follando a mí. Cuando tiene suficiente de mi boca me sienta sobre nuestra tercera amante y me recuesto en su pecho, sus pezones duros me tocan la espalda. Mi esposo se mueve rápido dentro de la mujer, golpeando su carne con ella, haciendo que la habitación sea un coro de los gritos de placer de nuestra compañera, quien me abre las piernas, me ofrece a mi marido y mueve sus propios dedos en mi vagina goteando.

Vlad se une. Con una mano amasa mi pecho, los cuales ama tanto, y con otra me masturba, metiendo dos dedos en mi hambrienta cavidad y uno en mi trasero. Dios, estoy a nada de tener un gran orgasmo. Curvo mi espalda y muevo mis caderas buscando que sus dedos encuentren ese botón en mi interior que me hace explotar en millones de fragmentos.

¡Zas! Es el primer azote con su palma abierta en mi sexo en cuanto deja de introducir sus dedos en mí. Sigue con una secuencia de cinco más hasta completar seis. Me dejo ir con el coño latiéndome y dolorido. No sé si acabo de orinarme o qué puta mierda sucede en el mundo, porque olvido si vivo o estoy aquí existiendo entre la nada del universo.

Se mueve para acostarse en el centro de la cama y recoge mi cuerpo, el de su marioneta, que aún se encuentra en el limbo de lo perfecto. Entonces se introduce en mi interior y solo allí reacciono arañando sus brazos.

Las palabras te pueden engañar, pero los cuerpos jamás. Y los nuestros están sincronizados de una manera aterradora.

—Admite lo que sientes, Zaria.

En vez de responder agarro el rostro de Kassia y la beso, porque jamás podría perdonarme ser débil.

Dejar mis sentimientos en libertad solo conseguiría destruirme a mí misma.

Lo amo. Sí, lo hago. Ese tipo de amor fuerte, arrollador, imperfecto y perfecto a la vez. El cual sientes que te asfixia, pero que lo necesitas peor que una droga en tu sistema.

Es solo que… con el pasar de los años aprendí a amarme más a mí. Es por eso por lo que puedo decir adiós, incluso amando de la forma en la que lo hago.

CAPÍTULO 29

VLADIMIR

Avery es la reina del averno. Diosa, tentación y condena en un cuerpo de ángel cubierto de pasiones prohibidas. Me monta frenética, dejándose llevar al máximo éxtasis y yo me vierto en su interior, disfrutando de su cuerpo, porque es lo único que estará dispuesta a darme. La noche es larga, tormentosa entre el sexo que no deja de calentar tres cuerpos. Al final caemos sin aire, sudorosos, satisfechos. Kassia coloca su cabeza en mi pecho y yo rodeo la cintura de Avery, que es la primera en dormirse.

El calor de su piel me lleva a soñar y estar relajado en la cama, una que no había usado hasta este momento. Decidí dormir en una habitación de servicios para que Kassia tuviera espacio. Detallo a mi guerrera, queriendo tontamente congelar el tiempo y quedarme con esta mujer descansando en mi cama. Si bien el cuerpo de Kassia está a mi lado, no provoca nada en mí.

Despierto con calor y una pierna en mi cadera. Mi amigo, despierto, quiere atención. Tengo la cabeza enterrada en la almohada, que huele a Zaria; alargo el brazo para buscarla, pero solo encuentro vacío. Maldigo internamente antes de salir sin despertar a la mujer en la cama y voy al baño para dejar que el agua me limpie de las últimas horas. Necesito encontrarla, hablar con ella, mirar su reacción de esta mañana, porque a veces actuamos con impulsividad, hablamos o hacemos actos que luego, cuando el coraje ha pasado, sentimos que fuimos demasiado arrebatados y poco pensantes. Unas manos me tocan el pecho, enjabonándome. La detengo al instante girándome.

—Pero anoche…

—Mi esposa quería. La complací.

—No te entiendo —susurra bajando la cabeza—. Si quieres estar con ella, ¿por qué la humillas conmigo?

—No justifico ni explico mis actos.

—Lo siento, no quiero faltarte el respeto.

—Báñate y prepárate para esta noche.

—¿Aún seré tu acompañante? —cuestiona.

No tengo una respuesta concisa, porque no tengo idea de en qué punto estoy con mi jodida esposa. Salgo del baño secándome con una toalla y me visto rápido. Es tarde, pasadas las diez de la mañana, pasó el desayuno de Becca hace una hora y Alaska se encuentra en el salón principal armando una especie de lego. ¿Dimitri le compra toda esa mierda?

Ella es como la princesa de este lugar… Es mi hermana. Aún me hormiguea el cuerpo al pensarlo, la prueba de ADN llegó ayer certificando nuestro parentesco, ¿qué tiene que ver Dominic en todo esto? De pensar que somos hermanos, carajo, se me remueve el piso.

—¿Te quedarás acosándome desde la distancia? —pregunta la chica.

—¿Te sientes bien aquí? ¿Te gusta estar con nosotros?

¿Por qué carajo pregunto esta mierda? ¿Quiero que esté bien? Sí. Incluso antes de saber que compartía mi sangre sentí esa vena de protegerla en New York. Cuando sonríe es muy bonita, sus ojos se iluminan.

«Ella sí sonríe». Es fresca, espontánea, tiene huevos para responder y cerrarte la boca, posee esa mirada traviesa de Kain, ladea la cabeza como Cavalli y entrecierra los ojos como yo.

Joder, me siento mareado. Me agarro a la barandilla, creo que me dará un maldito infarto.

—Sí, me gusta, pero ¿puedo pedirte algo? ¿Estaría bien que mi hermana venga con nosotros? Me gusta estar a su lado. Me protege. —Baja la cabeza al decirlo, no quiere dejarme verla vulnerable. Camino hasta ella, acuclillándome delante de sus piezas plásticas—. Por favor.

—Yo también voy a protegerte. Todos mis hombres lo harán.

—¿Por qué harían tal cosa? Yo no soy nadie.

—Eres familia —digo sin poder confesarle la verdad hasta no hablar con Avery y averiguar cómo haremos funcionar esto—. Y, guárdame el secreto, no pensaba dejarla detrás, solo estaba haciéndola encabronar. Se ve hermosa cuando está molesta.

—¡Oh! —Abre la boca sorprendida—. Eso es nuevo.

—¿Qué tal si le haces creer que la estás invitando tú? Y así nos guardamos secretos mutuamente.

—¿No vas a decirle que me viste besando a Nick?

—No, no pensaba decirle. No tiene nada de malo, solo que Nick es un mafioso, como yo, y nosotros no somos buenos, Alaska. Sería mejor que miraras otros horizontes —aconsejo levantando una de las figuritas—. Un político, un abogado… hasta un chico famoso, no sé.

—Me alegro de que estés en la vida de mi hermana. No seas muy duro, ella es difícil, pero no imposible. Y, para tu tranquilidad, creo que paso de tener novio. Es muy complicado por lo que veo. Estoy más inclinada a la universidad.

—Lo tomaré en cuenta —concedo entregándole la pieza antes de ir a la cocina y comer algo.

Luego voy con Dimitri, que está ocupado con el problema de la empresa. Podría resolver todo con dinero, pero quiero construir una fachada al público que me permita ser parte de la sociedad de Chicago sin esconderme, sin que ellos sepan quién soy en realidad.

Inconscientemente, abro el cajón donde está el documento de la prueba de ADN y todos los papeles de Alaska. Dimitri deja de hablar sobre el negocio y guarda silencio.

—Dilo —le ordeno. Sé que está mordiéndose la lengua.

—Anoche investigué un poco más.

—¿Y?

—Tu papá era un soplón para Gabriel Cavalli, mira. —Me entrega una carta escrita en ruso. Está casi despedazándose, al menos lo que fue copiado a una hoja normal. Es un tipo de clave, son números de cuentas de la Bratvá, al menos lo fueron en algún tiempo—. Son cartas que tu padre escribía y se las enviaba a un… —Rebusca entre sus notas—. Joseph Greystone.

—¿Greystone?

—Sí, era un director de la CIA. Murió en un accidente aéreo.

—Sé quién es —respondo recordando al padre de Emilie, la Joya Cavalli. ¿Por qué el viejo tendría cuentas de Rusia y, además, enviadas por mi padre?

—Joseph era el contacto de Gabriel. Usaban al viejo para comunicarse sin que nadie lo supiera.

—Cavalli odiaba a los rusos, ¿cómo es posible?

—Creo que odiaba al papá de los Nikov por tener el poder de la Bratvá, pero usaba a Akie, tu padre, para conocer a su enemigo —

explica moviéndose incómodo—. La cosa es que creo que tú y Cavalli son medios hermanos.

—Eso es estúpido…

—No, no lo es. De acuerdo con los papeles de Alaska ella es hija de Cavalli y su difunta esposa, y ahora sabemos que ella y tú son medio hermanos. También mencionaste el parecido del infante con Kain. ¿Crees que todo son meras coincidencias? Además, las cicatrices en tu rostro son una prueba. ¿Por qué no te asesinó? ¿Para qué dejarte vivir? ¿Por qué este loco plan donde te deja la fortuna Kozlova y te posiciona dentro de la Bratvá de nuevo?

—¿Quizás quiere que Nikov tenga un rival? ¿Tal vez planea retirarse de la mafia? ¡Qué sé yo! Dominic es impredecible.

Dejé de intentar descifrar al hombre hace mucho, actúa siempre por donde mejor le conviene. No iba a dejar que Avery se llevara a Alaska… a menos que Dominic no sepa quién es. ¿Y si Avery no solo jugó conmigo, sino con su principal fuente? ¿Si nunca le reveló todo a Cavalli sobre la chica? Él puede estar creyendo que Alaska es simplemente hermana de Avery. Si lo que sucedió anoche sirve de algo es para dejarme muy claro que mi mujer se tiene como propiedad a ella misma, no está interesada en nada que no sea su futuro.

No sé si eso es lo que más me hace sentir orgulloso. La maldita lunática tiene unos ovarios de hierro, mira por y para ella, y, dentro de toda su locura, solo tiene a la vista salvar a Alaska y que sea parte de sus planes.

Solo que empiezo a creer que, muy en el fondo, se está engañando. No lucha por proteger a la chica, solo quiere tener a alguien, y, de ese modo, no quedarse completamente sola.

—Dante está en New York, ¿cierto? —cuestiono poniéndome de pie.

—Sí. Sigue esperando a Avery, sospecho.

—Hazle creer que ella lo requiere aquí.

—¿Qué estás pensando?

—Haz lo que te digo. Quiero al viejo aquí.

—Como ordenes. —Levanta la mano haciendo un saludo militar.

Busco a Avery por los rincones de la casa, pensando que puede estar arreglándose, hasta que Alaska me informa que la terca de mi mujer se rehúsa a ir con nosotros. Al final la encuentro en el área de entrenamiento. Dimitri tiene un gimnasio adaptado para la seguridad, arriba, en el segundo piso de la edificación que se encuentra apartada de la casona principal, tiene dormitorios comunes.

No me gusta lo que encuentro, mi esposa entrenando con el hombre de anoche. Nikov me dio una explicación de quién era, pero no me interesa si está pegado a mi esposa como un maldito jabalí. Cuando ella lo tumba y sube sobre su estómago, quiero entrar y arrancarla de su cuerpo. Nadie la puede tocar excepto yo, pero me contengo apretando mis puños, las imágenes de la noche anterior vuelven a azotarme. Avery no tuvo ni una pizca de vacilación cuando Kassia me tocaba, parecía no importarle. No estaba celosa, apostaría que disfrutó todo. Ella retrocede, sentándose en la lona, dobla sus pies bajo su cuerpo y el tipo le lanza una botella de agua. Tiene una blusa negra que deja apreciar sus pechos, un pantalón del mismo color y botas militares amarillas, con su pelo recogido y mechones sueltos en su rostro.

—Eres bastante buena —dice elogiando su desempeño.

—Aún me cuesta creer que no están locos por tenerme junto a ustedes —responde dándole un sorbo largo a su agua. Parece sentirse en libertad, puesto que no tiene esa postura defensiva, por el contrario, actúa muy suelta y natural, recordándome a la Avery de la isla, aquella que dijo que nos casáramos de la nada.

—Se nos advirtió actuar normal delante de ti.

Sí, genio, y parte de eso consistía en que ella no se enterara de que todos están amenazados para no decir una maldita palabra. ¿La gente es estúpida o qué? ¿Dónde quedó la parte de cerrar la boca?

—¿Quién ordenó tal cosa?

—El que ahora sé que es tu esposo, Vladimir Ivanov.

—¿Él ordenó eso?

¿Por qué carajos está sorprendida? ¿Por qué mierda no voy a protegerla hasta de mis propios hombres? ¿Cuándo no he velado por ella? No se lo dije porque creo que existen palabras que no necesitan ser expresadas, pero que se demuestran.

—Sí, pidió que te tratáramos como a un hombre más, también nos amenazó sobre no hacer comentarios que pudieran ser hirientes.

—No sabía —murmura negando—. Me extrañaba que no comentaran nada, sé que las ideas de la Bratvá son claras sobre el lugar de una mujer.

—El mundo evoluciona, la mafia igual. Sé que algunos antiguos miembros perderían la cabeza si se enteraran…

—Me matarían.

Nunca permitiría que nadie tocara ni una hebra de su negro cabello.

—Eso también —concede el rubio, rascándose la cabeza—. ¿Es por eso por lo que quieres irte?

—¡¿Cómo sabes eso?! —gruñe mi guerrera poniéndose de pie, precavida y lista para cargarse al maldito.

—Calma, no se necesita ser un genio. Ayer te la pasaste vigilando el perímetro, hoy anotaste los cambios de guardia… Está claro que estás planeando marcharte. Derribaste a cuatro de los hombres más fuertes, en mi opinión lo hiciste para debilitarnos. Soy observador, no imbécil.

—¿Por qué no se lo has dicho a Vlad?

—Aún no lo veo —responde encogiendo sus hombros.

Maldito. Quiere pasarse de listillo.

—No me gusta… *aquí* —musita ella con suavidad. Yo soy *aquí*, Avery. Esto se siente como correr tras Emilie Cavalli en el pasado, creer que tenía una oportunidad con ella. Es volver al maldito círculo, «¿me he obsesionado con Avery Kozlova?».

—¿Qué es *aquí*?

—La mafia, quiero irme de ella.

El silencio se prologa un largo tiempo antes de que el esqueleto de cuerpo tonificado hable. Es ridículo estar escondido escuchando a mi esposa contarle a otro hombre que quiere dejarme. Es incómodo darme cuenta de que no existe nada que haga que Avery me incluya en parte de su mundo. Está claro que esta relación solo fue de conveniencia. Ella buscaba su salida de la mafia con nuestro matrimonio.

—Cuando tenía dieciocho le pedí a mi padre entrar a una academia militar, necesitaba conocer algo más que no fuera este mundo. Se volvió loco, pero al final me mandó. Y ese mundo fue increíble, fue bueno ser normal. Beber una cerveza con un grupo de desconocidos, hablar con ellos sin que me miraran diferente, no seguir reglas.

—¿Fuiste a algún cine? —le pregunta genuinamente interesada.

—No, nunca. ¿Por qué?

—Yo quiero ir a uno. Sentarme a ver una película. Tiene que ser de terror o sangrienta, nada cursi porque me hará dormir —explica con emoción—. Me imagino sentada comiendo mis palomitas de caramelo, mi soda grande y riéndome de los efectos horribles de la pantalla… Tiene que ser hermoso no sentir que te persiguen, no estar mirando sobre tu hombro por si algún enemigo está cerca y no cumplir reglas. Ser libre, simplemente reír de los momentos sencillos.

Quizás Avery no quiere dejar la mafia, sino tener un balance entre una vida y otra. Los dejo con su conversación, como si nunca hubiese estado espiando. Entro a la casona pensando, analizando los pocos retazos que tengo en mi memoria, ¿qué detalles he tenido con la loca? Bueno, esta vida. Ese es un regalo perfecto.

En la mafia las traiciones pesan y solo conducen a un camino bañado de sangre. Ella tendría que estar muerta por el simple hecho de su traición, pero no lo pensé en ese momento y tampoco está en mi mente asesinarla. Le entregué un anillo, el mismo que ahora tengo en la mesita de noche junto a la cama desde que lo dejó caer ayer, pero luego de eso… nada.

Las horas pasan. Debo prepararme, sin embargo, mi mente está en todo lugar, aquí y allá. Entre mi nuevo descubrimiento de mi media hermana, de Dominic siendo posiblemente mi hermano también, en las actitudes de Avery, en proteger a mi hija, una empresa ardiendo, personas queriendo dinero… El peso está sobre mis hombros y debo resolver un problema a la vez. Hago unas cuantas llamadas, resuelvo pequeños ajustes y quedo contento con el resultado.

—¿Por qué estoy sobornando al director de la Universidad Estatal? —se burla Dimitri arreglándome la corbata.

—Alaska quiere ir a la universidad.

—¿Ya hablaste con Avery?

—¿Por qué debería?

—Estoy sorprendido de que no se hayan matado el uno al otro, ustedes dos son iguales. Si no hablan esto será una bola de nieve que les impactará en la puta cara a ambos. Ella tiene muchas respuestas y es hora de que sepas qué verga está pasando.

—Ella quiere largarse, eso es lo único que pasa.

—La pregunta es: ¿estás dispuesto a dejarla ir?

Acomodo la manga de mi traje. Sé que siento algo por esa mujer, pero sé que cuando tensas demasiado una cuerda tiende a romperse, también llevo bastante presente que algunas aves son más bellas cuando alzan el vuelo y se alejan de ti, que no puedes atarlas y pretender que serán felices. Y, lo peor de todo, en el punto en el cual me encuentro, escalando sobre mi poder, solo puedo tener una preocupación y objetivo claro, no puedo luchar por quien no quiere estar.

El amor no se fuerza porque si no se escapa de tus dedos.

—Sí —pronuncio con seguridad, convencido de mi decisión—. Si alguien quiere estar aquí es bienvenido a quedarse.

—Al irse significa que no tendrá tu protección.

—Es un soldado, seguro que sabrá qué hacer.

Mis objetivos son claros: construir un imperio donde mi hija se siente y sea intocable, hacer que mi nombre se respete sobre cualquiera, que la gente se estremezca al escuchar el apellido Ivanov, que se enteren de que soy nacido y jurado en sangre. Indestructible y hambriento de poder.

Si ella decide ser parte es su decisión, no la mía.

CAPÍTULO 30

VLADIMIR

—Ya está arreglándose. Por favor, no seas duro con ella.

—Está retrasándonos a todos —siseo de mal humor. Me controlo porque la niñera está frente a nosotros con mi hija en sus brazos y no quiero asustarla—. Dimitri, ve adelante y llévate a Kassia y a Alaska; los alcanzaré en la gala.

—Pero…

—Haz lo que te digo —demando.

Se empieza a despedir de la chica. Por seguridad, ella y Becca permanecerán en la casa y no nos acompañarán. Subo las escaleras furioso, omitiendo el llamado de Alaska. Esa mujer me saca de mis niveles por completo, en todo tiene que ser testaruda y autoritaria. Quiere que el mundo gire por y para ella, ¿y yo? ¿Qué carajos hago yo? Darle más pie a ser una berrinchuda que siempre consigue lo que quiere. Me detengo en el pasillo en cuanto la veo caminar hacia mí en un vestido rojo, es la pasión andante. Su pelo lacio es demasiado llamativo, sus labios gruesos, que se ha pintado del mismo color que la sangre, hacen resaltar el tono de su piel.

—No lo hice a propósito —habla excusándose—. Mi vestido anterior se rompió.

—Y decidiste ponerte el más provocativo, ¿no es así?

Tiene una abertura en su pierna y apuesto cada centavo de mi fortuna a que no lleva ropa interior. Intenta pasarme mientras gira los ojos, pero ya me ha hechizado con solo un vistazo, más con ese aroma que cautiva, esa esencia refrescante que inunda el ambiente. La arrincono contra la pared, alzando ese rostro perfilado que tiene, y le toco el labio inferior con mi dedo antes de inclinarme a por su boca.

—Mía —musito con suavidad—. Mi mujer.

No puede objetar cuando mis labios se encuentran sobre los suyos. Intenta apartarme, pero le sostengo ambas manos subiéndolas sobre su cabeza mientras, sin permiso, introduzco mi lengua en su boca. La batalla da inicio porque cede su cuerpo mientras intenta controlar el beso; la dejo sentirse segura hasta que percibo sus dientes mordiéndome el labio.

—Salvaje —gruño pasándome la lengua donde acaba de abrirme la piel.

—Bestia —sisea.

—Compórtate esta noche, si no voy a llenarte ese culo de azotes.

—Ya quisieras —revira.

—No me tientes, Zaria.

Se burla con descaro. Nació para atormentarme, eso me ha quedado claro. ¿Será que nací para caer obsesionado de mujeres dementes? Grita en cuanto mis dientes se clavan en su hombro, haciéndole una marca. Ella es mía, no quiero a ningún bastardo mirándola, y mucho menos creyendo que tiene alguna oportunidad.

—¡Suéltame! ¡Suéltame!

—Si me marcas es justo que yo haga lo mismo —aseguro.

Me giro arrastrándola por una de sus manos y me pega en el hombro fingiendo estar molesta. La limusina está lista para nosotros y la primera ya va en camino a la puerta principal. Ordeno que se le informe a Dimitri que vamos detrás. Me comporto como un caballero, le abro la puerta y la ayudo a acomodarse, luego le sirvo un poco de champán mientras nuestro chofer se moviliza.

—¿Aldrik está de guardia? —cuestiona cuando pasamos el primer anillo de seguridad.

—Sí, va en la caravana principal. ¿Te gusta o qué?

—¿Estás celoso?

—¿Tengo motivos para estarlo?

—No, no tienes ninguno. Me agrada el chico, no quiero verlo muerto.

—¿Y a Gael Rossini? ¿A ese sí quieres verle muerto?

Detiene la copa que llevaba a sus labios un segundo, pero se recobra bastante rápido, como siempre. Es increíblemente perfecta, incluso cuando está siendo una lunática desesperada.

—Gael solo me dio protección cuando lo necesité.

—¿Por qué?

Gira el rostro y observa la noche oscura del camino, parece perderse en su mundo, donde no me permite ingresar a menos que ella así lo decida.

—Recluté mujeres para mi padre —confiesa en apenas un murmullo—. Eran menores, mis amigas. No sabía lo que estaba haciendo, él prometía que era para trabajar de modelos, incluso yo misma participé en algunas fotos. Las chicas eran de mi escuela y desaparecieron. Yo estaba entrenada para mentir y manipular, era fácil hacerme la inocente luego de joderles la vida. Cuando descubrí lo que pasaba encontré información de un instituto. Intenté denunciar lo que sucedía, pero a quien se lo dije no fue la persona correcta. Mi padre lo había comprado, así que fingió que estaba tomándome la declaración y luego me llevó a un cuarto. Me aseguró que tendría protección… No fue de ese modo.

Con Avery es mejor no presionarla, mucho menos tratarla frágil, porque si la sostengo y la abrazo —lo que quiero hacer— ella va a cerrarse. Sospecho que aquí es donde entra su descubrimiento con Alaska.—Me llevó allí, me vendió y me golpeó con fuerza. —Aprieta sus puños y no me contengo de agarrarla como deseo atrayéndola hacia mí—. Fue brutal, me rompió varias costillas a punta de patadas. Mi padre, quien debía amarme y cuidarme estaba allí siendo un monstruo. Cuando abrí mis ojos otra vez estaba en una mesa, atada y con semen en mi cuerpo. Se habían masturbado sobre mí mientras me subastaban.

—No estás en ese lugar. Estás aquí, en mis brazos, soy el hombre que quiere protegerte y cuidarte, pero de quien te empeñas en apartarte —digo acunando su rostro—. ¿Crees que yo permitiría que alguien te lastime?

—No puedo dejar que nadie me lastime, o a Alaska. —Su voz es determinante—. Quieres una vida que no puedo darte. Es algo que mereces y yo no tengo.

—¿De qué hablas?

—No quiero ser tu esposa, no quiero ser la madre de tus hijos, no quiero estar a tu lado. —La suelto lentamente mientras dejo que sus palabras se filtren en mi interior. Ella no me ama. Eso es todo, no existe nada por lo cual luchar—. Pensé que anoche lo había dejado bastante claro. Yo no siento nada por ti, Vlad.

No puedes ir contra la corriente creyéndote invencible, existen ciertas cosas por las cuales más vale hacerte a un lado y dejar que ocurran. Son un cauce furioso que tarde o temprano te arrollará si no te proteges. Avery es ese tipo de corriente, está empeñada en ir en una dirección en concreto y no existe manera de que la haga detenerse y mostrarle la realidad. No trato de revelar cuán equivocada está, me aparto y hacemos un camino en silencio. Las cosas quedan perfectamente claras. Supliqué amor y atención en el pasado, pero aprendí de ese error.

Llegamos al centro de Chicago, al hotel Imperial, donde se lleva a cabo la gala. Dimitri ya se encuentra esperándome. Salgo del coche sin preocuparme por mi acompañante, me arreglo el traje y veo a la mujer que me sonríe. Ella también tiene su toque seductor, aún más vestida en las costumbres americanas. Alaska es toda curvas y coquetería nata, enfundada en un vestido azul real. Le ofrezco mi mano, es la única a quien me interesa impresionar. Mis cicatrices están en mi rostro, serán la atracción principal. Aprendí a vivir con ellas y la conmoción que causan en algunos. Extiendo mi mano libre para la hindú, que vigila a mi espalda, pero la observo fijamente hasta que acepta. Entro con ambas a mi lado.

Pasamos minutos siendo presentados a diferentes personas importantes: senadores, jueces, abogados, incluso una pareja de médicos. La mayoría observan mis cicatrices antes que a mí, pero cuando empiezo a hablar lo dejan de lado, a otros Kassia los hipnotiza con su sonrisa discreta. Alaska conecta amistad con un abogado que está en los treinta, parece ser respetuoso con ella y los vigilo desde mi posición al lado de Kassia, que habla animada con la pareja de médicos; también tengo un ojo en la mujer de rojo que se queda en la barra libre, junto al camarero, amargándose la existencia. Es precavida pasando inadvertida y desecha algunas invitaciones de caballeros que se le acercan.

—Es lamentable lo que le ha sucedido a la familia Kozlov. ¿Adquirió la empresa casi en la quiebra? —pregunta el marido.

—Fue una buena oportunidad —señalo—. Es terrible lo que ocurrió con los trabajadores.

—Sin embargo, es muy noble de su parte querer ayudarlos, otro se hubiera desecho del problema. —Observa una vez más mis cicatrices. Lo ha hecho en toda la conversación y es un tanto incómodo—. Disculpe mi atrevimiento, ¿con qué se ha causado esas heridas?

—Un oso —contesto en mecánico—. Hace muchos años.

—¿No ha pensado en borrarlas? No es por nada, pero soy un excelente cirujano plástico.

—No me incomodan, son parte de mí.

—¿Planeas estudiar, Kassia? —interviene la mujer, que es más discreta que el hombre.

—En mi país solo se nos permite ser enfermeras o profesoras, todavía no sé qué podría hacer.

—Estoy segura de que el señor Ivanov no tiene ese pensar arcaico y dejará a su esposa estudiar lo que decida —responde.

No la saco de su error sobre que Kassia no es mi esposa, ya que ella ha sido quien ha compartido la noche a mi lado. Y la mujer poseedora de ese derecho lo ha tirado a la basura con unas pocas palabras.

—Estaré encantado de que pueda elegir lo que desee para su futuro.

Kassia parpadea observándome con grandes y soñadores ojos.

—Oh, se miran tan enamorados. —La señora da palmadas haciendo que deje de mirar a la mujer a mi lado y carraspee incómodo. Quisiera tener un mínimo de interés en ella, así las cosas serían más fáciles para todos.

—Disculpa, Vladimir, ¿podrías venir un momento? —llama Dimitri a mi lado.

—Una disculpa…

—¿Puedo quedarme un minuto más hablando con nuestros invitados?

Tiene tanto entusiasmo que no me atrevo a negarme. Por primera vez se me hace tierna su pregunta e intento ser un caballero con ella, no comportarme como un animal, al fin y al cabo, no ha hecho nada malo. Es solo una mujer herida por las circunstancias de la vida en la cual creció. En cierta forma ella no está lejos de lo que Avery busca, ambas nacieron y fueron criadas en un mundo al cual no pertenecían.

—¿Qué sucede?

—Avery usó un móvil —dice asustado. Quizás cree que ha sido un error monumental.

—¿Sabes con quién se comunicó?

—No —responde rápido—, pero puedo investigarlo si robo el móvil del cual llamó.

—No lo hagas.

—¿Eh?

—Déjala que haga lo que quiera.

—¿Incluso que hable con Alaska y ambas discutan?

Me giro hacia donde Dimitri está observando, en un rincón hablan acaloradas. Alaska no deja de negar y mover sus manos frustrada. Posiblemente le está pidiendo irse juntas.

—Avery tiene libertad para marcharse cuando así lo decida, pero no se llevará a Alaska. Es mi hermana, se queda conmigo.

—No estoy entendiendo nada, ¿realmente la dejarás ir?

—Si hubiera soltado a Dalila cuando vi que no merecía estar a mi lado, quizás hoy sería una mujer feliz, viviendo intensamente; si me hubiera desprendido del sentimiento que albergué por Emilie Greystone quizás sería yo quien fuera feliz ahora.

—Pero tú la quieres, puedo verlo.

—Avery no lo sabe y ella no siente lo mismo. Dejarla ir es la única forma de demostrarle que no soy como su padre, que no seré como los demás. Retenerla a mi lado en contra de su voluntad nos hará infelices a todos y ninguno lo merece. No quiero a una mujer resentida.

—¿Y si decide regresar?

—Las puertas de retorno se cerrarán en el preciso instante en que se marche lejos de mi vida. Es libre de irse, pero no de volver.

—Lo siento, creí que ella era la correcta. —Es genuino en sus palabras. Me golpea el hombro, decaído, mientras yo intento permanecer impasible y hacer de cuenta que no me duele lo que acabo de expresar—. Pediré una *suite* extra. Creí que se quedarían juntos.

—Encárgate de eso y ¿Dimitri? Gracias por tanto, hermano.

—Siempre estaré aquí —revira dándome una palmada en el rostro.

Se gana una sonrisa por mi parte antes de irse a hacer su magia, tanto con organizarme la vida, como al vivir pendiente de la seguridad. Busco a las tres mujeres y encuentro a Alaska, que camina hacia mí con el abogado a su lado, y a Kassia hablando animada, pero ni rastro de Avery, mi querido dolor de cabeza. Me encamino hacia la primera pareja, está invitándola a un baile cuando me posiciono a su lado.

—Señor Ivanov —saluda el abogado moviendo la cabeza. Entrecierro mis ojos mientras pongo una mano en la espalda de Alaska.

—¿Estás bien? —cuestiono hacia ella omitiendo al tipo.

—Sí, muy bien. Lorenzo es muy agradable, es un abogado penalista. Te traje algo de tomar —menciona alzando un vaso de *whisky*. Agarro el trago que me da y finjo tomar un sorbo.

—¿Ah, sí?

—Sí, y es grosero de tu parte no saludarlo, además, quería pedirte permiso para que me dejes bailar con él. Muy respetuoso, ¿no crees?

Si lo comparo con Nicklaus, que le estaba metiendo la lengua hasta el esófago, el abogado es todo un Don Juan, sin embargo, muy caballeroso.

—Soy amigo de los hombres que piden permiso —susurro fingiendo una sonrisa—. ¿Sabes disparar, Lorenzo?

—¿Eh? No, no, señor.

—Una lástima. Me gusta ir de cacería, pero no quiero que seas la carnada.

—¡Vlad! —regaña la chica avergonzada—. Discúlpalo, tiene aires de hermano sobreprotector.

Esas últimas palabras hacen mella en mi corazón. Quizás no pueda ser un buen esposo, tal vez mi destino es ser un padre y un hermano, quizás un amigo para Kassia. Avery no me necesita, estas tres mujeres sí. Mi hija, mi hermana y la chica que no tiene nada más en este mundo y, aun así, lucha por aferrarse a algo.

—Diviértanse bailando —digo moviendo mi mano en su espalda. Alaska me sonríe, recordándome tanto a Kain que asusta, la diferencia es que su mirada es suave, traviesa en el buen sentido y no tiene una onza de maldad en ella.

—Refréscate un poco —murmura señalando la bebida. No soy el imbécil que será drogado con alcohol.

Ambos se van a la pista de baile para unirse a las parejas que se encuentran reunidas. Por el rabillo de mi ojo percibo un borrón de color rojo salir hacia la terraza. La sigo esquivando a algunos invitados que tratan de abordarme y entablar una conversación; soy cortés declinando con un movimiento de cabeza hasta llegar a mi destino antes de dejar mi vaso en una bandeja de uno de los meseros que se pasean por el lugar.

CAPÍTULO 31

VLADIMIR

Ella se encuentra tomando el aire. La veo maniobrar con un cigarrillo, trata de encenderlo, pero se lo quito; está claro que ha tomado unas copas de más y se pone nerviosa al verme.

—Ahora te dedicas a perseguirme, ¿qué más necesitas que diga para que me dejes en paz?

—Nada —respondo tirando el tabaco hacia abajo y cae en la piscina del hotel—. Lo has dejado claro ya.

—¿Entonces qué más quieres de mí?

Odio verla a punto de fracturarse en diminutas partes. ¿Qué le pasa? ¿Qué sucede conmigo? ¿Por qué no puedo ser indiferente hacia ella? Sería más fácil para todos.

—Baila conmigo —susurro cuando escucho la música suave que proviene del salón y me inclino cerca de su cuello. Me toma todo no doblarla aquí y hacerla mía.

—¿Bailar? —cuestiona un tanto sobresaltada.

Rodeo su cintura y la acerco a mí, está rígida y conmocionada.

—¿Nunca has bailado antes?

—No con nadie que quisiera.

Sonrío empezando a balancearme despacio, siento de inmediato su respiración alterándose.

—¿Demasiado sugerente?

—La música es más adecuada para follar, la verdad.

—¿Sabes quién es?

—Dalla algo… —jadea dejando caer la cabeza hacia un lado. Aprovecho para inclinarme y morder la carne de su oreja, luego lamo su cuello esbelto. Se aprieta contra mí y la hago retroceder hasta llevarla a la esquina pegada a la baranda de hierro, entonces le acaricio la pierna e introduzco mi mano bajo su vestido.

—Chica, estás jugando con fuego —canto la letra en bajo, solo para ella—, y no tienes miedo de herirte. Déjame hacerte mía por la noche —susurro—. Me aseguraré de que estés demasiado enamorada… Rogando, en llamas. Ruega, nena, ruega.

—¡¡Vlad!! —implora en un hilo de voz.

La giro, dejándola de frente hacia la ciudad, las luces, las personas que caminan pisos más abajo. Muevo su vestido e introduzco mis manos para manosear sus nalgas, comprobando que no tiene ropa interior.

—Tan descarada como siempre.

—Alguien podría vernos —jadea cuando meto mis dedos en su canal, ya empapado. ¿Cómo puede decir que no quiere saber de mí y aun así su cuerpo corresponderme como lo hace?

—Seré rápido —gruño buscando mi bragueta y saco mi verga dura y lista.

Ella se inclina para ofrecerme su coño, seguro pensando que es la última vez que tendrá esto. Rujo en cuanto entro despacio, soy meticuloso y suave, siento el más mínimo detalle de su interior. Mis venas se hinchan mientras avanzo y sus músculos internos se aprietan. Ella empuja moviendo su cadera y, ensartándose, rebota con fuerza buscando exprimirme.

—Oh, buen Jesús.

—¿Cómo puedes decir que no sientes nada por mí y follarme de esta manera, Zaria? ¿Cómo?

—Mi cuerpo es esclavo del tuyo.

—¿Y tu corazón?

—No tengo —musita dejando caer sus brazos hacia atrás, rodeándome el cuello.

—Si ese es el juego que decidiste seguir… —reniego golpeando su culo, entro y salgo de su coño empapado, empezando a perderme de forma violenta y loca, sin medirme.

Golpeo una y otra vez. Ella deja salir algunos gritos, los cuales me toca silenciar con mi boca, medio girándole el rostro, no dejo de batallar

por tomar todo. Me sucede con ella, una sola parte no me es suficiente, por ello decidí dejarla libre, porque su cuerpo no me sirve si su corazón y mente están deseosos de alzar el vuelo. No se puede someter a quien nació para existir en libertad.

Es el polvo más rápido de mi vida, pronto estoy viniéndome cuando sus propias paredes se contraen de igual manera, sucumbiendo a un orgasmo. Avery me arrastra a su placer. Suelto su boca y clavo mis dientes en el mismo lugar de horas atrás, mordiéndola, haciendo que su coño se cierre por completo y absorba hasta la última gota de mi semen caliente dentro de ella. Su cabeza cae en mi pecho mientras respira rápido. Le acomodo el vestido y hago lo mismo con mi ropa, cuando se gira y empieza acariciarme el rostro parece tener algo en mente, a lo cual niega.

—¿Qué? —demando frunciendo el ceño.

—¿Fuego? —susurra arrugando la nariz.

—¿Eh?

—¡Se está incendiando!

Oh, mierda…

—¡Alaska! —rujo dándome cuenta de que la puerta se encuentra cerrada, alguien ha hecho esto mientras estaba distraído con Avery. El miedo en su rostro es un indicio de que no ha sido parte de su plan. Intenta romper el cristal con su cuerpo y la detengo.

—¡Ella está dentro!

—Cálmate, lastimarte no la va a ayudar.

La empujo hacia atrás, agarro la maceta y la tiro contra la puerta para romper el cristal, luego la ayudo a pasar por el hueco que he creado, intentando que no se corte.

La gente está corriendo de un lado a otro. Me detengo para sujetar la mano de Avery y ambos buscamos en todas direcciones a la chica.

—¡No la veo!

Se enciende la alarma de evacuación cuando ella está gritando lo que ya sé, tampoco la veo, o a Kassia, mucho menos a Dimitri. Intenta zafarse de mi agarre y ejerzo más presión.

—No te apartes de mi lado —gruño.

—¡Allá está Kassia!

Empujamos a las personas en nuestro camino, Kassia se encuentra sobre la espalda de un tipo, pegándole; cuando este la lanza hacia atrás, ella cae contra la pared. Estoy tan enfocado en llegar a Kassia que no veo al hombre que se viene sobre mí, en el proceso del impacto libero la mano de Avery y caigo en el piso, rodando con el hombre. Tiene una navaja que intenta clavarme en el cuello y la cual detengo con mis manos, haciendo fuerza. No es ruso, luce más como un pandillero americano, con tatuajes de lágrimas en su mejilla y sin pelo en el cráneo. Alguien alza su cabeza y él deja de ejercer fuerza para defenderse, pero la persona le clava algo en el cuello, la mitad de una copa de champán. Agarro su mano girándola y le clavo la navaja en el mentón, atravesándole la garganta. Me quito su cuerpo de encima y encuentro a mi esposa peleando con otro, ella es quien acaba de salvarme la maldita vida. Aldrik dispara al hombre al cual Avery patea en el rostro, su tacón le abre la mejilla y su tiro impacta en el cerebro, despedazándolo por completo.

Yo tengo mis propios problemas, dos tipos más experimentados intentan golpearme desde la espalda. A uno le rompo el cuello y al otro lo golpeo en el pecho, haciendo que caiga hacia atrás en una mesa.

—¡Vlad! —grita mi chica lanzándome un trozo de alguna silla. Clavo la estaca improvisada en el estómago de mi atacante varias veces, hasta que deja de moverse. Solo la seguridad tenía armas, así que Aldrik me entrega dos, de las cuales le doy una a Avery.

Tiene sangre en su mejilla y la navaja en la mano, aquella que le enterré a mi primer atacante. Ordeno asegurar el área a Aldrik, quien tiene un intercomunicador; mueve su cabeza y se gira para liberar a mi esposa del hombre que va sobre ella. «¿Por qué la están atacando?».

Llegamos con Kassia, está sangrando por una herida en la cabeza. Se encuentra confundida cuando me agarra la solapa del traje.

—Alaska —gimotea—. Se la han llevado.

—¡Shhh! tranquila.

—¡¿Quién se la llevó?! —ladra Avery, sacudiéndola.

La aparto mirándola mal, ¿no está viendo el estado de la mujer? La cargo contra mi pecho.

—Intenté detenerlos…

—Está bien —la tranquilizo.

El fuego es demasiado. El humo nos hace toser hasta llegar al pasillo principal, donde la gente se encuentra en pánico. Los ascensores no están trabajando. Dimitri nos alcanza en mal estado, tiene sangre en su cara y traje. ¿Qué carajos?

—Estamos encerrados —anuncia recibiendo el cuerpo de Kassia y le revisa la cara y las pupilas. Me tapo la nariz buscando por dónde podríamos salir.

—Esto está mal —niega Avery pegándose en la pared—. No debía ser así.

—¿A quién mierda llamaste? —La enfrento. Desconozco a esta persona.

—¡¡Nicklaus!! Alaska tiene un localizador…

—¡¿A quién coño llamaste?! —rujo agarrándole el rostro.

Llora. Gruesas lágrimas caen por sus mejillas. Quisiera que me dolieran, pero no puede ser de ese modo cuando ella nos ha encerrado aquí, es la creadora universal de este caos.

—A Roman…

—¿Roman Kozlov? ¿El mismo que ocasionó un incendio en la empresa? Estás loca de verdad.

—Solo quería irme.

—¡Entonces lárgate de una buena vez! ¡¡Si le sucede algo a mi hermana…!! —amenazo cerca de su rostro, es mi enemiga. No puedo seguir viéndola como mi esposa, ya no más—. Mis manos se cubrirán con tu sangre, Zaria. No tendré piedad. Elegiste tu lado en la historia y no fue el mío.

Palidece, porque ahora sí tiene a la bestia frente a ella. Una mano me hace retroceder, es Aldrik, quien ha encontrado una vía para escapar de esto mientras la gente lucha por salir en el ascensor de emergencia disponible. Nos movilizamos y, aunque quisiera dejar que la mujer se queme viva, la agarro de su antebrazo. Parte de mis hombres ya están en las escaleras, así que empujo su cuerpo hacia uno de ellos.

—Si quieres irte eres libre, Avery Kozlova. Tenías razón en algo, eres una puta destrucción que no sabe ver dónde sí sería aceptada.

—¿De qué hermana estás hablando?

—¿Seguirás fingiendo? Sé que Alaska es mi media hermana, tengo una prueba de ADN que lo demuestra. —Escupo las palabras empezando a bajar y ayudo a Dimitri con Kassia. Ella camina, pero se tambalea.

—¡Eso es imposible! —exclama a mi espalda.

—¿Porque es hermana de Dominic? Bienvenida a esta mierda, te falta mucho para entender el mundo en el que vives.

—Todos tienen la misma madre —interviene Dimitri—. Son hijos de Isabella Schiavone.

Me cierro a seguir escuchándola, mi principal objetivo es dar con Alaska, donde sea que ese hijo de puta la haya tomado. Bajamos diez pisos por las escaleras, gracias al infierno una camioneta del comando está esperando por nosotros. Envío a Kassia a la casa principal con una caravana de mis soldados y me deslizo detrás del volante con Avery a mi lado y Aldrik y Dimitri atrás. Por mucho que me disguste necesito a la loca, ella es un gran soldado, aunque sea un dolor de culo fuerte en mi cabeza.

—Eres medio hermano de Cavalli —gime la mujer mientras estoy marcando el número de móvil de Nicklaus, será mejor que tenga ese maldito rastreador. Observo a Aldrik por el espejo retrovisor.

—Lo que pasa en América se queda en América —dice encogiendo sus hombros.

—Más te vale, si no seré yo quien te reviente los sesos—amenaza Dimitri.

—Nick —hablo cuando me responden en la línea. Se escucha viento fuerte.

—Ese sería yo. ¿Qué quieres, Ivanov?

—Necesito el rastreador de Alaska.

—Sí, yo soy Papá Noel…

—¡Se la llevaron! —gruño fuera de control.

Me siento como años atrás, corriendo contrarreloj para salvar a Kain, luego tratando de tener a Dalila en mis brazos y mantenerla con vida. Ambos murieron, no estoy preparado para perder a Alaska, ¡ella no sabe que soy su hermano!

—¿Quién se la llevó? Estoy en Chicago y acabo de aterrizar, se supone que nos veríamos mañana.

—Roman Kozlov la tiene —observo a Avery de reojo al decir su nombre—. Me odia, se desquitará con ella.

—Te envío un enlace de su ubicación. Estaré en camino hacia donde se dirijan.

Sin perder tiempo, le tiro el teléfono a Dimitri para que realice su magia. Me guía hacia el sur, al deshuesadero en la costa. Es el mejor punto para huir, la guardia costera no estará vigilando.

—¿Por qué tomar a Alaska? ¿Por qué ella? —siseo hacia la mujer que hay a mi lado.

—Ella es la unión…

—¿Qué? ¿De qué mierda hablas?

—Hace años nuestros padres llegaron a un sistema que unificaba la mafia, lo llamaron La Triada. —Tiene que estar jodiéndome—. Su objetivo era mantener la paz. Siempre supe que Alaska representaba eso, creí que ella era hermana de los Nikov y Cavalli, nunca se me pasó por la mente que fuera tu media hermana. Eso quiere decir que Akie, tu padre, era un traidor…

—¡Cállate! —le ordeno, porque en el fondo no puedo concebir la idea de que mi padre haya traicionado todo por cuanto luchó.

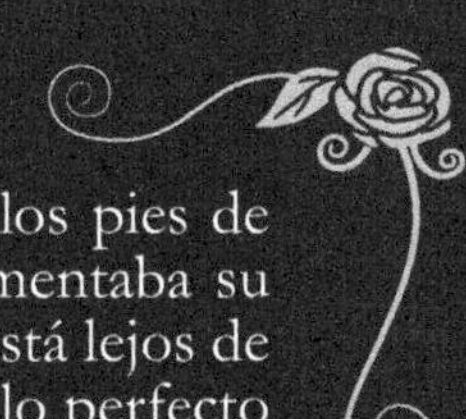

Sin embargo, es lo que era, un perro traidor que besó los pies de Gabriel Cavalli. Sospecho que Kain lo sabía y aquello alimentaba su odio desmedido hacia Dominic, después de todo, Don no está lejos de ser un Gabriel. Incluso implementó La Trinidad, un triángulo perfecto que nos mantiene acorralados los unos a los otros… ¿O ese plan lo llevó a cabo Roth Nikov?

CAPÍTULO 32

AVERY

No todos teníamos los mismos anhelos en la vida. Quizás yo no llegaba a ser comprendida por intentar tener la libertad de la que fui privada encerrada en el psiquiátrico. Ver la vida a través de un espejo mientras te torturan con electricidad el cerebro, saber que no estás loca… Llegar a un punto donde lo empiezas a creer porque es todo lo que te rodea.

—¿Tienes la información que solicité?

—Él paga este lugar —jadeo, ya que estoy atada a la mesa. Cadenas cubren mis muñecas y tobillos. El sudor perla en mi frente, los dientes me duelen y mi cuerpo tiembla involuntario.

—Ya sé eso —regaña posándose frente a mí, donde puedo ver su maldad brotar.

No le importa quién sea yo o lo que me suceda, todo lo que quiere es vengarse de Cavalli por arrebatarle la Bratvá. Me odia a muerte y sé que solo está posponiendo lo inevitable. Moriré aquí, en una mesa fría, quizás electrocutada.

—Kain Ivanov viene a verla… Ellos hablan por largo tiempo.

—Eso es, Avery. Cuéntame, ¿qué más?

—No sabe que Alaska vive.

Me duele mencionar su nombre. Ella también está aquí, encerrada. Hace meses intentamos huir del instituto donde mi padre nos tenía para vendernos, el cual terminamos incendiando. No llegamos a escapar cuando sus hombres nos atraparon, ninguna tenía condición física para ir lejos. Ella se encontraba herida y yo tenía partes que no podía sentir debido al frío casi congelante.

—Dame algo mejor, hija, de lo contrario empezaré a torturarla. Los enfermeros están locos por tener carne fresca que tocar, les encanta follar en grupo.

Es devastador tener una imagen idealizada de tu progenitor y luego ser arrojada a la cruda verdad. Mi madre lo vendía como un buen esposo, padre y jefe. Todos veían al intachable Igor Kozlov, pero yo conocía todas sus versiones. Cerré mis ojos con fuerza cuando besó mi frente, un hierro me mantenía la cabeza recta para que uno de los enfermeros pusiera un pedazo de esponja húmeda de vinagre en mi boca. La mordí en cuanto la descarga me atravesó el cuerpo, arqueándome todo lo que el metal me permitía. La electricidad reventó en todo mi ser mientras el vinagre bajó por mi garganta, ardiendo según mordía.

—Me llevaré a Laska —rumió Roman. Un pobre idiota que pisaba las migajas de nuestro padre.

—¡No! —sentenció Igor—. Le daré un poco de tiempo para que me entregue a Cavalli.

Estaba dispuesta a lo que fuera necesario con tal de una mejor vida. No sabía que ese hombre *Cavalli* irónicamente sería quien me salvaría…

—Te quiero un paso detrás.

—No soy una damisela, sé cuidarme —siseo rompiendo los tacones de mis zapatillas.

Agarro dos semiautomáticas y empiezo a caminar al muelle, escuchando su siseo detrás. No logro avanzar, ya que un Mustang con las luces apagadas frena a pocos metros de mi posición, Nicklaus sale directo a enfrentarme. Cuando llamé a Roman no planeé este desastre, solo quería una distracción para huir, algo que detuviera a Vladimir de perseguirme. Está claro que no se tomó la bebida, creo que he subestimado demasiado a Ivanov. Ahora no es mi meta entenderlo, necesito recuperar a Alaska, que esté segura. Mi cabeza es un lío complicado de descifrar, más con tanta información. Ella es la conexión entre todos. El punto medio de una paz que se ha buscado por años.

—Aseguraste que estaría protegida a tu lado —dice posicionándose delante de mí.

—No es tu asunto.

—Te informo que sí lo es y más vale que ella esté bien, si no…

—¿Si no qué, Romano? ¿Quién carajos eres tú para amenazarme? —Alzo el mentón quitándole el seguro a una de las semiautomáticas. Él no se acobarda y me hierve la protección que percibo. Esto es más que un juego para él. Algo pasó cuando estuvieron juntos.

—Es mejor que te reserves tus palabras —revira Vlad interponiendo su cuerpo entre nosotros, con su mano hace retroceder a Nicklaus—. Es a mi esposa a quien tienes frente a ti. Si estás aquí por Alaska es mejor movilizarnos antes de que acabemos perforándonos la cabeza unos a otros.

—Estoy aquí por ella —sentencia sacando su propia arma y un cuchillo.

—Entraremos por el ala este con discreción y sin separarnos, es probable que no sepan que estamos aquí; o quizás lo saben ya… —instruye Vlad—. El objetivo es sacarla sin un rasguño, los demás no me importan. Maten a todo aquel que esté estorbando.

—Matar primero, preguntar después. Listo —confirma Dimitri, quien, al igual que Vlad, se ha quitado el saco, manteniéndose en camisa sin la corbata. Ellos empiezan a caminar con Aldrik siguiéndolos, pero me quedo un segundo atrás con el corazón latiéndome a mil. Nadie me había defendido de esa manera. Sé que solo son palabras, pero escucharlo ponerme a mí frente a estos hombres, incluso luego de lo que hice, es completamente inesperado.

—Avery —me llama mi esposo, sacándome de la burbuja de golpe. Me voy trotando hacia él y sin previo aviso uno nuestras bocas. Su mano se posiciona en mi espalda con rapidez, clavándome el cañón de la pistola en las nalgas. Vibro en sus brazos, el mundo se evapora en un instante—. ¿Y eso?

—Se me antojó —respondo dejándolo estático en su lugar.

—Loca.

—Tuya —musito suave empezando a caminar detrás de los hombres.

Rodeamos el almacén viejo y veo el interior por una rendija, una luz al fondo, donde parecen estar cargando una especie de yate. Alcanzo a ver a Alaska con la cabeza cubierta y atada.

—¡Nick! —gruñe Vlad hacia el italiano, que empieza a correr por un lateral—. Maldita sea.

—Ustedes a la izquierda, nosotros al frente —guío. Es la única manera de rodear entre todos.

Vlad secunda mis palabras y empezamos la acción. Abro despacio la puerta, entro primero y él me sigue, me agarra la mano para mantenerme un paso detrás. Sé que es por protección, pero no deja de ser un acto tonto. Si una bala viene hacia mí él no la tomará… ¿O sí?

Vivir llena de miedo no es vivir, es solo existir huyendo en un mundo que tarde o temprano te alcanzará.

Alaska conocía muy bien esa parte de la vida, pues desde pequeña huyó de todas las atrocidades a las cuales fue llevada. Quería bailar más, soñar sin detenerse, vivir grandes aventuras… a fin de cuentas, en la mafia tus días podían ser cortados de raíz cuando menos lo esperabas. Por ello quería sacarla de esta basura, pero no puedo negar que en algún momento ha sido una carta de liberación para mí, que solo la tenía de escudo, sin embargo, la chiquilla se ganó mi corazón. Tal vez en el fondo Alaska tenía razón, estaba aterrada de estar sola y por ello me aferraba a *cualquier* cosa para huir a su lado.

Estamos a medio camino cuando soy la primera a quien apuntan, pero no me disparan, y eso es extraño. Giro doblándole el brazo y hago que su arma caiga. No me detengo, solo muevo el cuchillo, pasándole el filo en la garganta. El pandillero cae agarrándose el cuello. Al buscar a Vlad lo encuentro luchando con dos sobre él, usa su arma para disparar en la cabeza a uno y tira al otro al suelo, quebrándolo en dos. El sonido de su columna al romperse revolotea en el lugar.

El infierno se desata. Los pandilleros salen de todos lados, arrinconándonos. Espalda con espalda, nos movemos en círculos mientras ellos están listos para atacar, sin embargo, no disparan. ¿Tienen la orden de mantenernos con vida? Si es de ese modo entonces es más grande el plan de Roman, pero ¿qué quiere? O debo preguntar, ¿a quién quiere?

—Tienes permiso para volverte loca, nena.

Sonrío de lado. Supongo que ya tiene una idea clara de cómo terminará esto. Ellos serán la sangre donde pisaré en la próxima hora.

—¿Qué tal si sacas al vikingo? Me calienta cuando lo dejas salir.

—¿Lo quieres? lo tienes, Zaria.

Nos superan en número hasta que Aldrik y Nicklaus llegan. El primero es sangriento, parece un boxeador profesional. Nicklaus empieza a disparar, haciendo que cuatro hombres caigan. No logro ver a Vlad, ya que tengo a dos tipos casi sobre mí. Uno intenta subirme en su hombro, tomo impulso y golpeo al otro en el pecho, agarrándome del cuello de quien quiere llevarme a cuestas, giro y caigo a su espalda. Su cuerpo cae hacia el frente, dejándome ver al segundo, que se sorprende. Sonrío de lado.

—¿Creíste que sería fácil?

—¡Puta madre! —ladra. Intenta correr, pero mi esposo lo atrapa de la mano y le clava un cuchillo en el pecho, luego lo empuja mientras el hombre grita.

—Mujer equivocada —revira.

—¡Alto! —exclama la voz de Roman en la proa de la embarcación.

Alzo la mirada hacia él, ha pasado tiempo desde que compartimos espacio frente a frente. Su actitud y postura son de otra persona, ha dejado de estar desgarbado, sumiso y de tener ese semblante de aburrimiento. Su cuerpo es más ancho, e incluso me atrevería a decir que lo figuro más alto, su pelo es del mismo color que el mío y sus ojos grises por igual. Tiene a Alaska a un lado, atada a una especie de viga subida en una tabla, como si pretendiera tirarla al agua. Es un almacén de embarcaciones y es abierto hacia la costa, el nivel del agua debe ser alto para que el yate permanezca flotando.

—¿Carlos…? —cuestiona Nicklaus confundido.

—Ah, sí, ese es mi alias —burla Roman—. Carlos Durán, el jefe del cartel mexicano. *¡Échele una caguama, compadre!*

—¿De qué están hablando? —interviene Vladimir.

—Lo conocí en New York mientras Alaska estaba conmigo. Le estuve abasteciendo de drogas y armas.

—Y de ideas —se carcajea Roman tocándose la cabeza con la nueve milímetros. Veo a Dimitri caminando por el costado, muy cerca de ellos.

—¿Qué estás haciendo, Roman? Laska no tiene nada que ver en esto.

—Oh, ella es todo, pero eso ya lo sabes, hermanita. Aunque no la quiero a ella, no me sirve.

—Entonces déjala ir —ruge Nick apretando sus puños.

—El pequeño tigre se ha enamorado, ¿lo aprobará tu Capo? Umm, creo que no. —Se da cuenta cuando Vladimir alza su arma, es seguramente quien más puntería tiene de nosotros—. Hola, Mamba, extrañaba tenerte en una misma habitación. ¿Ya sabes la verdad? Esta joyita es tu media hermana.

—Parece que tienes demasiada información, Roman. Si sabes de lo que soy capaz es mejor que la sueltes.

—Oh, claro que lo haré, pero antes Avery debe decidir. ¿Quieres que la deje ir, hermanita?

—Vamos, Roman. Somos muchos contra ti, es una batalla perdida. —Trato de mediar palabras con él.

No sé qué lo está orillando a mostrarse de esta manera. Creí que sería el primero en estar contento por librarse de nuestro padre, tiene dinero suficiente para vivir como prefiera, siendo libre de esta basura.

—Déjame equilibrar la balanza…

—¡¡Noooo!! —gritamos todos al mismo tiempo.

Lo veo. Percibo todo en cámara lenta cuando empuja la viga que sostiene el cuerpo de mi Laska. Ella cae por la borda, su llanto es una corriente que me sobrepasa. Me quedo en el lugar, viéndola ser engullida por el agua mientras Vlad y Nicklaus corren con desesperación. Ella se hunde, se sumerge… Y la pierdo.

La seguridad y la calma que ella ha sembrado en mi interior va perdiéndose. Alaska Schiavone contuvo a la fiera que prevalece en calma, pero termina explotando cuando mi cerebro es capaz de procesar lo que él ha hecho.

Abro mi boca, desgarrándome en el dolor de una posible pérdida, activando la parte jodida y turbia de mi cerebro, aquella que es una máquina de aniquilar sin pensar en consecuencias. Alzo el arma y presiono el gatillo. Escucho la explosión detonar, una bala golpea el hombro de Roman cuando intenta huir y Dimitri se abalanza sobre él.

¡No, no, no! Mi hermano le dispara a quemarropa.

—¡Dimitri! —grito, desesperada. Corro viendo cómo retrocede hasta llegar a la baranda de metal y creo erróneamente que podré detener la caída, que al menos salvaré a alguien esta noche infernal.

Dos disparos en su cráneo son decisivos. El ruso cae al vacío. Yo me desplomo de rodillas a su lado, intentando reanimarlo, incluso viendo la sangre, su cabeza abierta y la falta de un ojo. Sigo luchando por hacerlo respirar. No lo hago por mí, sino por el hombre que está bajo el agua. Esto lo destrozará.

—Vamos, no mueras. *Por favor,* no mueras.

Golpeo su pecho llena de impotencia y las lágrimas se me escapan sin poder controlarlas. No sé quién soy mientras pierdo la cabeza.

—Él te necesita —lloro—. Por favor, *por favor…*

Alguien se para frente a mí. Veo sus zapatos, pero no soy capaz de disparar, de acabar con su vida. Agarro el cuerpo de Dimitri y lo abrazo contra mi pecho, meciéndome, dejando que el dolor sea lo único que me permito sentir.

—Yo soy tu única elección.

CAPÍTULO 33

VLADIMIR

La sangre me ha perseguido cada segundo desde que nací, me acostumbré a ella. Fue parte del día a día, pero…

—Vamos, nena, respira —suplica Nicklaus haciéndola la respiración boca a boca. Me muevo para quitarle la cuerda del cuello, lo tiene en carne viva. Él cortó la cuerda en el agua y solo pude encontrarla por el brillo de su vestido. Respiro cuando ella lo hace, se dobla tosiendo y él la atrapa en su pecho—. Eso es, respira.

—Avery —susurro levantándome—. ¡Avery!

La llamo corriendo. El agua fría está en mi cuerpo y la adrenalina en mi sistema.

Freno al ver el cadáver en el piso… ¡Boom! ¡Boom! ¡Boom!

«¿Te vas a casar con una italiana? Ahora sí lo vi todo».

«Eres el mejor soldado. Los hombres estarán de tu lado, siempre».

«Ella es hermosa, ¿no? Idéntica a Dalila».

«Es nuestra, ¿cierto? Nuestra».

—D…

«No es cierto, no está pasando. No es su cuerpo, debe ser alguien más».

—¡No, no! *¡No!*

—Oh, Dios —gime Alaska detrás.

Caigo sosteniéndolo. Está aquí, su cuerpo frío, solo… Como nunca quiso morir.

—Hay que llamar a una ambulancia —digo agarrando las partes de su cerebro esparcidas e intento meterlas. Los médicos son buenos, existen maneras… Hoy en día ellos pueden lograr todo. Dominic vive, ¡él puede hacerlo también!

—Vlad —llora mi hermana colocando su mano en mi hombro—. No hay nada que hacer.

—No digas eso —regaño.

No quiero lastimarla, debo cuidarla ¡ella no puede decir eso! Él está bien, se pondrá bien, es mi hermano, lo único que tenía. Toda mi familia, Dimitri no está muerto.

«No demuestres tu dolor. Neutralízalo, enfócalo».

Escucho la voz de Akie, mi padre. Tenía siete cuando me buscó, era mi primer entrenamiento. Me regaló un conejo blanco, brillante, muy juguetón, y me dijo que lo alimentara; debía protegerlo, luego, cinco meses más tarde, regresó y me dio un cuchillo, dijo que debía matarlo sin llorar.

Hice lo que tenía que hacer porque soy un hombre de la mafia. Mis sentimientos no cuentan cuando se trata de la Mafia Roja. El más fuerte a la cabeza. Te caes, te levantas y golpeas más fuerte.

El hombre en el espejo no tiene alma, luce vacío. No quiero verlo, por ello, golpeo el cristal y se rompe bajo mi puño, sobresaltando a la chica que entra a la habitación. Ella no dice nada, solo me ayuda a retroceder del reflejo que odio. Lleva un cuello de tortuga, así nadie en el funeral verá la marca de su cuello. No he dormido, ha pasado un día y medio donde mi mente no ha descansado.

—Nick ayudó un poco, tengo noticias sobre Aldrik. —No respondo. Me quedo en silencio—. Parece que estaba aliado con Roman, según las cámaras salieron juntos todos.

Me siento en la cama cuando me pone el móvil en la mano. Las imágenes no son claras, pero no se mira a nadie forzándola a ir con ellos.

—Al fin tiene su libertad —gruño bloqueando el aparato.

—Estaba buscando en el despacho y encontré esto —dice tímida. Se sienta a mi lado—. ¿Es cierto?

Abre la hoja del laboratorio. No necesito mirar para entender de qué habla. Asiento una vez y aprieto mis puños, sintiendo la sangre tibia moverse entre mis dedos.

—Sí, tenemos la misma madre.

Se queda a mi lado en silencio hasta que debo ir a enterrar a mi hermano. Su mujer llegó en la madrugada de su viaje, no parece una viuda real. La niñera es quien se encuentra más devastada. Kassia se posiciona a mi lado con mi hija en sus brazos mientras el pastor dicta las palabras que despiden a un gran hombre.

No era solo un soldado de la Bratvá, para mí era mi amigo y hermano, la única persona a quien a ojos cerrados le entregaba todo. No esperaba ver entrar al *Pakhan* de Rusia ni al Capo de la mafia italiana, tampoco al motero de New York. Ellos lo hacen con discreción y el Capo mueve la cabeza hacia mí. No se mira en perfecto estado, menos teniendo que valerse de un bastón para caminar estable. Emilie se encuentra a su lado, como siempre; Britney igual con su marido. Ellos toman asiento juntos y no puedo evitar agarrar la mano de Alaska fuerte, incluso si Nicklaus se encuentra al lado de ella y si Don no tiene puta idea de lo que esta chica representa, el miedo de perderla me supera.

Cuando las palabras terminan observo al cielo azul y agradezco que no esté lloviendo, porque Dimitri era luz, y no sombras; merece que su último día en la Tierra sea con un sol resplandeciente y no nubes grises.

—Llévatela —le ordeno a Nicklaus cuando es momento de dar los respetos. El chico no entiende, pero cumple saliendo con Alaska a su lado. Recibo las respectivas condolencias. Sé que los líderes están aquí para mostrar su alianza conmigo, pero no puedo evitar pensar en si buscan alguna debilidad en mí.

El ataúd termina bajo tierra y las personas se van marchando. Me quedo un poco más hasta que Becca se duerme en los brazos de Kassia y la tomo, ayudándole porque no es su deber cuidar de mi hija. Es mío.

Yo estoy aquí para protegerla.

Nos vamos y mientras camino en la línea de sillas alzo mi mano cortada para agarrar la delicada y pequeña de la mujer que hay a mi lado. El conteo terminó y Avery Kozlova tomó su decisión.

Vladimir Ivanov, una vida de engaños y luchas. Siempre manipulado por terceros. Traicionado y golpeado. No podía seguir recibiendo puñaladas y no dar un ejemplo.

—Susie —llamo a la niñera, que está en el suelo limpiándose las lágrimas. No sé si es su nombre correcto, ella levanta la vista de igual modo—. Vienes conmigo.

—La señora Isakova dijo…

—No importa lo que ella dijo, vienes conmigo.

La seguridad nos abre la puerta de la camioneta. Suelto la mano de Kassia y espero a que la chica se levante y entre. Él la amaba lo suficiente para engañar a la perra, así que tendrá mi casa a sus pies.

Llamo a Nicklaus, no puedo estar demasiado tiempo sin saber de Alaska. Me confirma que están en la casona principal. Organizo una reunión con parte de mis hombres más cercanos, tengo que hacer un inventario de nombres y revisar qué tan confiable es cada uno, no correré más riegos con mis mujeres.

La noche llega mientras todos están reunidos y dejo la casa para encontrarme con ellos. Camino hasta la pared principal, donde se encuentra una foto de Dimak Trivianiv, quien era nuestro principal enemigo, pero las cosas han cambiado en horas. Arranco la imagen y coloco tres nuevas, dejando la de ella en el centro y marcándola con el cuchillo en la frente.

—Ella es nuestro objetivo: Avery Kozlova, asesina de Dimitri Isakov. Su cabeza tiene un precio y el que me la traiga viva tendrá su recompensa.

Presiono *play* en el dispositivo que muestra las imágenes de cuando ella dispara y luego el otro ángulo donde el cuerpo de mi hermano cae.

Ella no es una guerrera, es una asesina.

Ella no es mi Zaria, es mi enemiga.

Conoció a Vladimir Ivanov, pero ahora le mostraré a Mamba. El mundo creyó que podría reducirme, me han subestimado en más de un sentido. Me quitaron mi vida, todo, desde Dominic hasta Avery.

—Tres, Avery —siseo entre la algarabía de mis hombres.

El reloj se ha detenido, es hora de iniciar un nuevo ciclo.

IMPERIO

AVERY

Seis meses después… (Mazatlán, Sinaloa. México)

Esto es una patada al futuro que deseaba tener. Camino entre las mesas repletas de coca, las mujeres en ropa interior empaquetan los kilos mientras al otro lado cuentan el dinero. Mi cara no deja ver nada, aunque en mi interior esté vomitando con la vista.

Roman camina al frente orgulloso de mostrar su obra en el cártel mexicano. Tiene la taza de crimen organizado subiendo como la espuma mientras maneja baja california con carreras de autos ilegales. Su nuevo proyecto entra a la habitación dejando su seguridad detrás.

—¿Y ella? —burla hacia mí.

Mantengo la mirada fuera de su persona. No me interesa socializar, prefiero fingir que no existo en este mundo. Tengo ganas de tocarme el collar que quema en mi cuello, el calor y la humedad en el aire han provocado que se abra la carne.

—Es un perro guardián —responde el infeliz.

Aprieto mis puños, manteniéndome sin mostrar mis emociones. Él hombre deja salir una carcajada desagradable e intenta alagar la mano para tocarme.

—No —ruge Roman, nervioso, mientras mi sonrisa se muestra.

Me toca y muere. No me interesa que tenga que ensuciar mi ropa o que Roman me aniquile. Si un hombre se acerca demasiado a mí terminara sin cabeza sí o sí.

—Oh, ya veo, también es la perra que te coges.

—Creo que es mejor empezar los negocios.

—También lo creo —digo hablando por primera vez desde que deje el rancho esta mañana.

—En fin —suspira el hombre. No es feo a la vista, de hecho, puedo decir que es atractivo hasta que abre la boca y muestra la putrefacción interior.

Me pierdo en mi cabeza, dejando que ellos cuadren los kilos que pasarán por la frontera hasta llegar a California y parte de la costa. Seis meses largos, tortuosos, alejada del mundo, perdiéndome un poco más.

Me dan ganas de burlarme de mí misma, creí que lo peor que me pasaría sería ser la esposa de un mafioso. ¿Pude estar más equivocada? Lo más degradante es esto, ser la guardiana de un maldito que no tiene huevos en el medio de las piernas para ser capaz de defenderse.

Quiero cerrar los ojos cuando recuerdo la noticia.

Soy la mujer a quien buscan. Esta vez no pretende llevarme a su cama, sino poner una bala en mi frente. He estado a punto de ser retenida más de una vez. Solo en estas semanas en Sinaloa he logrado respirar sin correr, ¿irónico? Muchísimo.

Me culpa de la muerte de Dimitri sin saber que lo lloré como si hubiera sido mi sangre, porque conocía el dolor que generó su partida.

Vladimir Ivanov es el nombre que se ha impuesto en Estados Unidos. Si su plan era mantenerse fuera del ojo público, bueno, eso no dio resultado. Su cara sale en diversos programas de finanzas, economía y algunos de deportes.

En unos juegos de los *Chicagos White Sox* fue fotografiado con su familia, Kassia a su lado y el rostro de Becca difuminado en las noticias. Ya no debe esconderse y parecía muy feliz.

Fue un golpe en el estómago, recordándome que pude ser yo a su lado y, a la vez, me sentí feliz de su sonrisa despreocupada. Fue un momento íntimo, simple, familiar, que no debió ser mostrado, pero que me entusiasmó. Al menos tiene la alegría que merece.

—Cincuenta, son de buena calidad —informa el extraño. «Por favor que no sea lo que estoy pensando…»

—¿Origen?

—Suecas. Una parte latina, Salvador y Colombia.

El vómito amenaza con subirse por mi garganta y cae frente a ellos. «Mujeres, están hablando de mujeres».

—Da una vuelta, Avery, antes de que te enfermes.

No tiene que repetirlo. Dejo la oficina como un ventarrón[9] corriendo al primer rincón disponible, doblándome y soltando el carente desayuno de más temprano, una especie de habichuelas con queso y harina.

Quisiera llorar, dejar salir un grito desde lo más profundo de mi ser. Me siento sucia, un asqueroso parásito chupándose la vida de los demás. No tengo nada, solo soy el perro que mi hermano controla. No puedo dejarlo, si no el collar en mi cuello me hará volar en pedazos.

Una de las chicas me da un trapo mugroso, no sabe hablar mi idioma. No nos entendemos, pero sé que no está aquí por voluntad. Con una rápida mirada veo los moretones bajo sus costillas y los ojos hundidos con marcas negras alrededor.

—¿Bebé? —pregunta.

Es la palabra universal que todos conocen. Niego. No puedo decir que no deseé las primeras semanas estar embarazada. Iba hacer una excusa para volver con él si Roman no me lo sacaba del vientre a punta de patadas, pero al menos hubiera tenido una parte suya.

¿Por qué no le dije lo que sentía? No me arriesgué, creí que la libertad lo era todo; y ahora estoy en una verdadera cárcel. La chica se aleja, seguro debe volver a sus deberes. Espero fuera a Roman, hasta que sale buscándome con la mirada. El hombre a su lado me inspecciona y luego comparte una mirada con el maldito infeliz que tiene mi tipo de sangre. No me gusta ese repaso descarado.

—Vámonos —ordena.

Lo sigo, subo al coche y de regreso al rancho sin su compañía.

—¿Por qué lo has dejado mirarme así? —gruño perdiendo mi vista en los pueblerinos del lugar.

—Me ha ofrecido comprarte.

—Has dicho que no, obviamente.

—Dije que lo pensaré —revira.

Entrecierro mis ojos girando mi cabeza.

—¿Estás bromeando?

—Necesito el dinero. No me sirves de mucho y ofreció bastante.

—Eres peor que Igor.

—Soy su hijo, ¿qué esperabas? —se burla. Si no tuviera el control en su muñeca, que puede despedazarme, lo asesinaría en la parte trasera del coche. Sin embargo, sonrío. Supongo que el miedo de que me joda se ha ido al demonio.

—Yo también. Sería bueno que lo recuerdes.

9 Viento muy fuerte

Oh, y allí encuentro el miedo. Está en sus ojos, cuando sabe que no soy una buena persona, cuando entiende que la oscuridad en mí es más fuerte que cualquier luz. Cierro los ojos porque necesito dejar esto… Existen dos opciones: ser una víctima o el villano.

Realmente anhelaba con brío ser libre, tener una vida normal, pero naces, vives y mueres por Bratvá. Cuando tu cuna es la mafia tienes pocas opciones en el camino. Soy la primera en bajar del coche cuando llegamos al rancho.

—¡Oh, vamos hermanita, es solo cogerte al hombre por unos millones!

Le alzo el dedo medio sin mirarlo. El lugar está protegido, sabe que aquí no tengo escapatoria. El collar es mi única conexión con él porque me sacó el chip de rastreo de Vladimir; también sabe que no tengo un solo peso para sobrevivir en el mundo real, lo que no sabe es que no necesito nada de eso. No cuando tengo mis propias armas.

La noche cae mientras mi cerebro no deja de pesar. Si voy a vivir lo haré a mi manera o prefiero la muerte. No nací para ser débil, para revolcarme en lágrimas o lamentaciones. Esa no soy yo.

Viajamos de regreso a Baja California, donde opera su red de coches. Está feliz de verme actuar a como espera de mí, me visto provocativa y me maquillo exagerada. Si me observo en el espejo soy la puta que todos buscarán follar esta noche. En el club de los pandilleros lo están esperando y Roman se vanagloria en ser la estrella. No tengo ninguna arma, no me las permite porque me teme, solo poseo mis puños para pelear y defenderme, y mi cerebro para dar los pasos necesarios.

Las putas, el dinero, la droga y el alcohol les llueven. Soy la alegría de la fiesta, no el borrego asustado.

Si tuviera un gramo de inteligencia dudaría cuando subo a la mesa y empiezo a mover las caderas, dejando que el vestido se suba por mis piernas y enseñe el comienzo mis nalgas. Los hombres enloquecen, pero tengo los ojos en uno. Es un simple soldado, atractivo, pero nada llamativo.

La música es alta y las luces tenues, dando mucha oscuridad al lugar. La gente está en su propio mundo, aquí nadie tiene miedo, todos buscan lo mismo, soltar la máscara y dejar que el mundo vea sus verdaderas intenciones. Salto de la mesa al escenario sin dejar de idiotizar a mi presa. La vida está llena de decisiones, segundos determinantes. Hace seis meses Aldrik tomo una decisión, fingir que era un hombre de Dimak Trivianiv y decirle a mi hermano que necesitaba salir de ese embarcadero vivo para reunirse con su propio jefe. En el momento lo creí un traidor, pero antes de separarnos me confesó la verdad, no podía hacer nada por mí, aquella no era su misión, y comprendí sus decisiones. Sé también que Roman manipuló los acontecimientos de esa noche para hacerme ver la mala.

Que lo fui. Todo empezó por ser tan obstinada con una idea, la cual late permanentemente en mí, por ello sé con seguridad ahora cuál es mi destino. Ser un soldado de Bratvá está prohibido, convertirme es un líder lo será aún más, pero no permitiré que nadie rija mi vida y, si para ello debo acabar con cada hombre en el mundo, pues que empiecen a declararse lesbianas.

Yo quiero ser libre y lo seré a mi manera.

Cuando mi presa ha caído en mis encantos lo traigo al lugar que deseo. Se coloca en la orilla del escenario y apenas me toca una pierna, probablemente me tenga miedo. Yo lo tendría.

—¡Esa perra necesita una polla esta noche! —exclama mi hermano burlándose.

—¿Por qué siento que yo soy el afortunado? —cuestiona el hombre a mis pies.

—Lo eres —susurro. Con su ayuda bajo del escenario, deslizándome por su cuerpo, sintiendo sus músculos y también el arma en su cadera. No me detengo, llevo mis manos a su espalda encontrando una segunda arma y cuchillo. Bingo.

Me muerdo el labio, tomo su mano y la introduzco entre mis piernas.

El hombre maldice al encontrar su premio resbaloso.

—¿Nos sentamos? Mínimo invítame a algo de tomar.Traga saliva cuando extraigo su mano y chupo mi propio sabor en sus dedos. Sus ojos son fuego, aquello que no detallo porque no me importa. Lo guío hasta la silla de Roman y me siento sobre el soldado, abriéndome como un capullo floreciente para él.Voy a por su cinturón, buscando sacar su premio mientras mi boca se adhiere a su cuello. Cuando encuentro el miembro lo masajeo, dejando que mi víctima se confíe. No siente cuando le quito el arma y la pongo disponible, está demasiado ido en el placer para sentir el cuchillo que saco de su vaina.

—Si vas al infierno saludos a Lucifer —musito, pero él se está viviendo descontrolado para saber que he puesto una sentencia de muerte en su cabeza.

—¡Dios, joder! ¡Eres una…!

Segundo, decisiones y movimientos que te marcan. Donde decides empezar el reloj a tu manera, mueves las fichas a tu favor y dejas ir los segundos a que sean horas; haces del tiempo tu amigo.

Y si tienes una gota de suerte quizás empieces a gobernar el mundo.

Nadie lo ve venir. El cuchillo se se clava en el cuello de mi hermano y detono el arma, volándole la cabeza al soldado que desecho cuando salto. Roman intenta arrancarse el filo que le he clavado. Sus ojos lucen asustados e impactados, intenta hablar, pero tengo tres hombres a los cuales matar. Me giro y desperdicio tres balas más, sin temor, sin alterarme por los gritos de todos y las personas corriendo. Tengo un segundo antes de que Roman detone el collar con el control en su muñeca, así que disparo a su mano, saboreando la sangre que se riega en mi rostro, sintiendo éxtasis de sus gritos.

—¿Víctima o villano? —canturreo antes de alzar su cabeza, sosteniéndome de sus cabellos. Coloco el cañón del arma en su barbilla y detono la descarga, dejando un lindo arte en la pared. Arranco primero el cuchillo y luego desactivo el collar, este cae en el piso. El metal repiquetea y solo en ese pequeño instante me percato de que la música ha sido silenciada. Decenas de cabezas están presenciando esto, aquellas que tienen que elegir esta noche.

Lamo la sangre del cuchillo para que todos vean y lo lanzo en el escenario.

—Esta noche tienen una oportunidad —digo mirando a cada uno de los presentes—. Soy Avery Kozlova: sádica, demente, la única heredera de la familia Kozlov. Soldado de Bratvá y, desde esta noche, su líder. Quien sea valiente que dé un paso al frente y sea bienvenido a mi *imperio.*

Igor Kozlov tenía razón en algo, soy un mal que no debía florecer, debí ser erradicada cuando tuvo la oportunidad, porque ahora, desde este segundo, mi nombre será escrito en el futuro.

Avery Kozlova por: @patty_arty31

AGRADECIMIENTOS

Gracias a mis lectores, el apoyo y cariño recibido ha sido descomunal. Al publicar mi primer libro oficial, El Capo, no esperé ser tan bien recibida en esta comunidad.

A mi madre, por volverse loca y anunciar a toda mi familia que soy escritora, ahora el seudónimo no tiene sentido.

Y un gracias muy, muy especial a Isaura Tapia, Karlee, nuestra super D y ha todo el equipo Cosmo por confiar en mis letras. Mi editora personal, somos un equipo, sin ti no podría llegar a todas estas personas. Eres la mente maestra detrás de Gleen Black.

Gracias a las Bookstagramers, ellas alegran mis días con cada comentario y hacen de mi mundo una gran familia, son las mejores. A mi hermana mayor, María Morán gracias, tu cariño y compresión constante llegaron a cambiar mi vida.

Mis Gleenlunáticas, Pecadoras y Joyas Nivalli las amo. Sus mensajes en WhatsApp, IG y FB me dan vida, esto es por ustedes.

A mi familia, ustedes son mi mundo.

Gracias a ti, que llegaste hasta aquí. Recuerda dejarme un mensaje en alguna de mis redes sociales contándome tu experiencia con mis obras, para mí es muy importante tu opinión, somos un equipo.

Hasta la próxima,
Gleen Black.

Made in the USA
Columbia, SC
14 June 2022